Staread
星文文化

吉祥纹莲花楼

中册 浮生欢

藤萍 著

浙江文艺出版社
Zhejiang Literature & Art Publishing House

第八章 窟窿

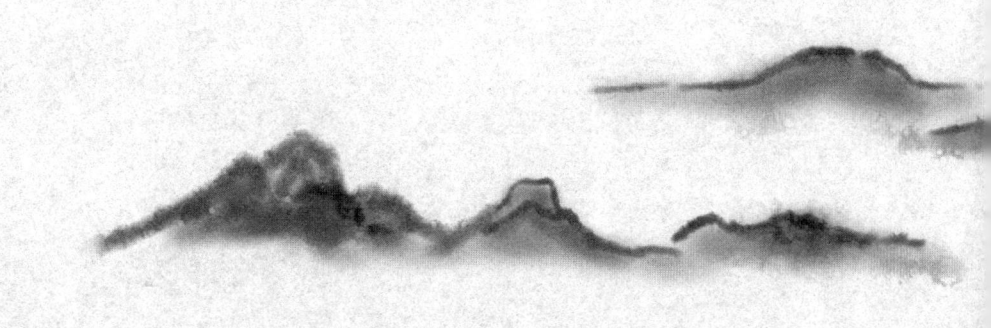

一　群尸

"窟窿"就是洞的意思。

离州小远镇的百姓对"窟窿"自是熟悉得很，镇后乱葬岗上的那个洞一直是他们的心头大患。此地除了传说曾经出过什么价值连城的祖母绿宝石，也就乱葬岗上的那个洞闻名四方，但据说今天，距离那个乱葬岗"窟窿"发出怪声二十五年之后，终于有一位胆大心细的英雄，挖开洞口的浮土，要入洞一探究竟。

听闻如此消息，小远镇的百姓们纷纷赶来，一则看热闹；二则看那胆子奇大的"英雄"生得什么模样，和自家闺女有缘否；三则看英雄将从洞底下挖出什么东西。怀有如此三种心思，故而小远镇乱葬岗今日十分热闹，活人比死人还多。

阿黄是做花粉生意的担头，有人要下"窟窿"去一看究竟这消息传到他这里，恐怕已是到第二十二人了，但不可否认他来得很快，在"窟窿"周围的人群里抢了个看热闹的好位置。

黄土堆上，那圆溜溜的"窟窿"口的确已被人用铲子挖开了一个容人进出的口子，底下黑黝黝的，深不见底，那挖开"窟窿"正往外抛土的年轻人，也就是传言里那位不畏艰险的英雄。只见他身穿灰色儒衫，衣角略微打了一两个小小的补丁，一面挖土，一面对围观的众人回以疑惑的目光，似乎不甚明白为何他在地上挖坑，村民便要前来看戏——难道他们从来没有见过别人在地上打洞？

"喂，读书人，你做什么？"人群中阿黄看了一阵，忍不住开口问。

那年轻人咳嗽一声，温和地道："我瞧见这里有个洞，恰好左右欠一口水井，所以……"

人群中有个黑衣老者，闻言冷笑一声："在乱葬岗上打井？岂有此理！你是哪里人？是不是听见了这洞里的古怪，特地前来挖宝？"

小远镇村民闻言一阵大哗，阿黄心里奇怪：这人也不是本地人，本地人从来不爱打井，喝水都直接上五原河挑水去，还有这害死人的"窟窿"里有什么"宝物"，他怎么也不知道？

"这洞里本就有水，只不过井口小了些。"那灰袍书生满脸茫然地道，"我的水桶下不去……若水下有宝物，我定不会在此打井，那水一定不干净……"

那黑衣老者嘿嘿冷笑："敢把'窟窿'当成水井，难道还不敢承认你是为'黄泉府'而来？普天之下，知晓下面有水的人，又能有几人？阁下报上名来吧！"

那灰袍书生仍旧满脸茫然："这下头明明有水……"他拾起一块石子往洞下一掷，只听"扑通"一声水响，人人都听出那下面的的确确是水声，又听他歉然道："其实……是我那日掉了二钱银子下去，才发现这下头有水，恰好左右少个水井……"

阿黄越听越稀奇，他自小在小远镇长大，还从来没有听说这里有什么"黄犬府"，"窟窿"下头居然有水，他也是第一次听说，眼看这两个外地人你言我语，牛头不对马嘴，他暗暗好笑。此时那位黑衣老者满面怀疑之色，上下看了灰袍书生几眼："你真是在此打井？"

灰袍书生连连点头。

那黑衣老者又问："你叫什么名字？"

灰袍书生道："我姓李，叫莲花。"

阿黄看见那黑衣老者的双眼突然睁大，就如看见一只老母鸡刹那变鸭还变了只姜母鸭，脸色忽然从冷漠变成了极度尴尬，而后突然胡乱笑了一下："哈哈，原来是李楼主，在下不知是李楼主大驾光临，失礼之处，还请见谅，见谅啊！哈哈哈哈哈……"

李莲花闻言微笑："不敢……"

"哈哈哈哈哈，我说是谁如此了得，竟比我等早到一步，原来是李楼主。"那黑衣老者继续打哈哈，"既然李楼主在此，那么这'窟窿'底下究竟有何秘密，不如你我一同下去看看？"

李莲花歉然道："不必了……"

黑衣老者拍胸道："我'黑蟋蟀'话说出口绝不收回，李楼主若能助我发现'黄泉府'所在，这底下的宝物你我五五平分，绝无虚言。"

李莲花道："啊……其实你独自拿走就好，我……"

"黑蟋蟀"大声道："李楼主若是嫌少，那么'黄泉府'中所有奇珍异宝我拱手相送，只要你替我寻到《黄泉真经》，无论什么宝物，'黑蟋蟀'连一根手指都不会沾一下！"

他转身又对围观村民道："只要你们助我挖开地道，这地下宝物，大家见者有份！"

村民们原本听得津津有味，心里暗忖这书生原来是个大人物，突地闻此一言，面面相觑，有些年轻人便纷纷答应，卷起衣袖来。

李莲花目瞪口呆，没过多时手里的木铲已给人夺去。村民们一阵乱挖，那"窟窿"很快变成了一个大坑，底下似乎深得很，日光一照，下头是不是有水根本看不清楚，看得清的是那人头大小的口子破开之后，底下是一个极深的隧道，在潮湿的洞壁上有一道一道的沟渠，像是什么东西爬行留下的痕迹。

"哈哈，果然在此！""黑蟋蟀"大喜，从人群中抓了一人，命他手持火把前头探路。

阿黄蓦地被这黑衣老者抓了起来，心里大骇，又见他叫自己下洞，心里一万个不肯，却见"黑蟋蟀"腰间有刀，又不敢不从。

只听"黑蟋蟀"一声大笑："李楼主，听说你在一品坟中颇有所得，若你在这底下一样好运，你就得能让人享用十辈子的财物，我得天下第一的武功，哈哈……我们下去吧！"

这"黑蟋蟀"本是武林道上的一位绿林好汉，武功不弱，在黑道之中，排名也在十九、二十，但近来在江湖中销声匿迹，原是为了寻找《黄泉真经》。《黄泉真经》是传说中媲美"相夷太剑"和"悲风白杨"的一本武功秘籍，真经的主人自称"阎罗王"，据说几十年前江湖中十大高手的神秘死亡便是"阎罗王"下的毒手。但关于"黄泉府"和《黄泉真经》的种种传闻多是传说，谁也没有真正见过那位"阎罗王"。

李莲花十分勉强地走在最后，阿黄十分勉强地走在前头——三人缓缓下到"窟窿"之中。那洞壁上的"台阶"非常简陋，就如用钉耙随意挖掘出来的，而洞壁土质和表层的坚硬夯土不同，其中含有不少沙砾，几人行动之间，沙石簌簌掉落。

洞底距离地面很远，加之底下有水，非常潮湿，下到距离地面五六丈处，阿黄突然看见在微弱的火光照映之下，下边洞壁之中，依稀凸出来什么东西。他本能地一挥火把，往下一看，这一看，他惨叫一声，顿时瘫软在一旁不住发抖。

在潮湿的洞壁上，凸出来的，是一个人头。那人头长期处在潮湿泥土之中，居然生出了一层蜡，依然保持着表情——那是一种既诡异又神秘的微笑，就像他死得其实很愉快一样。

"黑蟋蟀"也是骇了一跳，李莲花"哎呀"一声，喃喃地道："可怕、可怕……"

"黑蟋蟀"拔出佩刀，轻轻往那人头上刺去，只听"噗"的一声闷响，佩刀触到硬物，他一怔：这"人头"却是木质的，上头涂了一层蜡，几可乱真，什么玩意儿！

李莲花舒了一口长气，安慰道："这是个木雕。"

阿黄惊魂未定，李莲花替他接过火把，同"黑蟋蟀"一起攀在洞壁上仔细端详那假人头。"黑蟋蟀"佩刀挥舞，将那木雕旁的泥土挖去，那木雕人头突然掉下，"扑通"一声入水，原来人头下是浮土，什么也没有，不知是谁将这东西丢在洞里，今日却来吓人。

三人缓缓爬下，又下了三丈深浅，才到坑底。坑底果是一层积水，李莲花伸出火把，微弱的火光之下，水中一片森森白骨，却是许多鱼骨。

"黑蟋蟀""咦"了一声："这底下倒有这许多鱼。"

李莲花漫不经心地"嗯"了一声，阿黄瑟瑟躲在李莲花身后，突地一声大叫："鬼啊——"

"黑蟋蟀"猛一抬头，只见距离洞底三尺来高的地方，有个小洞，洞中有双明亮的眼睛一闪而去，他心里大骇，却听李莲花喃喃地道："猫……"

阿黄松了一口气："这么深的地方，居然有猫？"

"这里……有些古怪。"李莲花仍是喃喃地道，"黑……大侠，这里只怕不是什么'黄泉府'，不过、不过……"他抬起头呆呆地看着黑黝黝的洞壁，似乎走了走神，没说下去。

"黑蟋蟀"哼了一声："不可能，我多方打听，'黄泉府'必在此地！那《黄泉真经》必定就在这洞穴之中！"

李莲花道："这里是一个大坑，土质疏松，地下有水，似乎不宜建造地下宫殿。"

"黑蟋蟀"一凛，却道："方才分明寻到木质人头，这里若没有古怪，怎会有那人头？"

李莲花叹了口气："这里的古怪，和那'黄泉府'只怕不大怎么相干……"

"黑蟋蟀"不信："除了那假人头，我倒什么也没瞧见。"

李莲花睁大了眼睛，奇道："你什么也没瞧见？"

"黑蟋蟀"一怔，怒道："这里除了你那火把的光，伸手不见五指，能瞧见什么东西？"

李莲花喃喃地道："有时候，人瞧不见也是一种福气……"

"黑蟋蟀"越发恼怒，却不好发作，阴沉沉地问："有什么东西好看的？"

李莲花手中火把骤地往上一抬，那幽暗的火焰不知怎的"呼"的一声火光大盛，刹那间将"窟窿"坑壁照得清清楚楚，只听"啊"的一声惨叫，阿黄当场昏倒，饶是"黑蟋蟀"闯荡绿林，见识过不少大风大浪，也是大吃一惊。

在"窟窿"坑壁之上，正对着那小洞口的地方，悬挂着两具尸骨。两具黑黝黝的尸骨被许多铁环扣在了洞壁上，此地虽然土质疏松，但两具尸骨悬挂的地方都有岩石，铁环牢牢钉在岩石之中，那自是万万逃脱不了的。除却两具尸骨，那片岩石上依稀生着一些莹翠色的细小沙石，火焰下散发着诡异的淡淡绿色，望之森然可怖，还有不少刀痕、剑痕，甚至插入箭头的痕迹，也有疑似火烤的一片焦黑印记，其中一具尸骨还缺了三根肋骨，显然那两个人在生前受到过虐待，说不定便是虐杀。

"黑蟋蟀"惊骇过后，一看那两具尸骨的状况："这两人大概也已经死了几十年，这里到底是个什么地方？"

"有吊猪的铁环，有死猪，有刀痕。"李莲花突然一笑，"这里自是个屠场，专门杀人的地方。"

"黑蟋蟀"一阵寒毛直立，如此隐秘的"屠场"，究竟被杀的是何人？而要杀人的人，又是何人？

只听李莲花悄声在他耳边道："说不定杀人的人就是你要寻的'阎罗王'哦。"

一个激灵，"黑蟋蟀"竟起了一身冷汗，心跳急促。

"根据村民所说，这底下曾经看到有光、有烟雾，每日夜间会有很大的声响。"李莲花继续悄声道，"你信世上有鬼吗？"

"黑蟋蟀"不由自主地摇了摇头，李莲花正色道："若不是有鬼，自是有人了。"

"黑蟋蟀"颤声道："但是这里并无出入口，'窟窿'的口子只有头颅大小，根本不可能容一个活人出入。"

李莲花叹了口气："连'黑蟋蟀'也想不明白的事，我自是更想不明白……"他突地往东一指，"那只猫又回来了。"

"黑蟋蟀"回头一看，并没有看到什么猫，却是瞧见了那洞壁洞口上依稀有些凌乱的古怪痕迹。"咦？"他低低地叫了一声，走过去一看。

有猫出入的洞口是个很小的口子，离地不过三尺来高，火光照去，里头依旧黑黝黝的一片。靠近洞口的泥土虽然潮湿，却有些攀爬的凌乱痕迹，"黑蟋蟀"伸手一摸，脸色略略一变："夯土！"

李莲花点了点头，有夯土，就说明是人为打实的黄土，和"窟窿"里稀松的沙土全不相同。那夯土上的痕迹就像是人或兽的指甲拼命挖掘留下的痕迹，但洞口着实很矮，难道洞中有什么非取到不可的宝物？

"黑蟋蟀"伸出佩刀往洞口一刺，洞内空空如也，他挥刀一晃，只听"当"的一声，竟是金铁交鸣之声！这洞口的另一面有铁！"黑蟋蟀"和李莲花面面相觑，莫非此地有门？但"黑蟋蟀"敲敲打打，除了那极小的洞口外一圈夯土，整面坑壁完好无缺，依稀都是一触即落的沙土。折腾一阵，落下许多沙砾，黑蟋蟀兴致索然，收刀道："看来'黄泉府'的确不在此处。此地稀奇古怪，不宜久留……"

他一句话尚未说完，只听一声惨叫，阿黄的声音震得坑中沙土簌簌直下："死人！死死死死人啊……"

李莲花蓦地回头一看，只见坑底积水因为他们走动缓缓流动，有些鱼骨晃动了一下，坑底露出一具白骨来。看来此地除了吊在墙上的两具尸骨，尚有第三个死人。阿黄惨叫之后仰后"扑通"一声再次昏倒，栽进水里。

"黑蟋蟀"将他提了起来，李莲花目瞪口呆地看着那具白骨，半晌之后才道："半个……"

"黑蟋蟀"仔细一看——那淹没于水中的白骨，的的确确，只有半截，有头颅双臂，骨骼延伸到腰际胯下，突然消失不见，胸腹部缺了三根肋骨，有些骨骼像突然断去的，有些却又生成和常人全然不同的扭曲。

难道此人天生就只有半截？"黑蟋蟀"心里暗忖，看这情形，莫非是这可自由活动的怪人将两位死者吊在这土坑里？但不知何故这怪人突然死在坑中，以至于此坑荒废至今？

正当他满心胡思乱想的时候，李莲花自言自语："我道'牛头马面'何等声威，居然会死在这里，原来竟然是牛马分离之故……"

"黑蟋蟀"骤然一呆，脱口问道："牛头马面？"

李莲花的火把缓缓移向左壁被悬吊起来的那具尸骨："喏。"

"黑蟋蟀"的目光骤然盯在那尸骨之上，看了许久，突而醒悟——那尸骨缺了三根肋骨，和水池中的白骨一模一样，水中半截的白骨没有双腿——难道说这两具尸身其实乃是一具？其实被扣在那左壁上的，是一个双头双身而仅有双腿的怪人？

江湖传说，"黄泉府""阎罗王"座下第一号人物，叫作"牛头马面"，穷凶极恶，模仿那地狱使者，杀人如麻，且杀人后必定留下"阎罗要人三更死，岂能留人到五更"字样。此人乃是双头四臂，兄弟连体，共用一双腿，一人号称"牛头"，一人号称"马面"，数十年前在江湖中极负盛名。如此一人双头的情形极为罕见，如今竟二人分离死在"窟窿"坑底，此地四壁徒然，却散发着一股极度诡异恐怖的气息。

"'牛头马面'居然死在这里！""黑蟋蟀"脸色大变，不知是喜是忧，"如此说来，此地当真和'黄泉府'有极大干系！那《黄泉真经》多半真在此处！"

　　李莲花的火把慢慢移向右边悬挂的另一具尸骨，略略一晃，"黑蟋蟀"脸色又变，欢喜之色大减，顿时起了一阵恐惧之色——若左边死的是"牛头马面"，那右边死的是谁？

　　若死的是"阎罗王"，那究竟是谁，能将"牛头马面"生生分离，且杀得死当年如日中天诡秘残忍的"阎罗王"？若"阎罗王"已死，那本《黄泉真经》还会在这里吗？此处当年究竟发生过什么？

　　是谁进出"窟窿"毫无痕迹？那个有猫出入的洞口之后，是门吗？

　　"这……这……""黑蟋蟀"颤声指着那具尸首，"那真是'阎罗王'吗？"

　　李莲花摇了摇头，"黑蟋蟀"喜道："不是？"

　　李莲花歉然道："我不知道……"

　　"黑蟋蟀"一怔，怒道："这也不知，那也不知，枉你偌大名声，你究竟知道些什么？"

　　李莲花唯唯诺诺："我只知道一件事……"

　　"黑蟋蟀"追问："什么？"

　　李莲花正色道："猫是不会打洞的，那个洞后面，一定是个门。"

　　"黑蟋蟀"大怒："这种事不用你说我也知道！"他恶狠狠地瞪了那"门"一眼，虽知必有古怪，却委实不知如何下手。

　　正在此时，一阵轻微的"簌簌"声传来，"黑蟋蟀"凝视着那个"洞"，依稀见有些沙子从洞壁上滚了下来，那洞口似乎看起来和方才不大一样……

　　李莲花蓦地一声惊呼："小心——"他只听"啪"的一声，突觉眼前一黑，尚未意识到发生了什么事。但眼前迅速暗去之前，他依稀见到有些血液喷了出来，在空中喷溅成一道黑色的影子。

二　好死不如赖活

　　"那后来呢？"当方多病听说李莲花"重伤"，千里迢迢从家中赶来的时候，却见那重伤的人正在市场里买菜，饶有兴致地盯着别人笼筐里的鸡鸭，看得人家鸡鸭的羽毛全都乍起来了。当他把正在买菜看鸡的李莲花抓回莲花楼问话的时候，李莲花把故事说了一半，却停了下来。

"后来嘛，"李莲花慢吞吞地道，"'黑蟋蟀'就死了。"

方多病正听得心急，"阎罗王"和"牛头马面"居然被人囚禁而死，这是多么令人震惊的事，偏偏这亲眼所见的人却又不讲了。

"他是怎么死的？那个村民阿黄呢？你又是怎么受伤的？"

李莲花摊开手掌，只见他白皙的掌心里略微有一道红痕。

方多病将他的手掌提了起来，对着阳光看了半天，半晌问："这是什么？"

李莲花正色道："伤啊！"

方多病皱眉，端详半晌，沉吟道："这是……烫的？"

李莲花点头："不错……"

方多病勃然大怒，指着李莲花的鼻子怒道："这就是你在信里说的'不慎负伤，手不能提，望盼来援'？"

李莲花咳嗽了一声："事实确是如此……"

方多病重重地哼了一声，恶狠狠地道："我不想听！'黑蟋蟀'是怎么死的？你这点'伤'又是怎么来的？阿黄呢？"

李莲花握起拳头，在方多病面前一晃："杀死'黑蟋蟀'的，是从那洞口里射出的一支铁箭。"

方多病"啊"了一声："那洞口竟是个机关？"

李莲花慢吞吞地道："是不是机关倒也难说，但很奇怪的是，"他又摊开手掌，"那支铁箭烫得很，就像在火炉里烤过一样。"

方多病恍然大悟："啊，是你出手救人，抓住铁箭被它烫伤，'黑蟋蟀'却还是死了。"

李莲花连连点头，赞道："你的确聪明得很。"

方多病又哼了一声，悻悻然道："功夫太差！"

李莲花的话，尤其是好话，万万信不得。

李莲花又道："铁箭射出的力道十分惊人，不像人力射出，但要说这二十几年的洞穴里还有机关能活动，还能活动得这么恰到好处，实在让人难以置信。"

方多病眼睛微微一亮："你的意思？"

李莲花叹了口气："那底下有人。"

方多病啧啧称奇："十来丈的土坑底下，两具几十年的老骨头旁边竟然躲着人，真是一件奇事，这么多年，难道他吃土为生？"

李莲花喃喃地道："谁知道……"

他突地"啊"了一声，方多病吓了一跳，东张西望："什么事？"

李莲花提起买的两块豆腐："大热天的尽顾着说话，豆腐馊了……"

方多病斜眼看着他手里拎的两块豆腐："我带你上馆子吃饭去。"

李莲花歉然道："啊……破费了……"

方多病带着他大步往镇里最好的饭馆走去，突然回身问了一句："你真的不是故意让豆腐馊掉的？"

李莲花正色道："自然绝不是故意的……"

小远镇，豆花饭馆。

方多病要点这饭馆里所有能上齐的菜色，李莲花却说他要吃阳春面，最后方多病悻悻然地陪李莲花吃了一碗阳春面，支付铜钱八个。给了铜钱，方多病要了壶黄酒，嗅了嗅："对了，那阿黄怎么样了？"

李莲花摇了摇头，方多病诧异道："什么意思？"

李莲花叹了口气："我不知道……"

方多病大叫一声："你又不知道？活生生的人后来怎么样了你不知道？"

李莲花歉然道："'黑蟋蟀'被射之后，我手中的火把被箭风熄灭，等摸到'黑蟋蟀'的尸身，却怎么也摸不到阿黄，把'黑蟋蟀'背出'窟窿'后再下去找，还是找不到，他就此不见了。"

方多病道："可疑至极！说不定这小远镇的胭脂贩子阿黄，就是射死'黑蟋蟀'的凶手！"

李莲花又摇了摇头："这倒决计不会。"

方多病满脸狐疑，上下打量李莲花，半晌问道："如此说来，对这档子事，你是一点头绪也没有？"

李莲花叹了口气，又叹了口气，却不回答。

正在二人吃面喝酒之时，隔壁桌忽然"哐啷"一声，木桌被掀，酒菜泼了一地，一位衣衫污秽的老者被人推倒在地，一名胸口生满黑毛的彪形大汉一只脚踩在老者胸口，破口大骂："死老头！不用再说了，我知道你家里藏的是金银珠宝，你欠我那一百两银子今天非还不可！"他将老者一把从地上揪了起来，高高提起，"拿你家里那些珍珠翡翠来换你这条老命！"

那满身污秽的老者哑声道："我根本没有什么珍珠翡翠……"

大汉狞笑道："谁不知道严家几十年前是镇里第一大富？就算你那女人带走了

你大部分家产，难道你就没有替自己留一点？我才不信世上有这样的傻子！你打坏我高达韩的杀猪刀，那把刀是我祖传的，拿一百两银子来赔！不然我把你告到官府上去，官老爷可是我堂哥家的亲戚……"

方多病皱眉看着那大汉："这是什么人？"

李莲花道："这是镇里杀猪的刀手，听说几年前做过没本钱的买卖，不知在道上受了谁的折辱，回乡里杀起猪来了。"

方多病喃喃地道："这明明干的还是老本行，做的还是没本钱的买卖，看样子横行霸道很久了，竟然没人管管？"

李莲花慢吞吞地瞟了他一眼："那是因为世上锄强扶弱的英雄少年多半喜欢去江南，很少来这等地方。"

说话间，高达韩将那姓严的老者重重摔出。方多病眼见形势不好，一跃而起，将人接住："到此为止！朋友你欺人太甚，让人看不过眼。"

那高达韩一见他一跃而起的身手，脸色一变，虽不知是何方高人，却知自己万万敌不过，顿时哼了一声，掉头就走。

方多病衣袖一扬，施施然走回李莲花身旁，徐徐端坐，华丽白衣略略一提，隐约可见腰间温玉短笛，一举一动，俊朗潇洒，富丽无双，若面前放的不是只阳春面的空碗，定会引来许多倾慕的目光。

那几乎摔倒的老者站了起来，只见他面上满布皱纹，还生着许多斑点，样貌十分难看。

李莲花连忙将他扶稳，温言道："老人家这边坐，可有受伤？"

那老人重重喘了一口气，声音沙哑："半辈子没遇见过好人了，两位大恩大德……喀喀喀……"

李莲花斟好一杯黄酒递上，那老人双手颤抖着接过，喝了一口，不住喘气。

方多病好奇问道："老人家怎么和他结上了梁子？"那老人叹了口气，却不说话。

李莲花问道："老人家可是一名铁匠？"

那老人点了点头，沙哑地道："那高达韩拿他的杀猪刀到我店里，说要在杀猪刀上顺个槽，刀入肉里放血的那种槽，我年纪大了眼神不好，一不小心把他的刀给崩了。他一直找我赔一百两银子，我哪有这许多银子赔给他？这年头，都是拳头说了算数，也没人敢管，我一个孤老头活命不容易啊。"

方多病同情得很，连连点头："这人的确可恶得很，待我晚上去将他打一顿出气。"

李莲花却问："那高达韩为何定要讹诈你的钱财？"

那老人道:"严家在这镇上本是富豪之家,几十年前,因为庄主夫人惹上了官司,全家出走,只留下我一个孤老头……喀喀喀……镇里不少人都以为我还有私藏银两,其实我若真有银子,怎会落到这种地步?喀喀喀……"

方多病越发同情起来,李莲花又给那姓严的老头斟了酒,那老头却不喝了,摆摆手,颤颤巍巍地站起来,摇摇晃晃地离去。

"这恶霸,真是四处都是。"方多病大为不平,盘算着晚上究竟要如何将那高达韩揍上一顿。

李莲花对店小二招了招手,斯斯文文地指了指方多病,轻咳了一声:"这位爷要请你喝酒,麻烦上两个菜。"

方多病正在喝酒,闻言呛了一下:"喀喀……"

那店小二却是玲珑剔透,眼睛一亮,立刻叫厨房上两个最贵的菜,人一下蹭了过来,满脸堆笑:"两位爷可是想听那严老头家里的事?"

方多病心道:谁想听那打铁匠家的陈年旧事了?李莲花却道:"正是正是,我家公子对那老头同情得很,此番巡查……不不,此番游历,正是要探访民间许多冤情,还人间以正道,还百姓以安宁。"

猛听这么一句话,方多病呛在咽喉里的酒彻底喷了出来:"喀喀喀喀……喀喀喀喀……"

那店小二却眼睛骤然发光,悄悄地道:"原来是二位大人微服私访,那严老头遇到贵人啦,这位爷,您虽是微服私访,但穿这么一身衣衫故意吃那阳春面也太寒碜,不如你这伴当似模似样,真是尊贵惯了的……我一见就知二位绝非等闲之辈。"

李莲花面带微笑,静静坐在一旁,颇有恭敬顺从之态,方多病却坐立不安,心里将李小花死莲花破口大骂到了十万八千里外去,竟然敢栽赃他假冒巡案!面上却不得不勉强端着架子,淡淡地应了一声,顺道在桌下重重踢了李莲花一脚。

"我们公子自是尊贵惯了的人。"李莲花受此一脚,岿然不动,满脸温和地道,"此时你我谈话切莫告诉别人。"

那店小二悄声说:"爷们放心,过会儿我就拿块狗皮膏药把自己嘴巴贴了。"

李莲花压低声音:"那严家究竟……"

"那严家是三十几年前搬来的,那时我还没出生,听我爹说,那搬来的时候可威风得紧,有几十个人高马大的家丁,严家的夫人美得像个仙女,严家的小儿子我是亲见的,也漂亮得很,仙童一样。这严老头当年是严家的管家,有几年说话都是算数的。"店小二悄声道,"后来,也就在二三十年前,有人一大早起来,就见严家夫人的马车往镇外跑去，就此再也没有回来。严家只剩下那个孤老头，因为只出去了一辆马车，谁都猜测那家里的金银珠宝都还在老头手上，谁都想敲他一笔。"

　　李莲花好奇地问："为何那严家夫人突然离家出走？"

　　店小二声音压得越发低："据说——是因为那严老头，勾搭了严家夫人，这事千真万确，镇上许多人都知道。"

　　方多病"啊"了一声，正要说这老头如今这般模样年轻时想必也好不到哪里去，居然能勾搭上人家貌若天仙的老婆？突然脚上一痛，却是李莲花踩了他一脚，只得又淡淡地道："——招来。"

　　"听说严家老爷和夫人夫妻不合，严福从中插入，取得了夫人的芳心。"店小二神秘兮兮地道，"有一天夜里，月黑风高，阴云密布，真个是飞沙走石，伸手不见五指啊……"

　　李莲花道："那天夜里如何？"

　　店小二得人捧场，精神一振："严家夫人手持一把利刀，砍了严老爷的头。"

　　方多病吃了一惊："杀夫？"

　　店小二道："大家都是这么说的，这可不是我造谣。严夫人杀了严老爷，抱着孩子驾马车逃走，严福留下看管家业，但那女人去了就没再回来，估计是水性杨花，另嫁他人了。"

　　方多病眉头大皱："胡说！这女人就算和严福私通，也不必害死夫君啊，杀了严老爷她匆匆逃走，岂非和严福永远分离了？"

　　店小二一骇："这个……这个……镇上人人都是这么说的。"

　　"那严老爷的尸体呢？"方多病问。

　　"官府追查严夫人，没个结果，死人的头也给他们弄丢了，就把严老爷的无头尸体搁在义庄。之后义庄换了几个守夜的，那些无名尸也就不知哪里去了，多半被野狗给吃了。"店小二道，"两位爷，我可是实话实说，没半分掺假，您尽可以问别人去……"

　　李莲花道："原来如此，我家公子明察秋毫，自会斟酌。"店小二不住点头。方多病草草结了账，在李莲花"护卫"之下快步离开饭馆。那店小二站起身眨了眨眼，只见片刻之间那微服私访的官大爷已经走出去七八丈，不免有些迷茫——这官大爷竟然跑得比赖账的还快？

　　"死莲花！"方多病大步走出十丈之后，立刻咬牙切齿地看着李莲花，"你好大的胆子！竟然敢让我假冒巡案？若是被人发现了，你叫我犯欺君之罪吗？"

李莲花咳嗽一声："我几时要你假冒巡案？"

方多病一怔，李莲花十分温和地接了下去："微服私访只不过是百姓十分善良的幻想而已……"

方多病"呸"了一声道："他遇见你，那是前世造孽，倒了大霉。"顿了顿，他问道："你问那严家的故事做什么？和'窟窿'有关吗？"

"有没有关系，我怎么知道？"李莲花微微一笑，"不过这世上只要有故事，我都是想听的。"

方多病道："我倒觉得严家的故事蹊跷得很。"

李莲花道："哦？"

方多病道："严家来历不明，严夫人杀死夫君，随后逃逸，严家管家却又不逃，留守此地几十年，严家财产不翼而飞，本来就处处蹊跷，什么都古怪得很，这家里一定有秘密！"

李莲花歪着头看了他一阵，慢吞吞地道："你的确聪明得很……"

此言耳熟，方多病悻悻然看着李莲花："你要说什么？"

李莲花叹了口气："我也没想要说什么，除了你越来越聪明了之外，只不过想说那店小二说的故事虽然曲折离奇，十分动听，却不一定就是真相。"

方多病的眉毛顿时竖了起来，怪叫一声："他骗我？"

李莲花连连摇头："不不，他说的多半就是他听见的，我只是想说故事未必等于真相。"他喃喃自语，"这件事的真相，多半有趣得很……"他突然睁大眼睛，很文雅地抖了抖衣袖，"天气炎热，到我楼里坐吧。"

又过了半炷香时间，远道而来的方多病总算在李莲花的茶几边坐下来，喝了一口李莲花亲手泡好的劣茶，那茶虽然难喝，总是聊胜于无。吉祥纹莲花楼位于乱葬岗上，地势略高，窗户大开，清风过堂，如果不是景色并不怎么美妙，倒也清爽舒适。

"原来这乱葬岗下还有个水坑。"方多病对着窗外张望，顺着遍布墓碑乱石坟堆的山坡往下看，坡下有个很小的池塘，方圆不过二三丈，池边水色殷红，却也不似血色，有些古怪。池塘边有几间破旧的房屋，房屋后长着几株模样奇怪的树，树叶如剑，树干挺拔，树梢上生着几串金黄色的果实。

"你泡茶的水是从哪里来的？不会就是那水坑里的臭水吧？"方多病望见水坑，顿时嫌恶地瞪着手中的茶水，"还是那窟窿底下的泡尸水？"

李莲花正在仔细地挑拣茶叶罐中的茶叶梗，闻言"啊"了一声："这是水缸里的水……"

方多病"噗"的一声当场将茶喷了出来："那书呆一不洗衣裳，二不洗裤衩，三不洗袜子，他弄来的水也是可以喝的吗？中毒了，中毒了……"

他从袖中摸出一条雪白的巾帕擦了擦舌头，李莲花叹了口气："正因为他如此懒，你当他会烧水做饭、洗衣泡茶吗？所以这些水多半还是我原先楼里留下的那缸……"

方多病仍旧龇牙咧嘴，两个人正围绕着那缸"水"斤斤计较的时候，门外突然有人恭恭敬敬地敲了三下："请问，大人在家吗？"

李莲花和方多病一怔，只听门外有人大声道："我家佘大人不知大人巡查到此，有失远迎，还请大人见谅。"

方多病还在发呆，李莲花"啊"了一声，门外又有人道："下官五原县县令佘芒，不知大人巡查到此，有失远迎，还请大人见谅。"

小远镇是五原县辖内，这个李莲花自是知道的，门外那位"佘大人"显然是以为让师爷发话，里头的大人不悦，所以赶忙自己说话。

方多病和李莲花面面相觑，李莲花脸上露出谦和斯文的微笑，方多病几乎立刻在心中破口大骂，却也无可奈何，只得咳嗽一声："进来吧。"

大门被小心翼翼地打开，两位骨瘦如柴的老学士一穿青袍，一穿灰袍，怀中抱着一大摞文卷，颤巍巍地站在门口。李莲花大为歉疚，连忙站起，请两位老人家坐。寒暄起来方知这位青袍瘦老头姓佘名芒，乃是五原县令，那位灰袍瘦老头乃是师爷，听说有巡案大人到县内微服私访，两人立刻从县衙赶来。问及这位巡案姓名，李莲花含含糊糊地道姓花，佘芒暗自点头忖道：听说朝中有"捕花二青天"，其中姓花者相貌猥琐，骨瘦如柴，果不其然啊，只是衣裳未免过于华丽，不似清官所为啊。

方多病不知佘县令正对自己评头论足，问起两人怀中的文卷，师爷道说这就是严家砍头杀人一案的文卷，当年也震动一方，既然巡案为此事而来，佘大人自要尽职尽责，和大人一起重办此案。李莲花不住颔首，恭敬称是，方多病心中叫苦连天，却不得不故作"对严家一案十分感兴趣"的模样，不住询问案情。

原来三十多年前搬来的这一家姓严，主人叫作严青田，家中有仆役四十。其妻杨氏，其子严松庭，管家严福，在小远镇买下十里地皮修建房宇，盖了庄园。庄园的匾额叫作"白水"，又称"白水园"。三十年前一日清晨，严家夫人杨氏携子驾马车狂奔离开白水园，严青田被发现身首异处死在家中，家中仆役逃窜一空，管家严福对所发生之事一问三不知，坚称应是强盗杀人。此案因杨氏逃逸，严福闭口不谈，且无旁证、物证及杀人动机，已成五原县积案。因此，听说巡案大人要查此事，佘芒提心吊胆，只得匆匆赶来。

"严家之事我已大致了然，想请教佘大人一个问题。"方多病问道，"前些日子镇上一位叫阿黄的村民失踪，大人可有消息？"

佘芒一怔："阿黄？大人说的可是黄菜？"

方多病道："正是。"

佘芒道："正巧昨日有人击鼓，说河中漂起一具男尸，仵作刚刚查验了尸体，乃是小远镇村民黄菜，溺水而死，并无被人杀死之痕迹。大人怎会知晓此人？"

方多病"啊"了一声，在桌下重重踢了李莲花一脚，李莲花温颜微笑："大人可知小远镇'窟窿'之事？"

佘芒道："'窟窿'闹鬼之事早有耳闻，想是村民以讹传讹，子曰'敬鬼神而远之'，故下官平日绝口不谈此事。"这位老县令有点迂，但做官却是十分认真，方多病肚里暗暗好笑。

"前些日子我命人挖了'窟窿'，当时点了阿黄为我开路，又请一名身手不错的……护卫，以及我这位……李师爷，下洞一探究竟。"

佘芒佩服道："大人英明，不知结果如何？"

方多病脸色一沉，缓缓地道："我那护卫在洞下被一支铁箭射死，李师爷身受重伤，此时阿黄又溺死水中……佘大人，此地是你的治下，怎会有如此可怕之事？"

他疾言厉色，佘芒自不知这位微服私访的巡案三句话中两句不实，乃满口胡说八道，顿时吓得脸色青白，连忙站起："怎会有这等事？下……下官实在不知……这就……这就前去查明。"

"佘大人且慢，既然今日佘大人登门拜访，我家公子想请教大人，不知大人觉得，'窟窿'底下发生的怪事，和严家当年的血案，可有联系？"李莲花道。

佘芒道："这个……下官不知。"

李莲花道："'窟窿'之中尚有两具无名尸首，观其死状，只怕也是死在三十年前，三十年前正是严家血案发生之时。"

佘芒满头是汗："尚无证据，下官岂敢轻下断言？"

李莲花一笑："佘大人英明。"

方多病和李莲花多年默契，插口问道："不知严家当年凶案之前可有什么异状？家中可有出入形状怪异、形迹可疑之人？"

佘芒为难道："当年县令并非下官，依据文卷记载，似乎并无可疑之处。"

"那当年检验严青田无头尸首的仵作，可还健在？"李莲花道。

"那位仵作年岁已大，已于去年过世，严青田的尸首也早已失踪，要查看当年致命之伤，只怕已是不能。"佘芒苦笑。

李莲花"啊"了一声，未再说什么。

方多病等了半日，不见李莲花继续发问，只得自己胡乱杜撰，问道："严家当年号称富贵，怎会落到如今严福以打铁为生？难道严夫人当真是杀夫携带所有细软逃走？没有给严福留下半点？"

佘芒道："那是因为凶案后不久，严家着了一场大火，所有细软给烧了个干净，就此不复富贵之名。"

方多病又问："那火是谁放的？"

佘芒沉吟道："根据文卷上记载，那火是深夜烧着，只听白水园内轰隆一声，自严青田和严夫人的主院内喷出一团火焰，很快把严家烧得干干净净，即使是几个人同时纵火也不可能烧得如此之快，所以应是天火。"

"天火？"方多病问道，"什么叫作天……"

李莲花咳嗽一声："原来严家是遭到天谴，天降霹雳，将严家烧毁。"

方多病惭愧地摸了摸脸，原来天火就是霹雳。

佘芒和他的师爷两个人诚惶诚恐，方多病和李莲花随声附和，在将案情反复说了五六遍之后，佘芒终于忍耐不住，起身拱手道："时候已晚，下官告辞了，大人如有需要，请到五原县衙调派人手。"

方多病顿时大喜："一定，一定。佘大人慢走。"

李莲花歉然道："两位大人辛苦。"佘芒连称不敢，和师爷快步离去。

等那两位老儿离开之后，方多病一屁股重重坐回椅上："李小花，我看你我还是赶快逃走为妙。"

李莲花问道："为何？"

方多病怪叫道："再坐下去很快皇帝都要上门找巡案了，我哪里吃得消？此时不走，更待何时？"

李莲花"啊"了一声，喃喃地道："皇帝找上门不可怕，可怕的是……"

他之后说了句什么方多病没听清楚，挤在他耳边问："什么？"

"可怕的是——"李莲花唇角含着一丝温润的笑意，悄悄地道，"'阎罗王'找上门来。"

"什么？"方多病一时蒙了，"什么'阎罗王'找上门来？"

"'阎罗王'，就是'阎王要你三更死，谁敢留人到五更'的那一位。"李莲花很遗憾地看着方多病摇了摇头，叹了口气，"原来听了这么久的故事，你一点也没有听懂。"

三 "阎罗王"

"听懂什么？"方多病瞪眼看着李莲花，"难道你就听出来射死'黑蟋蟀'的凶手了？难道还能听出来几十年前严夫人为什么要杀严青田？"他心里半点不信，虽说李莲花的确有那么一点点小聪明，但是依据佘芒所说的案情，实在过于简单又扑朔迷离，何况又怎知那文卷里记的哪句是千真万确，哪句是信口开河？

李莲花摊开手掌，很惋惜地看着手心里的"伤痕"："我什么也没听出来，只听出来严家姓严，'阎罗王'也姓阎。"

方多病一呆："你是说——严家白水园就是'黄泉府'？严青田就是'阎罗王'？"

李莲花叹了口气："如果严青田就是'阎罗王'，那么他应该身负绝代武功，又怎会死在他夫人刀下？难道他夫人的武功比他还高？"

方多病又是一怔："这个……这个……自古英雄难过美人关……一不小心死在牡丹花下，也是有的。"

"这是疑问一。"李莲花喃喃地道，"撇开严青田为何会死在严夫人刀下，那'窟窿'里和'牛头马面'死在一起的人，又是谁？"

方多病"嘿"了一声："这二人之中，必定有一个是'阎罗王'。"

李莲花似乎全然没有听见方多病的话，继续喃喃地道："这是疑问二。再撇开严青田之死和尸骨的身份之疑，在'窟窿'中失踪的阿黄又怎会淹死在五原县河中？"

方多病哼了一声："你又怎知他不会受到刺激被吓疯自己去跳河？"

李莲花道："这是疑问三。最后一个疑问，什么东西在'窟窿'底下射死了'黑蟋蟀'？"

方多病道："你问我我问谁？这……这些和'阎罗王'有什么关系？"

李莲花很遗憾地看着他，就如往常看他的那种目光——就像看着一头猪："你当真没有听见？"

"听见什么？"方多病简直要发疯，刚才那啰唆的佘芒把严家的故事说了五六遍，他当然字字句句都听见了，却又没有听出个屁来。

李莲花非常惋惜地摇了摇头："佘芒说，严青田的尸体被放在义庄，最后失踪了。"

方多病道:"那又怎么样?"

李莲花慢吞吞地道:"你莫忘了,严家并非没人,还有管家严福在,何况严家是在'凶案'后'不久'方才被火焚毁,一度它还是很有钱的。身为白水园管家,即使家破人亡、家财败尽,也要留下看守故土的忠仆,严福却没有将严青田的尸身收回下葬,那是为什么?"

方多病悚然一惊,他竟然丝毫没有听出有什么不妥来,的确,为何严福没有将严青田风光下葬?

李莲花身子前倾,凑近方多病身前,看着他震惊的表情,脸上带着愉快的笑:"为什么严福没有将严青田下葬?有两个可能:第一,严青田有问题;第二,严福有问题。"

此言一出,方多病当真大吃一惊,失声道:"严青田有问题?"

李莲花道:"无论是严青田有问题,还是严福有问题,你莫忘了,他们都姓严。"

方多病骤然站起,脸上变色:"你是什么意思?你说……你说……"

李莲花这时候叹了口气,喃喃地道:"所以我说,我怕'阎罗王'找上门来,你却不懂。"

方多病重重坐了下来,心里的震惊却尚未退去,正要大大表示一番对李莲花推测的不信之情,突然门外"笃"的一声轻响,有人轻敲了大门一下。正巧李莲花悄悄说到"我怕'阎罗王'找上门来",方多病听着这一记敲门声,竟出了一身冷汗。

"请问……青……青天大老爷……在家吗?"一个非常微弱的怯生生的女子声音在门外响起。

方多病和李莲花面面相觑,李莲花一声轻咳,温和地道:"姑娘请进。"

大门被缓缓推开,门外站着一个衣衫褴褛、面有菜色的年轻女子。她手里提着一个竹篮,竹篮里有一只母鸡:"青天大老爷,请大老爷为我家阿黄申冤——我家阿黄死得好冤啊——"

方多病看着那只小母鸡,心中一种不妙的感觉油然升起,那女子看着方多病华丽的衣裳,目中惊惶畏惧之色更盛,忽然"扑通"一声跪下:"民妇……丽华没有什么东西可以孝敬青天大老爷,阿黄留下的银钱只够买只鸡……请青天大老爷为我相公申冤、申冤啊!"她趴在地上不住磕头,那只母鸡自竹篮中跳下,昂首挺胸地在方多病和李莲花脚前走来走去,顾盼之余尚撒下鸡屎若干。

李莲花和方多病面面相觑,李莲花语气温柔,极有耐心地道:"黄夫人请起。你说阿黄乃是冤死,不知究竟发生了何事?"他对女子一贯特别温柔体贴,方多病却只瞪着那只小母鸡，心中盘算着如何将它赶出门去。

那位衣衫褴褛的年轻女子正是花粉贩子阿黄的妻子，姓陈名丽华，刚从店小二大白那里听说有大官儿微服私访，便提了只母鸡过来喊冤："冤枉啊，佘大人说阿黄是溺死水中，但他分明脸色青青紫紫，还七窍流血，用银针刺下，针都黑了，他定是被人毒死的！我家阿黄水性好谁都知道，他是不可能溺死的！青天大老爷明察！要抓住凶手，让我家阿黄瞑目啊！"

方多病奇道："阿黄是被人毒死的？"

陈丽华连连点头。

李莲花温言道："原来阿黄竟是被人毒死的，尸体却浮在五原河中。啊，这其中可能有凶手杀人抛尸。黄夫人且莫伤心，我家公子定会替阿黄申冤，查明凶手，你先起身，把鸡带回去吧。"

陈丽华闻言心里大松，这两位青天大老爷也没有她想象的那么威严可怕，看来世上的清官，毕竟还是有的，不禁大为感激："不不，这只鸡是孝敬两位大人的，我怎么能带回去？"

方多病道："那个……本官不擅杀鸡……"

李莲花截口含笑道："黄夫人，为百姓申冤，还天地正道，是我家公子的职责，天经地义。所谓食君之禄，担君之忧，食皇粮者，自然要为天下谋福，所以你这只母鸡，也就不必了吧。"

方多病淡淡地道："师爷所言不错。"

陈丽华对方多病磕了八个响头："只要大人们为我相公申冤，我来世做牛做马，也感激两位大人。"

李莲花"啊"了一声："我不是什么大人……"

陈丽华突地转了个方向，也给他咚咚磕了八个响头："民妇走了。"

她也确实质朴，说走就走，那只母鸡却是说什么也不带走，李莲花和方多病相视苦笑。过了一会儿，那只鸡突然钻入东面柜子底下，方多病只得装作没有瞧见。

"阿黄竟是被毒死的？真是怪哉……这件事真是越来越离奇了。喂？李莲花！李、莲、花！"他咬牙切齿地看着俯下身子捉鸡的李莲花，"你能不能不要在我面前捉鸡？"

"不能。"李莲花道。

"明日我送一千只一模一样的母鸡给你，你现在能不能爬回来和'本官'继续讨论案情？"

"啊……"李莲花已经把那只鸡从柜子底下捉了出来,他拎着鸡翅膀,对着方多病扬了扬,笑得十分愉快,"这是一只妙不可言的鸡,和你吃过的那些全然不同……"

方多病耳朵一动,骤然警觉:"哪里不同?"

李莲花把母鸡提了出来:"不同的就是——这只鸡正在拉稀。"

"你想说什么?"方多病怪叫一声,"你想说这只鸡得了鸡瘟?"

"哎呀,"李莲花微微一笑,"我只是想说,明天你千万不要送我一千只和这只一模一样的鸡而已。"他在小母鸡身上各处按了按,拔去一处羽毛,只见鸡皮之上有些淡淡的淤青,突然"噗"的一声,那只母鸡又拉了一团鸡屎,那团鸡屎里带了些血。

方多病"啊"了一声:"它……它怎么会这样?"

李莲花惋惜地看着那只似乎正青春的母鸡:"你在小远镇买一千只鸡,只怕有九百九十九只会是这样的,所以你千万不要在这里买鸡送我,好歹也等我再搬次家……这里的风水实在不怎么好……"

"难道那阿黄的老婆居然敢在母鸡里下毒,要谋害巡案大人?"方多病勃然大怒,咬牙切齿,浑然忘记自己其实不是巡案,重重一拍桌子,"这刁民刁妇,委实可恶!"

李莲花微微一笑:"大人莫气,这只鸡虽然不大好吃,但也不是得了鸡瘟,刚才买菜之时,我仔细看过,大凡小远镇村民所养之牲畜,大都有些拉稀、模样不怎么好看、喜欢长些斑点之类的毛病,倒也不是阿黄老婆在母鸡里下毒。"

方多病瞪着那团带血的鸡屎:"你硬要说这只鸡没有问题,不如你就把它吃下去如何?"

"吃也是吃得的,只要你会杀鸡且能把它煮熟,我吃下去也无妨。"李莲花漫不经心地道,"你在这里慢慢杀鸡,我出门一下。"

方多病奇道:"你要去哪里?"

李莲花望了望天色,正色道:"集市。时候不早了,也该去买晚饭的菜了。"

方多病张口结舌,却又说不出什么不对来,当下重重哼了一声:"去吧。"

李莲花面带微笑走在小远镇集市的路上,夏日虽然炎热,傍晚的风吹在人身上却十分舒适,他并没有去买菜,而是自集市穿过,散步走到了集市边缘的一家店铺门口,扣指轻轻敲了敲打开的大门。

"客官要买什么?"店铺里传来一个沙哑的声音。这是间打铁铺,铺里深处坐着一位老人,满墙挂着打造好的刀剑,闪闪发光,十分锋锐的模样。

"不买什么,只是想问严老一个问题。"李莲花含笑道。

"什么问题?"严福问,"若要问严家当年的珍珠翡翠,喀喀……没有就是没有……"

李莲花道:"就是一个……关于解药的问题……"

严福脸色不变,沉默良久,却不回答。

李莲花很有耐心地看着他,十分温和地仔细问了一遍:"你没有拿到解药吗?"

严福重重地叹了口气,沙哑地道:"没有。"

他从打铁铺深处慢慢地走了出来,手扶门框,佝偻着背,看着阳光下的李莲花。

"三十年来,前来寻找《黄泉真经》的人不少,从无一人看破当年的真相。年轻人,你的确有些不寻常。"他仰起头呆呆看着门外的夕阳,缓缓地问,"我究竟是哪里做错了,能让你看穿真相?"

"我在小远镇也住了不少时日了,这里的村民人也不错,虽然乱葬岗风景不美,但也通风凉快,只是有件事不大方便。"李莲花叹了口气,"那就是喝水的问题。"

"这里的村民好像从来不打水井,喝水定要跑到五原河去挑。所以那日我不小心掉了两钱银子下'窟窿',发现底下有水,实在高兴得很。"他前进两步,走近打铁铺屋檐底下,和严福一样背靠门框,仰头看着夕阳。

严福"嘿"了一声:"你想说你挖'窟窿'不是为了《黄泉真经》,而是真要打井?"

李莲花歉然道:"不错。"

严福淡淡地道:"那'窟窿'底下,其实也没什么好瞧的。"

"'窟窿'底下的情形……"李莲花又叹了口气,"下到底下的人都会瞧见尸骨,既然'窟窿'只有人头大小的口子,表层的黄土被人多年踩踏,硬得要命,那当年那些尸骨又是如何进入其中的?这是常人都会想到的疑问。但其实答案很简单,那水中有鱼骨,证明'窟窿'里的水并非天上落下来的雨水,那些水必定和河道相通,否则不会有如此多的鱼。所以阿黄摔下水中之后失踪,尸体在五原河中浮起,半点也不奇怪——他不幸摔入潜流河道,随水冲了出去。"

严福"嘿"了一声:"说来简单,发觉那底下尚有河道的人,你却是第一人。"

李莲花面露歉然之色:"然而问题并不在人是如何进去的,问题在于,人为何没有出来?"

严福目中光彩微微一闪："哼！"

李莲花道："既然人是通过河道进入'窟窿'，那'牛头马面'被分出来的半个为何没有出来？他被从兄弟身上分出来以后，显然没有死，非但没死，他还往上挖掘了一道长长的洞口，又在洞内铁门那里留下了许多抓痕，但他却没有从河道逃生，这是为什么？"

严福淡淡地反问："为什么？"

李莲花道："那显然是因为河道无法通行。"

严福不答，目光变得有些古怪，静静地盯着打铁铺门外的石板。如此一个佝偻的老人，流露出这种目光，仿佛在回忆生平。

"河道为何会无法通行？"李莲花慢慢地道，"那就要从阿黄的死说起，阿黄摔入河道，依他夫人所说，阿黄水性甚好，那么为何会溺死？又为何全身青紫、七窍流血？就算是寻常村妇也知……七窍流血便是中毒。"他侧过头看了严福一眼，"'窟窿'底下全是鱼骨，'牛头马面'死在洞内，阿黄通过河水潜流出来，却已中毒溺水而死，那很显然，河水中有毒！"

严福也缓缓侧过头看了李莲花一眼："不错，河水中有毒，但……"他沙哑的声音沉寂了一会儿，没再说下去。

李莲花慢慢地接口："但你当年，并不知情。"

严福的背似乎弯了下去，他从门内拖出一把凳子，坐在了凳子上。

"'窟窿'底下的水中，为何会有毒？毒是从哪里来的？"李莲花看了严福一眼，仍旧十分温和地说了下去，"这是'阿黄为何会淹死在五原河中'的答案，但'窟窿'底下的疑问，并非只有阿黄一件。"

"毒从哪里来，暂且可以放在一边。有人从潜河道秘密来往于小远镇外和这个洞穴之间，显然有些事不寻常，是谁、为什么、从哪里潜入这个洞穴？那就要从'窟窿'发出的怪声说起。"李莲花伸出手指，在空中慢慢画了一条曲线，"'窟窿'在乱葬岗上，既然是个'岗'，它就是个山丘，而'窟窿'顶上那个口子，正好在山丘迎风的一面，一旦夜间风大，灌入洞内，就会发出鬼哭狼嚎一般的声音……'窟窿'虽然很深，下到底下有十几丈深，但因为它的入口在山岗顶上，所以其实它的底并没有像人们想象的那么深入地下，而在这里……"他的手指慢慢点在他所画的那个山丘的山脚，"也就是乱葬岗的西面，而乱葬岗的西面是一个水塘，因为水塘的存在，让人更想不到里面那地狱般的洞穴，其实就在水塘旁边。"

严福的脸上泛起了轻微的一阵抽搐，喑哑地咳嗽了几声，只听李莲花继续道：

"而水塘旁边，当年却不是荒山野岭，而是小远镇一方富豪严青田的庭院。"

严福脸上的那阵抽搐骤地加剧了："你怎知道那儿当年是严家庭院？"

"池塘边有一棵模样古怪的树。"李莲花道，"当年我曾在苗疆一带游历过，它叫'剑叶龙血'，并非中原树种，既然不是本地原生的树木，定是旁人种在那里的，而这么多年以前，自远方搬来此地居住的外人，不过严家而已。"

严福突然起了一阵猛烈的咳嗽："喀喀……喀……"

李莲花很是同情地看了他一眼，目光移回自己所画的那座"山"上，语气平和地继续道："既然严家庭院就在'窟窿'旁边，在'窟窿'旁边还有个水塘，我突然想到——也许自河道潜泳而来的人最初并非想要进入'窟窿'，而想进入的是严家的水塘——如此，便可神不知鬼不觉地出入严家庭院，不被任何人看见。"他悠悠地望着夕阳，"严老，我说的，可有不是之处？"

严福的咳嗽停了下来，过了一会儿，他喑哑地道："没有。"

李莲花慢慢地道："而阿黄失踪之后，那水塘里泛起的红色证实了水塘和'窟窿'是相通的。那红色的东西，是阿黄收在身上尚未卖完的胭脂。"他顿了顿，"如此……'窟窿'里的尸骨就和严家有了干系，而严家在数十年前发生了一起离奇的命案。"他的语气在此时显得尤为温柔平静，就如正对着一个孩子说话，"严夫人杨氏持刀砍去严青田的头颅，驾马车逃走，严家家产不翼而飞，严家管家却留在此地数十年，做了一名老铁匠。"

"不错。"严福不再咳嗽，声音仍很沙哑，"丝毫不错。"

李莲花却摇了摇头："大错特错，当年所发生的事，必定不是如此。"

严福目中流露出一丝奇光："你怎知必定不是如此？"

李莲花道："在'窟窿'之中，有一具模样古怪的尸体，双头双身，而仅有双腿，武林中人都知道，那是'牛头马面'的尸骨。'牛头马面'是'阎罗王'座下第一大将，他死于'窟窿'之中，小远镇上却从未有人见过这位形貌古怪的恶徒，那说明，'牛头马面'是潜泳而来，'窟窿'是个死路，那么他潜泳而来的目的地，应该本是严家白水园。"

严福道："那又如何？和当年严夫人杀夫毫无关系。"

李莲花道："'牛头马面'是武林中人，又是'黄泉府'的第一号人物，他要找的严家，自然不是等闲之辈。'黄泉府'也姓'阎'，严家也姓'严'，严家的庄园，叫作'白水园'，'白水'为'泉'，我自然就要怀疑，严家是否就是当年武林之中赫赫有名的'黄泉府'？"

严福冷冷一笑:"是又如何?不是又如何?"

"严家若就是'黄泉府',那严青田自然就是'阎罗王',那么严夫人如何能将'阎罗王'砍头?"李莲花微微一笑,"难道她的武功,比'阎罗王'还高?"

顿了顿,他继续道:"严家若不是'黄泉府',而仅是不会武功的寻常商贾,严夫人一介女流,又是如何砍断严青田的脖子的?你我都很清楚,人头甚硬,没有些功力,人头是剁不下来,也拍不碎……除非她对准脖子砍了很多刀,拼了命非砍断严青田的脖子不可。"看了严福一眼,李莲花慢吞吞地道,"那不大可能……所以我想……砍断'严青田'脖子的人,多半不是严夫人。"

"她若没有杀人,为何要逃走?"严福道。他坐在凳子上,苍老的身影十分委顿,语气之间,半点不似当年曾经风光一度的严家管家,更似他根本不是当年严家的人。

李莲花叹了口气:"她为何要逃走,自是你最清楚,你是严家的管家,大家都说你和夫人之间……那个……关系甚佳……"

严福本来委顿地坐在凳子上,突然站起,那张堆满鸡皮生满斑点的脸刹那变得狰狞可怖:"你说什么?!"

李莲花脸上带着十分耐心且温和的微笑:"我说大家都说,严福和严夫人之间……关系甚佳……有通奸——"

他一句话还没说完,严福本来面色深沉,语言冷漠,突然向他扑来,十指插向他的咽喉,牙关咬得咯咯作响,就如突然间变成了一头野兽。

李莲花抬手一拦,轻轻一推,严福便仰天摔倒,只听"扑通"一声,他这一跤摔得极重。

李莲花脸现歉然之色,伸手将他扶起,严福不住喘气,脸上充满怨毒之色,突然剧烈地咳嗽起来:"喀喀喀……喀喀喀……"

他咳个不停,李莲花却继续说了下去:"……之嫌。"

严福强吸一口气,突然震天动地地道:"不要在我面前说起那两——"

此言一出,他自己蓦地一呆。李莲花已微笑着接了下去:"哦?不要在你面前提起严夫人和严福?难道你不是严福……你若不是严福,那么你是谁?"

"严福"狰狞怨毒的表情一点一点地散去,目中泛起了一阵深沉的痛苦之色。"喀喀……喀喀……"他佝偻的身子坐直了些,沙哑地道,"你既然问得出'解药'二字,自然早已知道我是谁。罢了罢了,我倒是奇怪,你怎会知道'严福'不是严福?"

李莲花自怀中取出一只金疮药瓶,抬起"严福"的右手,方才他将"严福"一下推倒,右手受了些轻微的皮外伤。他将伤口仔细敷好,方才微笑道:"我不久前曾对人说过，人头是一种很奇怪的东西，砍了头，多半你就不知道死的是谁……无头的'严青田'死后，严福没有将他下葬，这是件很奇怪的事，可能有二：第一，严青田的尸身有假；第二，严福徒有忠仆之形，而无忠仆之实。"

"世上从来没有永远会对你忠心耿耿的奴才。""严福"阴森森地道。

李莲花"啊"了一声，似乎对他此言十分钦佩："因为严青田是无头尸，且无人下葬，最后失踪，我想这位被砍头的'严青田'，只怕不是'阎罗王'本人。"

"严福"哼了一声，不置可否。

李莲花继续道："既然严青田的尸体可能有假，那么'阎罗王'自然可能还活着。但当想到'阎罗王'可能还活着时，就会发现一件很奇怪的事。"他看着"严福"，经过一阵咳嗽，"严福"脸色又坏了几分，尤为衰老虚弱，"如果'阎罗王'未死，那么发生了严夫人和严福有私情这种奇耻大辱的事，为何他没有杀死严夫人也没有杀死严福，就此消失了？这显然于理不合。所以我在想……是不是'阎罗王'真的死了，而严福故意不将他下葬？但'阎罗王'如果真的已死，严福和严夫人真的有私，为何他不随严夫人逃走，而要在这小远镇苦守了几十年？这也于理不合……"

"严福"幽幽地道："世上和道理相合的事本就不多。"

李莲花道："啊……既然我想来想去，觉得此事横竖不合情理。按照常理，'阎罗王'发现夫人和严福有染，依他在江湖上的……声誉，应当抓住二人对他们痛加折磨，最后将二人杀死才是，但严夫人和严福都没死，'阎罗王'却死了。"

"严夫人害怕通奸被'阎罗王'发觉，先下手为强杀死'阎罗王'，也是有的。""严福"淡淡地道。

李莲花叹了口气："那她是如何杀死'阎罗王'的？又是如何起意，敢对如此一位武功高强的江湖……那个……好汉下手？"

"严福"的脸上又起了一阵痉挛。

李莲花慢慢地道："无论是'阎罗王'诈死，还是严夫人杀夫，这其中的关键，都在于'阎罗王'的弱势——他突然变得没有威信或者没有能力。"

"严福"浑身颤抖起来，紧紧握起了拳头。

李莲花叹了口气，语气越发温柔："有什么原因，能让武林中令人闻之色变的'阎罗王'失去威信和能力，为什么他的夫人会和管家通奸？在当年小远镇上究竟发生了什么？这或者，要从'黄泉府'为何搬迁至小远镇说起。"

"严福"的眉眼微微一颤："你知道'黄泉府'为何要搬迁至小远镇？"

李莲花道："小远镇穷山恶水，只有一件东西值得人心动，那就是祖母绿。"

"严福"脸现凄厉之色，李莲花继续道："传说小远镇曾经出过价值连城的祖母绿，而祖母绿有解毒退热、清心明目的功效，听说'阎罗王'有一门独门武功'碧中计'，乃独步天下的第一流毒掌，而祖母绿是修炼这门毒掌不可缺少的佐器。"李莲花的视线从"严福"脸上缓缓移到了地上，夕阳西下，打铁铺前的石板渐渐染上房屋的阴影，夜间的凉意也渐渐吹上衣角，"'阎罗王'或是为了祖母绿而来，但他却不知，此地出产的祖母绿……"他慢慢地叹了口气，"此地出产的'祖母绿'其实并非真正的祖母绿，而是'翡翠绿'，那是一种剧毒。"

"严福"低下头，坐在木条钉就的凳子上，沉重地叹了口气。

"在'窟窿'里的石壁上，生有一些莹绿色的碎石，看起来很像祖母绿，那是一种很罕见的剧毒，叫作'翡翠绿'。"李莲花歉然道，"一开始我也没瞧出来，只当是祖母绿玉脉中的碎石，我和'黑蟋蟀'多少都会些武功，翡翠绿的毒气在那底下微弱得很，虽然阿黄昏倒两次，我等都以为是惊吓之故……直到后来，佘芒佘知县说到严家当年曾被奇怪的大火烧毁，火焰从严家主房里喷出，我方才想到，那可能是'翡翠绿'。"

"严福"道："当年严家如有一人知晓世上有'翡翠绿'，便不会落得家破人亡的下场。"

李莲花道："这个……我当年有个好友，便是死在'翡翠绿'之下……'翡翠绿'毒气遇火爆炸，它本身遇水化毒，模样和祖母绿十分相似，是一种非常危险的毒物。那'窟窿'底下生有'翡翠绿'，又有河水，原本整个洞底都该是毒气，但不知何故洞底的毒气并不太浓，连我和'黑蟋蟀'持火把下去都没有什么反应，倒是奇怪。五原河水中的毒，便是从'翡翠绿'的矿石而来，在'窟窿'之中水里的毒性最强，侥幸五原河是一条活水河，河水中虽然有毒，但并不太多，人喝下也不会如何，只是鸡鸭猪狗之类喝了有毒的河水，不免头痛腹泻，身上生出许多难看的斑点，这一点，在小远镇村民所养的家畜身上，便可瞧见。"

他说到"斑点"的时候，目光缓缓留驻在"严福"脸上，顿了顿，道："我猜……'阎罗王'拿'翡翠绿'练功，不幸中毒，武功大损，容貌被毁，严夫人或许就在如此情形之下，和管家严福有了私情。'阎罗王'发觉此事，自然十分愤怒，若不让此二人求生不得，求死不能，必是不甘心的。然而他武功大损，容貌被毁，威信全无……地位岌岌可危，所以为了求生、为了报仇，他想出了一个奇怪的主意。"

"严福"沉默半响，淡淡地道："能想出这许多事来，年轻人，你确是了不起得很。"

李莲花"啊"了一声："惭愧……其实我所说之事，多属猜测……我猜你武功大损、相貌被毁之后，'牛头马面'和严福多半合谋，要对你不利，或者你老婆当真也有杀夫的胆量……"

他突然从"阎罗王"改口称起"你"来了，"严福"微微一震，并不否认，只听李莲花继续道："换了旁人，此时想到诈死自保，已是高明，但你却更为高明，你杀了一人，将他人头砍断，换上自己的假人头，却将严福骗至'窟窿'之中，关了起来。那假人头骗得了镇上的愚民，骗不了你妻子和'牛头马面'，你和严福不见踪影，他们认为是你杀死严福，而你不见踪影，定是要伺机下手，所以惊慌失措的严夫人当即驾马车携子逃走，再也不敢回来。而'牛头马面'……"李莲花微微一笑，"他们却留了下来，而你故伎重施，又将他们骗进了'窟窿'之中。"

"严福"脸上泛起一丝神秘而狡猾的微笑："我用什么方法把他们关在'窟窿'之中，难道你也知道？"

李莲花咳嗽一声："那方法容易得很，千变万化，用什么法子都行，比如说……你假装心灰意冷，把《黄泉真经》丢进水塘，那严福定会偷偷去找，你待他下水之后往水里丢'翡翠绿'，严福骤觉水中有毒，只得急急钻入'窟窿'，那便再也出不来了。而对付'牛头马面'只需你自己跳进水里，不怕他不追来，他一下水你就往水里施毒，反正你中毒已深，他却未曾尝过'翡翠绿'的滋味，如此这般，你们定要钻入'窟窿'避毒，水里既然有剧毒，他们自然出不来，那便关起来了。"

他信口胡说，"严福"却脸色微变："虽不中亦不远，嘿嘿，江山代有才人出，若在三十年前，我非杀了你不可。"

李莲花吓了一跳："不敢、不敢……但你钻进'窟窿'之后又做了些什么，如何把人钉在石壁上，我便不知道了。"

"严福"哼了一声，听不出他这句"不知道"是真是假。

"那个'窟窿'，便是出产'翡翠绿'的矿坑，坑里充满毒气，那两人一到'窟窿'里面，很快就中毒倒地，他们内力不及我，中毒之后武功全失，我要将他们吊在石壁上有何困难？即使将他们大卸八块、五马分尸也不是什么难事。"

李莲花连连点头，极认真地道："极是、极是。"

"严福"缓缓地道："但我如何肯让这两个奴才死得这般痛快？我将'翡翠绿'装在袋里，浸在洞内水中，当时……我以为中'翡翠绿'之毒，多半是为人所害，这两个奴才可能有解药，所以对他们严刑拷打，使尽种种手段，但那两人却说什么也不告诉我解药所在。后来，有一日，陈发那混账竟然妄图运气将毒气逼往陈旺身体之中，想利用牺牲兄弟的性命杀我，我便一剑将这个怪物斩为两半，不料陈发和陈旺分开以后，居然不死……"他呆呆地看着渐渐下沉的太阳，那太阳已垂到了地面，声音喑哑，有气无力，没有半分当年狠辣残暴的气息，但当年的怨毒仍是令人毛骨悚然，"我当即潜水逃走，谁知陈旺居然在洞内爬行，到处挣扎……我不知'窟窿'和严家庭院仅有一土之隔，主院之内的土墙被陈旺掘出一个洞来，随后大火从那洞里喷了出来，将我府中一切烧得干干净净。"

李莲花悠悠叹了口气："想必当时你房里点着熏香、烛台之类，有明火，'翡翠绿'毒气遇火爆炸……"

"严福"低沉地道："自从'严青田'死后，严福和陈发、陈旺失踪，我便戴着严福的人皮面具，但大火过后，府中人心背离，一夕之间，走得干干净净。我心里恨得很，当即打造精钢镣铐，等我回到'窟窿'，陈旺已经死了，陈发却还活着，他练了几十年的武功，毕竟没有白练。我将那两个叛徒钉在石壁之上，日日夜夜折磨他们，直到半年之后，他们方才死去。"他仍是呆呆地看着夕阳，"但我武功大损，已不如武林中第九流的角色，江湖之中，不知有多少人想找我报仇，不知有多少人想要《黄泉真经》，除了留在此地做打铁的严福，天下之大，我竟无处可去。"言罢，语言中深刻的怨毒已变成难以言喻的苦涩和苍凉，这位当年威震四方的江湖恶徒，如今处境，竟是连寻常村夫都不如。

"如今让你这般活着，更痛苦让你死……"李莲花慢慢地道，"世道轮回，善恶有报，有些时候，还是有道理的。"

"严福"淡淡地道："几年之后，我取下严福的人皮面具，镇上竟没有一人认出'严福'长什么模样……也是我当年行事谨慎，无人识得我真面目，我方能平安活到今日，可见上天对我也是有些眷顾。"

李莲花叹了口气："你……你……你难道不觉落得如今田地，与你当年所作所为，也有些干系吗？若非你当年行事残忍，待人薄情，你身边之人怎会如此对待你？"

"严福""嘿"了一声，李莲花继续道："无怪乎虽然你落得如此田地，当日'黑蟋蟀'下到'窟窿'之中发觉内有尸骨，你还是一箭射杀了他。"

"严福"森然道："我不该杀他？"

李莲花道："你……你……"他脸上微现惊慌之色，"难道你也要杀我？"

严福冷冷地道："你不该杀吗？"

李莲花蓦地倒退两步，"严福"缓缓站起，他手中持着一个模样古怪的铁盒，不用说定是机簧暗器，只听"严福"阴森森地道："'黑蟋蟀'该死，而你——更是非死不可，三十年前我会杀你，三十年后，我一样会杀！"

李莲花连连倒退，"严福"道："逃不了的，在此三十年中，我无时无刻不在钻研一种暗器，即使武功全失，仍能独步江湖。当年武林之中有'暴雨梨花镖'天下第一，如今我这'阴曹地府'也未必不如。年轻人你很幸运，做得我'阴曹地府'中第一人。"

李莲花大叫一声，转身就逃。严福手指扣动，正待按下机簧，就在此时，有人也在大叫："死莲花！你根本就是故意的！……"

"严福"心头一跳，正待加力按下，眼前一花，一阵疾风掠过，手指已被人牢牢抓住，半分也动不了。他抬起头来，看见眼前抓住他的人白衣华服，瘦得有如竹竿，正是今日午时还对他十分同情的方多病。"严福"手指一翻，虽然指上无力，仍旧点向方多病虎口，方多病手上运劲，严福点中虎口，一声闷哼，却是食指剧痛不已。

李莲花逃得远远的，遥遥转过身探头问："你点了他穴道没有？"

方多病连点"严福"数十处穴道："死莲花！你千里迢迢写信把我骗来，就是为了抓这老小子？这老小子武功脓包至极，比你还差，你怕什么？"

李莲花遥遥答道："他毕竟是当年'黄泉府'府主，我心里害怕……"

方多病哼了一声："当年'黄泉府'府主何等权势，哪会像他这样？死莲花，你有没搞错？"

李莲花道："有没有搞错，你问他自己……说不定他都在胡吹大气，假冒那'黄泉府'府主。只不过我明明叫你在楼里等我买菜回去，你跟在我后面做什么？"

方多病又哼了一声："我想来想去，死莲花的话万万信不得，上次买菜是在偷看别人鸡鸭，谁知道这次又在搞些什么鬼？"

李莲花遥遥地歉然道："这次真是多亏你了，否则'阴曹地府'射出，我必死无疑。救命之恩，必当涌泉相报。"

方多病怪叫一声："不必了不必了，谁知道那玩意儿射出来你躲不躲得过？谁知道你涌泉相报的是什么玩意儿？我怕了你了，免礼平身，本少爷准你不必报什么恩。"言下他夺过"严福"手中的"阴曹地府"，随意一按，只听"砰"的一声巨响，那铁盒陡然一震，两枚绿色物事奔雷闪电般炸出，刹那之间，已深深嵌入石板之中。

方多病目瞪口呆，这绿色的东西只怕便是'翡翠绿'，这剧毒被如此射出，要是沾上了人身，那还了得？瞧了手中那危险物事一眼，他打开盒盖，里头两枚翡翠绿石子已经射出，方多病吐了口气，当着"严福"的面，将那铁盒扭成一团，掷入簸箕之中。

"严福"穴道受制，无法开口，只瞧得双目大瞪，如要喷血。

李莲花十分同情地看着他："这人就让巡案大人亲自交给花如雪，想必三十年来，他的许多故友都还很想念他。"

方多病斜眼看他："那你呢？"

李莲花微笑道："我伤势未愈，自是继续养伤。"

方多病道："借口！"

李莲花咳嗽一声，忽然道："我还有个地方想去瞧瞧。"

四 黄泉真经

李莲花想去看的地方是"窟窿"旁边那严家旧时的房屋，那些昔日繁华一时的楼宇早已倾倒，面目全非。其中坍塌的一处房间淡淡地散发着一丝烟气，李莲花和方多病挑开一些碎砖一看，里面是个甚大的锅炉，有些铁水尚在炉中流动，奇怪的是炉下并没有柴火。

"原来此炉和'窟窿'相通，他利用'窟窿'里的毒气炼炉熔铁，果是聪明的法子，当日射死'黑蟋蟀'的那一箭，也是从此炉射出。只用插入一支铁箭，关上鼓气的这个口子，让铁箭指着入毒气的这个洞口——大概也就是当年不知是'牛头'还是'马面'挖的这个口子，然后炉中闷火烧尽，烧出的热气无法散发，就把箭激射出来，射中了'黑蟋蟀'。"李莲花喃喃地道，"无怪底下毒气并不浓郁，原来都被这炼铁炉烧去了。'阎罗王'虽然吃了这'翡翠绿'的大亏，却也是得贤能用，幸好武功全失，否则、否则……也是可怕得很……"

"死莲花，这里有一本书啊。"在李莲花自言自语之时，方多病从炼铁炉边的地上拾起一本被翻得破烂的黄色小书，其中画满人形图画，"这不会就是什么《黄泉真经》吧？怎么放在这里烤鱼干？"

李莲花"啊"了一声，如梦初醒："这不是吧？《黄泉真经》既然名列江湖最神秘的武功秘籍之一，我想该有黄缎封皮、檀木盒子、金漆题字，藏得妥妥当当，万万不会放在这里。"

方多病瞪眼道："你怎知它就有黄缎封皮、檀木盒子……"

李莲花正色道："依常理推断，应当就有。"

方多病道："胡说八道……"

李莲花拾起那本黄色小书："这书字迹写得如此之差，纸质如此恶劣，尤其是人像画得如此丑陋歪曲，多半不是《黄泉真经》，想那《真经》何等难得，怎会是这般模样？"

方多病道："这也有些道理，但是……"

李莲花手臂一抬，微笑道："这既然不是《真经》，你我又何须关心它是什么？"

"啪"的一声，那本书自李莲花头顶上画了道弧线，笔直掉入了炼铁炉中，"哗"的一声起火了。

方多病"哎呀"一声，他已想到那书十有八九就是《黄泉真经》，李疯子却硬说不是，如今居然将它烧了！

李莲花掷书起火，连看也不多看一眼："还是押解严青田给花如雪比较重要，你我还是早点启程吧。"

方多病连连点头，和李莲花携手离去。

二人离去之后，那卷在火炉中烧得面目全非的黄色小书渐渐被火烧毁，火焰之中，每一页灰烬上都清清楚楚地显出四个大字：黄泉真经。

第九章 女宅

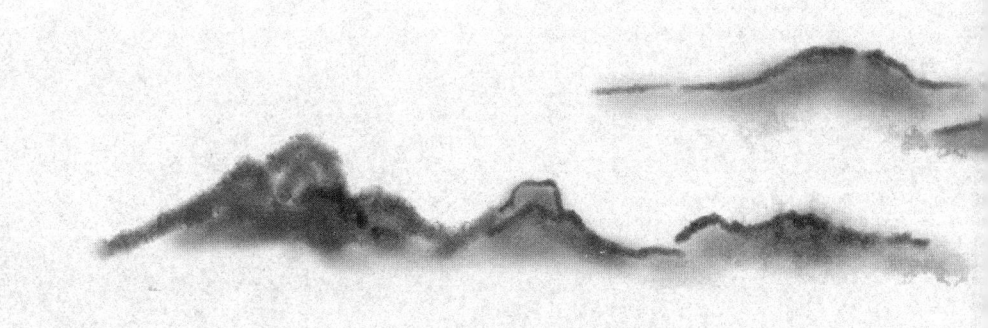

【 一　祸机 】

秋风萧瑟，香山的红叶自古散发着迷人的风韵，如今经过"香山秀客"一番整理，被理去了败叶杂枝，越发是红得庄重浓郁，观之令人浑身舒畅。

今年秋季，"香山秀客"玉楼春做东，宴请朋友秋赏香山红叶，此宴名为"漫山红"。玉楼春和金满堂乃是挚友，若说金满堂是江湖上最有钱的人，玉楼春大约可算第二，因此受他邀请前来观红叶的人，自然与众不同，比如说"舞魔"慕容腰，比如说"酒痴"关山横，比如说"皓首穷经"施文绝，比如说"冷箭"东方皓，比如说"一字诗"李杜甫等等。慕容腰舞蹈之技堪称天下第一，关山横喝酒之功约莫也不会在第二，施文绝自然是背书背得最多，东方皓的箭法最准，李杜甫的诗写得最好。这些人都是江湖奇人中的奇人，而其中有个凑数的叫作李莲花，玉楼春宴请他并非是因他有一样什么技艺天下第一，而是要谢他查破金满堂离奇死亡一事。

这些人虽然形貌不一，老少皆有，俊丑参差，高矮各异，但简而言之都是男人，是男人，就喜欢女人。玉楼春特地将众人在香山的居所安排在香山脚下一处也是天下绝妙无双的地方，那个地方，叫作"女宅"。

"女宅"，顾名思义，便是有许多女子的宅院，简而言之，也就是妓院。不过这一处妓院和天下其他的妓院大大不同，这里的女子是玉楼春亲自挑选的，以他喜欢"天下第一"的脾气，这里的女子个个有绝技在身，或吹箫，或弹琴，或刺绣，都有冠绝天下之称，因此寻常男子难以一亲芳泽，若非有玉楼春看得上眼的什么东西，否则寻常人是一只脚……不，连半只脚也踏不进"女宅"的大门。这里的女子也从不陪客过夜，除非她们心甘情愿，否则也就是喝喝酒、唱唱歌、划划船，世上庸俗之事，这些女子是断不相陪的。

如今李莲花正端坐在这"女宅"之中，左边坐的是施文绝，那书呆子今日破例穿得整整齐齐，绝无半点污渍，听说前些日子去赶考，也不知考中没有；右边坐的人和施文绝大大不同，那人高冠金袍，蟒皮束腰，相貌俊美，脸上略微上了些脂粉，唇上涂着鲜艳的唇红。若是别个男人这般涂脂抹粉，众人定然作呕不已，但此人施起脂粉起来，竟是妖艳绝伦，别有一番风味，并不怎么惹人讨厌，这人正是慕容腰。

关山横坐在慕容腰之旁，此人身高八尺，体重约莫有个二百五十斤，犹如一个巨大的水桶，听说他有个弟弟叫作关山月，却是个英俊潇洒的美公子，也不知真的假的。

关山横身旁坐着一个黑衣人，骨骼瘦削，指节如铁，皮肤黝黑至极，却闪闪发光，浑身上下犹如一支铁箭，这长得和箭甚像的人自然便是东方皓。

东方皓之旁坐的那人一袭青衫，相貌古雅，颔下留有山羊胡子一把，腰间插三寸羊毫一支，正是李杜甫。

而施文绝之旁坐的那人一身朴素的布衣，虽然未打补丁，却也看得出穿了许久了——正是许多有钱的读书人最喜欢的那种又旧又高雅的儒衫。那人的年纪也不太老，不过四十出头，一头梳得整齐的乌发，面貌温文尔雅，右手小指上戴有碧玉戒指一枚，只有从这价值连城的小小碧戒，方才看得出主人富可敌国，是"香山秀客"玉楼春。

这许多人坐在一起，自是为了吃饭，但此时酒菜尚未上来。玉楼春说了一番贺词，此时拍拍手掌，这装饰华丽、种了许多稀世花草的宴庭中丝弦声响，一个红衣女子缓缓走了出来。

虽然说"女宅"之名天下皆知，大家也都深知其中女子必定个个惊才绝艳，但这红衣女子走出的时候，众人还是微微一震，心下都感吃惊。这出来的女子皮肤甚黑，但五官艳丽，身材高挑，一袭红衣裹在身上，只见曲线凹凸毕露，十分妩媚，犹如一条红蛇。只见她目光流动，突然对着慕容腰一笑，越发是妩媚动人到了极致。

玉楼春道："这位姑娘名唤赤龙，精于舞蹈，过会儿跳起舞来，慕容兄可要好好指点一二。"转眼看慕容腰，却见他本来高傲自负的脸上流露出吃惊之色，仿佛女子赤龙深深地震撼了他。

施文绝低低地道了声"妖女"，关山横哼了一声。"美女、美女！"李杜甫摇头晃脑，仿佛这等绝色只有他会欣赏，而如施文绝这等庸人自是绝不能领会的。

正当几人为赤龙之妖娆略起骚动之时，清风徐来，带来一阵淡淡的芬芳，嗅之令人心魂欲醉，如兰蕙，如流水，如明月，随着那芬芳的清风，一个白衣女子跟在赤龙之后，姗姗走了出来。这女子一出场，施文绝顿时目瞪口呆，呆若木鸡，已不知身在何处，连东方皓都微微动容，李莲花"啊"了一声。

玉楼春微微一笑："这位是西妃姑娘，善于弹琴。"

方才赤龙妩媚刚健，光彩四射，但在这位西妃映衬之下，顿时暗淡了三分。这位白衣女子容颜如雪，清丽秀雅，当真就如融雪香梅、梨花海棠般动人，正是施文绝心中朝思暮想的那种佳人？赤龙走出之时，众人议论纷纷，西妃姗姗而出，竟然一片寂静，男人们的目光都集中在她身上，神色各异，竟把赤龙忘得干干净净。

待众人呆了好一阵子，施文绝痴痴地看着西妃，喃喃地问："既然有西妃，不知尚有东妃否？"

玉楼春脸色微变，随即一笑："曾是有的，不过她已赎身。"

施文绝叹道："如此女子，真不敢想象世上竟还有一人和她一般美……"

玉楼春道："东妃之美，岂是未曾见过之人所能想象，只是今日见不着了。"

正在说话之际，西妃垂眉低首，退至一边，调弦开声，轻轻一拨，尚未成调，已是动人心魂。赤龙斜眼冷看众人痴迷之状，身子一扭，随着西妃的弦声，开始起舞。

西妃纤纤弱质，所弹之曲却是一曲从未听过的曲调。赤龙的舞蹈大开大合，全无娇柔之美，别有一种狰狞妖邪之态，却是触目惊心，令人无法移目。她仿若并非一个人，而是一条浑身鳞片与天抗争的红蛇，自天下到地地扭动，而又自下而上地挣扎，在扭曲的旋转之中，那条红蛇苍白的骨骼狰狞爬上了天空，而她的血肉却被霹雳击碎，洒向了地面，痛苦、挣扎、成功和死亡交织在一起的舞蹈，毫无细腻纤柔的美感，却让人忍不住微微发颤。

众人从未见过女子如此跳舞，就如那红蛇的魂魄依附在她身上……慕容腰的眉头越扬越高，目不转睛地看着赤龙，方才大家都看西妃，只有他仍是目不转睛地看着赤龙，他目中有光彩在闪。

西妃的琴声如鼓，铮铮然充满萧飒之声，忽地赤龙扬声唱道："锦襜褕，绣裆襦，强强饮啄哺尔雏。陇东卧穟满风雨，莫信龙媒陇西去。齐人织网如素空，张在野春平碧中。网丝漠漠无形影，误尔触之伤首红。艾叶绿花谁翦刻，中藏祸机不可测。"

施文绝和李杜甫同时"哎呀"一声，话语中充满惊诧和激赏之意，这是李贺的一首杂曲，叫作《艾如张》，很少听人弹奏此曲，更不必说有人为之歌唱舞蹈。李贺的诗自是写得妙绝，而赤龙之舞更是让人震撼。一舞既毕，赤龙满身是汗，胸口起伏不已。慕容腰两声击掌，站了起来，赤龙就如扭蛇一般掠过来，钻进了慕容腰怀里，嫣然一笑，将他按了下来。西妃抱琴轻轻站起，向众人施礼，悄然退出。

玉楼春微微一笑："不知各位觉得这两位姑娘如何？"

"天姿绝色，世上所无……"施文绝仍是呆呆地看着西妃离去的方向，神魂颠倒，不知心在何处。慕容腰揽着赤龙，心里甚是快活，坐下一杯接着一杯地喝酒。而关山横一会儿看看赤龙，一会儿探探西妃离去的方向，心猿意马，不知想要哪个的好。东方皓凝视帘幕之后，不用说定是觉得西妃甚美。而李杜甫却是偷眼看着慕容腰怀里的美人，显然有些妒忌。

玉楼春哈哈一笑，向赤龙道："上菜吧。"

赤龙自慕容腰怀里站起，前去通报上菜。几个男子心猿意马，都有些口干舌燥，施文绝呆了许久，看了李莲花一眼，却见他看着桌上插的那瓶鲜花发呆，似乎并没有怎么在意方才的两位美人，不仅心里嘀咕：这呆瓜连天仙也不瞧，这花朵哪有方才的人好看？李莲花却连施文绝瞪了他几眼都未曾察觉，呆呆地看了那花许久："啊……"

此声一出，大家都是一怔，不知他在"啊"些什么。

玉楼春问道："李楼主？"

李莲花如梦初醒，猛地抬头只见众人都盯着他，吓了一跳："没事，没事。"

慕容腰嘴角微挑："你在看什么？"

慕容腰脾性傲慢古怪，出言直接就称"你"，也不与李莲花客套。

李莲花歉然道："啊……我只是想到这是有斑点的木槿……"

"有斑点的木槿？"慕容腰不得其解，玉楼春也是一怔，各人都呆呆地看瓶中插花，过了一阵，忽地李杜甫道："那不是斑点，那是摘花时溅上的泥土。"众人心中都"哦"了一声，暗骂自己蠢笨，居然和那呆子一起盯着这再寻常不过的一朵花这么久！

玉楼春咳嗽一声："这是玉某疏忽，是丫鬟不仔细，小翠！"他唤来婢女，将桌上的插花撤了，厨房送上酒水，筵席开始。

第一道是茶水，端上来的是一杯杯如奶般浓郁白皙的茶水，也无甚香味，各人从未见过，端上喝了，也未喝出什么异样滋味，各自心里稀罕，不知是什么玩意儿。

玉楼春看在眼里，微微一笑，也不解释。

接着第二道就上甜点，杏仁佛手、蜂蜜花生之类，众人多不爱甜食，很少动筷，只有李莲花吃得津津有味。

第三道便琳琅满目，什么白扒当归鱼唇、碧玉虾卷、一品燕窝、白芷蝴蝶南瓜、菊花里脊、金烤八宝兔、金针香草鲑鱼汤等等，菜色艳丽，精致异常，如那白芷蝴蝶南瓜，究竟如何把南瓜整得五颜六色，绘成蝴蝶之形，施文绝是百思不得其解，但吃在口中，的的确确便是南瓜的滋味。

李莲花对那金针香草鲑鱼十分倾慕，拣了条金针仔细观看，大赞那金针结打得妙不可言。除了慕容腰、东方皓和李杜甫不喜喝鱼汤之外，每一样菜色其余众人都赞不绝口。

在一番称谢和赞美之后，玉楼春撤了筵席，请各人回房休息，明日清早，便上香山观红叶。这武林第二富人的邀约自是非同小可，尤其肚里又装满了人家的山珍海味，各人自是纷纷答应，毫无异议。

李莲花方才把那甜品吃了不少，回房之后便想喝茶，开门入房，他住的是女宅西面最边角的一处客房，突然看见房中人影一动，白衣飘飘，一阵淡香袭来，方才筵席上人人倾慕的那位白衣女子西妃正从他床上爬下来。李莲花目瞪口呆，一时不知是自己眼花，还是白日见鬼，那位秀雅娴静、端庄自持的西妃，不是莲步姗姗地回她自己房间去了？怎会突然到了他床上？

西妃见他进门，脸上微微一红，这一红若是让施文绝见了，必是心中道：延颈秀项，皓质呈露。芳泽无加，铅华弗御。云髻峨峨，修眉联娟。丹唇外朗，皓齿内鲜。明眸善睐，靥辅承权。瑰姿艳逸，仪静体闲……面上不免目痴神迷，有些不省人事之征兆。李莲花一呆之后，却是反手轻轻关上了门，报以微笑："不知西妃姑娘有何事？"

却见西妃怔怔地看着他，眼角眉梢颇为异样，过了好一会儿，她才轻轻地低声问："你……叫什么名字？"

李莲花道："李莲花。"

西妃脸上又是微微一红："今夜……今夜我……我……我在这里过。"

李莲花道："啊？"

西妃脸上艳若红霞："我方才和她们打赌，输……输了。今晚我本要陪玉爷，但……但我下棋……下棋输给了赤龙姐姐。"她低下头，侧靠着屏风，十分害羞腼腆。

李莲花恍然大悟，方才吃饭之时，女宅的女子们下棋打赌为戏，谁都想陪主子玉楼春过夜，西妃输了，便安排给了自己。转头看那床榻，果然已是铺得整整齐齐，他连忙道："今晚我睡地上。"

西妃睁大了眼睛看他，似乎十分不可思议。

李莲花从椅上抱下两个蒲团，往门口一搁，微笑道："我给姑娘守门，姑娘不必害怕。"言罢躺下便睡。

西妃怔怔地看着他，仿佛见了鬼一般，她见过的男子虽然不多，但能进得女宅来,也都是风流倜傥、潇洒多金的俊杰。能得她陪伴一晚,人人都当是莫大荣幸,她生性腼腆,男人们更是喜欢,说是轻薄起来越发有滋味,但这在众姊妹眼里最不成器的男人,见了她之后却抱了两个蒲团睡门口去。

他是没见过女人的小人?还是心怀坦荡的君子?她识人不多,当真瞧不出来。

李莲花在蒲团上躺了躺,突然爬起身来沏了两杯茶请她喝,过会儿他又爬起来,打开高处的窗户,关上床边的窗棂,再过会儿,他将桌子收拾收拾,摸出块布来把桌椅柜子擦拭得干干净净,再把地扫了。扫地之时,他从衣柜之下扫出几块白色干枯的蛇皮,大惊失色说此地居然有蛇,又将地扫了两次,确定无蛇,方才自己洗了个澡,洗了衣服,晾好衣服,高高兴兴地躺下睡觉。

西妃先是被那句"有蛇"吓得魂不附体,过了良久坐在床上呆呆地看他扫地、洗衣,不知该说什么好,心中突然泛起一个古怪念头:若是嫁了此人,必定是会幸福的吧?

这一夜,两人分睡两处,西妃本以为会一夜无眠,但却是迷迷糊糊睡去,还睡得很沉。日间醒来的时候李莲花已经离去,桌上却留着一壶热茶,还有一碟点心,那是每日早晨女宅的丫鬟们送来的晨点。她拥被坐在床上,呆了半晌,分明未发生任何事,却是心中乱极。

二 不翼而飞的男人

此时此刻,李莲花早已到了香山之上,慕容腰、李杜甫、东方皓也已到了,施文绝和关山横等人却是有些来迟。众人等了半天,也不见玉楼春的身影。施文绝已将《洛神赋》颠三倒四地念过许多遍,不用说定是在想念昨日那位"白衣如雪的弹琴女子";慕容腰闭目养神,见他心满意足的模样,男人们心中都暗骂他昨日必定过得销魂;李杜甫已做了三五首诗;关山横将身上带的酒喝得干干净净;李莲花和东方皓划地下棋,彩头是一钱银子,东方皓输了一局,居然从怀里掏出数百万的一沓银票,把李莲花吓了个半死,连那一钱银子也不敢要了;而玉楼春却始终不见踪影。

日头渐渐上升,香山的轻雾散去,露出满山重红,山峦叠起,山上的红叶或浓或淡,天然一股灵性,令人见之心魂清澈,飘飘然有世外之感。众人本是江湖逸客,等候多时不见玉楼春前来,便自行在山中游玩,本来还三五成群,未多时便各走各路,谁也不肯和谁一道走。

李莲花走在最后,随意逛了两圈,只见前边红叶树林中草木纷飞,"哗啦"一声响,枝叶折断了不少,也知前边是关山横在打拳,便绕得远远的,避开了走。这一走却看见施文绝手扶大树,呆呆地看着树顶,也不知在想些什么。李莲花走过去一看,树顶有个鸟巢:"树上有什么?"

施文绝的表情很是迷惑:"我刚才好像看见一只乌鸦叼着一个闪闪发光的东西进了鸟巢,如果不是我眼花,我觉得好像……好像是一块银子。"

"银子?"李莲花喃喃地道,"你莫非穷疯了……"

施文绝连连摇头:"不不不,我最近手气很好,不穷、不穷。"

李莲花叹了口气:"我说你怎么换了身新衣裳,原来是去赌钱了,你那孔孟师父们知道了想必是要伤心的。"

施文绝连忙岔开话题:"我千真万确看到了银子,不信我这就爬上去拿下来给你看。"

李莲花道:"那倒不必,人家乌鸦一生何其短暂,好不容易存了点银子,你无端找事去拿出来做什么?"

施文绝道:"哪里来的银子?就算玉楼春有钱,也不会有钱到拿着银子喂乌鸦吧?我是觉得奇怪得很,不知为何你不觉得奇怪?"

李莲花道:"我觉得奇怪的是见过那个白衣翩翩的弹琴美人儿之后,你居然还保持清醒……"

施文绝黑脸一红,急忙跃上树顶,去摸那鸟巢,他却不知那让他心神大乱的美人昨天就在李莲花房里,而李莲花自然是万万不敢让他知道的。

不过片刻,施文绝如一叶坠地,轻飘飘地落了下来,李莲花本要赞他轻功大有长进,却见他脸色古怪,连忙问:"莫非不是银子?"

施文绝一摊手,只见他手掌中可不就是一块小小的碎银?只是这碎银形状弯曲,尚带着些许血丝,那模样眼熟得很——那是一颗银牙,"新鲜"的银牙。

两人对着那牙齿呆了半响,李莲花喃喃地道:"你认银子的本事只怕是登峰造极,比背书的本事还了得,这样也看得出它是银子……"

施文绝干笑一声:"惭愧啊惭愧,这牙齿的主人怎会拿牙齿喂乌鸦?"

李莲花摇摇头:"这我怎么知道?"

施文绝收起银牙:"乌鸦从西边飞来,你我不如去西边瞧瞧?"

两人尚未动身,身后树叶"哗啦"一声响,慕容腰金袍灿烂,从树丛中钻了出来,瞟了一眼施文绝手中的银牙，嘴角略略一勾，冷冷地道："看来你们也找到了。"

"找到了？找到了什么？"施文绝莫名其妙，只见慕容腰手持一块长长软软的翠绿色的东西，仔细一看，他吓了一跳——那是一条人手！被斩断的地方尚在往下流血，手臂上套着翠绿色的衣袖，看模样像是一个人的左手臂。

"李杜甫在山上找到了一条大腿，我在山谷里捡到了半只手臂，看来还有一个牙齿。这牙齿是玉楼春年轻时镶的，虽然和他身份很不相称，但确实是他的牙齿。"慕容腰一字一字地道，"玉楼春死了！"

李莲花和施文绝面面相觑，目瞪口呆，昨日还从容自若、风雅雍容的人，一夜之间就突然死了？

"死了？怎么会呢？"施文绝愕然道，"谁杀了他？"

慕容腰道："不知道。"

施文绝道："不知道？他死在何处？"

慕容腰僵硬了一张脸："不知道。"

施文绝皱起眉头："玉楼春死了，他的手在你手中，他的腿在李杜甫手中，他的牙齿在我手中，其他部分不知在何处，而既不知道他被谁杀的，也不知道他是死在何处、如何死的，是吗？"

慕容腰淡淡地道："不错。还有，方才赤龙传来信息，女宅中的金银珠宝不见了，玉楼春在女宅中暗藏的一个私人宝库也空了，其中财物不见踪影。"

施文绝张大嘴巴，不知该说些什么，只觉此事匪夷所思，古怪至极。

李莲花叹了口气："那就是说，有人杀死玉楼春，劫走他的财宝，还把他的尸身到处乱丢。此人来无影去无踪，不知是谁。"

慕容腰点头，施文绝瞪眼道："但是玉楼春的武功高得很，名列江湖第二十二位。想要无声无息杀了玉楼春，再将他切成八块并提到香山上来乱丢，那凶手的武功岂非天下第一？"

慕容腰仰首望天："我不知道。"

施文绝哼了一声："这件事倒是真的奇怪得很，这消息大家都知道了吧？"

慕容腰淡淡地道："赤龙姑娘已经派出女宅中的婢女找寻玉楼春的下落，大家都要回女宅讨论此事，两位也请回吧。"

他手中的断臂犹自滴血，李莲花缩了缩脖子，尚未说话。

慕容腰瞪了他一眼，似是有些轻蔑地道："若是大名鼎鼎的李楼主能将玉楼春断肢重组，起死回生，想必大家也就能明白是怎么回事了。"

"啊——"李莲花张口结舌。

施文绝咳嗽一声："我等快些回去，说不定已有了线索。"

他一把拉起李莲花便跑，慕容腰随后跟去，三人很快回到了香山之下，女宅之中。

女宅之中，玉楼春的残肢已被找到了两块，分别是一块左胸连着左上臂，一块左下腹。如此拼凑起来，显然玉楼春是被人以利器"王"字切法，给切成了七块，分别是头、左上胸、右上胸、左下腹、右下腹和左右两腿，此外尚有两只断臂，只不过断臂是被"王"字的中间一横顺带切断，姑且仍算是"王"字七切。

几人围着玉楼春的残肢，都是皱起眉头，看得啧啧称奇。江湖之中，曾有"井"字九切剑闻名江湖，该人杀人都是"井"字切法，人身呈现"井"字剑痕，手段残忍，早在十年之前就被四顾门除去，而这"王"字切法闻所未闻，不知是否"井"字的更进一步，或是练习"井"字不到家而只能切成七块？并且这"王"字切得整齐异常，绝非庸手以大刀砍就，乃是一剑之下，骨肉断离，毫不含糊。即使当年的"井"字九切，也不过一剑之下，在人身上划出九道血痕，再多不过剖出些花花肠子，稀里哗啦的一大堆，绝不可能一剑将人切成九块，而玉楼春却确确实实被人切成了七块。

尸体的头颅虽然不见了，但众人都认得出，这死人的确是玉楼春，那人到中年仍旧白皙的皮肤，修长风雅的手指，以及手指上的那枚碧戒，都证实正是玉楼春。究竟是谁杀了玉楼春，又是谁与他有如此深仇大恨，杀死他之后要将他分掷各处，不得全尸？众人面面相觑，施文绝眉头大皱："其他两块是在哪里找到的？"

赤龙眉头微挑："在引凤坡。"引凤坡乃是女宅通往香山的必经之路，既然如此，那凶手定是将碎尸一路乱抛，都丢入了荒山野岭，只是不知今日慕容腰几人在香山赏枫，立刻便发现了。

"昨日难道有人潜入女宅，杀了玉楼春？"李杜甫沉吟。

关山横嗤之以鼻："这人血流未干，分明是在这一两个时辰之内死的，绝不是昨日死的，而是今天早上，你我都爬上去看红树叶的时候死的。"

慕容腰淡淡地哼了一声："这人既然敢光天化日进来杀人，居然能将'香山秀客'弄成这样，那武功有数得很，说不定便是笛飞声之流。"

施文绝恍然大悟："是了是了，听说李相夷当年的四顾门正在重立，笛飞声也在小青峰出现过，说不定笛飞声看中了玉楼春的家业，想要他的钱重振他的金鸳盟，所以杀死玉楼春，夺走他的金银珠宝。"

他自己觉得很有道理，旁人也均觉得有理，李莲花看了他一眼，叹了口气。

"各位……不到'楼春宝库'一行？"站在稍远的地方，不敢直视玉楼春尸体的西妃声音极细极细地道，"那里……那里说不定还有什么线索。"

众人纷纷响应，穿过几个院落，走到深藏于女宅之内的"楼春宝库"。

女宅的庭院不大，然而古朴典雅，尤其是藏有宝库的庭院"银心院"更为精致。道路一旁的回廊以银丝宛转编就，经了些年月，银丝微微显露铜色，却煞是古朴迷人，庭院中有个池塘，池塘边的一棵木槿花正自盛开，木槿高大青翠，花色白中带紫，十分艳丽。

但众人却没有心思细看这"银心院"中的风景，一眼望去，只见"银心院"中心的那栋房子窗门大开，桌椅翻倒，书卷掉了满地，里头似乎本是个书房，此时地上被打开一个大洞，洞中七零八落地掉着许多翡翠、明珠、珊瑚之类，但其中绝大部分已经不翼而飞，地上留有许多形状各异的印子。

一个黑漆漆的玄铁兵器架歪在一边，其上本来陈列着十八样兵器，如今只剩下两三样，两三样中有刀有枪，剑却不见了，刀是玄铁百炼钢，其上三道卷云钩，足以追命夺魂，枪是柳木枪，枪尖一点镶的是细小的金刚钻，单这几样兵器便都是价值连城、可遇不可求的宝物，此时架上的其他兵器却都不见了。

众人在宝库之内看了一阵，除了看出此地原本拥有多得惊人的奇珍异宝之外，也未看出什么新鲜玩意儿，库内地上有被人搬动过的痕迹，但即使看出那些宝物曾被拖来拖去，却也看不出究竟是何人取走，无甚用处。

"这库里本有些什么东西？"施文绝问。

赤龙只手叉腰，靠在门边："听说里面本有一百枚翡翠，两串手指粗细的珍珠链子，四十八个如意，十棵珊瑚，一尊翡翠玉佛，一条雪玉冰蚕索，两盒子夜明珠，以及各种奇怪的兵器、药物，还有其他不知所谓的东西。"

施文绝看着空洞的宝库："看来这人当真是为财而来，值钱的玩意儿全搬走了。"

关山横大声问道："他是怎么搬走的？这么大一屋子东西，至少要赶辆马车才能拉得动啊！"

赤龙冷冷地道："这就是我等百思不得其解的地方，女宅之中，人来人往，绝不可能让人搬走了一屋子家当还毫不知情，除非……"

"有鬼……"施文绝心中替她补足——何况这屋子还在女宅正中央，外人绝不可能将马车赶到银心院之中，搬上财物，再运出去。他想到此处，眼睛不免眯了起来，斜眼往李莲花处飘去。李莲花却东张西望，在宝库中走来走去，只见他往左走了七八步，摸了摸墙壁，又往右走了五六步，又摸了摸墙壁，似乎在寻找什么东西，看了半天没找到，仿佛很失望，突然见到施文绝抛来的眼神，连忙冲着他笑了一下。

施文绝为之气结，不知李莲花把自己的眼神想成什么，走过去低声问道："骗子，你有什么发现？"

李莲花连连点头，施文绝忙问："什么？"

李莲花道："好多钱……"

施文绝哭笑不得："除了钱之外，你发现了什么线索没有？"

李莲花道："好多美丽的女人……"

施文绝再度气结，转过身去，不再理他。

李莲花退了一步，不小心踩到了歪在地上的玄铁兵器架，"咣当"一声，施文绝转头看去，只见那号称天下最坚韧锋锐的玄铁架似乎有些异样。东方皓看一眼便知，淡淡地道："世上居然有物能在玄铁上留下痕迹，了不起！"

众人凝目望去，那玄铁兵器架仍旧完好无缺，相比搁置其上的兵器而言，制作得比较简单，或许是玄铁难得且难以琢磨之故，共计四道横杆，杆不过宽一二分，间隔约莫一尺，搁置兵器的支架上有许多约莫三寸来长、三寸来宽的印痕，说不上是什么东西留下的痕迹，不像兵刃所留。

施文绝俯下身摸了摸那印痕，那痕迹平整光滑，不知是什么武器所留，当真是匪夷所思，各人面面相觑，心里都是大为诧异。

"难道这玄铁架曾被用来运送宝库中的财物？"施文绝问道。

慕容腰那张画了胭脂的脸上显出鄙夷之色："只听说过用箱子、布袋运送财物，原来世上还有人使用如此笨重的铁条运送财物，不知运的是什么东西？"

施文绝张口结舌，恼羞成怒，恶狠狠地瞪了李莲花一眼，却见李莲花满眼茫然地"啊"了一声，随口道："慕容公子说得有理。"

施文绝心中大怒，恨不得把慕容腰和李莲花剥皮拆骨，生生烤来吞了。

各人心里暗自好笑，在宝库中实在没有发现，关山横首先出来，到庭院树后大大咧咧地撒了泡尿，他喝酒本多，自然尿急。女宅众女都是皱眉，各自掩面，从未见过如此粗鲁的男人。

突然，关山横骂道："这是什么玩意儿？这么多！"

众人过去一看，只见在距离水塘不远的一棵树下，泥土呈现一片黄绿之色，有密密麻麻的黄白色细小条纹的东西，正在不停地蠕动，竟是成百条蚂蟥。突然见此情景，众人都感到一阵毛骨悚然，女宅中女子失声尖叫，就连赤龙这等女子，也是脸上一阵发白。

慕容腰情不自禁退了两步，东方皓却踏上两步，目光闪动："这泥土之上，只怕是有血。"

施文绝也是如此想，若没有血，绝不可能有如此多的蚂蟥，疑惑道："这里如果有血，难道玉楼春竟然是在这里被分尸的？"

众人纷纷赶到那堆蚂蟥之处细看，只见这是一棵偌大的梧桐树，枝干参天，树下光线幽暗，有甚大一片土地不生杂草，估计是阳光都被树冠夺去之故。在这一片泥土上，并没有什么特别的颜色，却有许多蚂蟥在泥土中蠕动。

施文绝心念一动，赶回宝库中抄起那把卷云刀，往泥土中挖去。这一片土地看似和其他泥土没有差别，一刀挖去，却挖出一块黑色的硬土。那黑色的自是血渍，但施文绝大奇，这里的泥土奇硬无比，一刀下去如中磐石，若不是此刀锋锐异常，居然挖不开。

李莲花接过他手中卷云刀，在地上轻轻敲击，这块地上的泥土并非一样坚硬，而是有些特别坚硬，有些则比较稀松，被施文绝翻开浮土之后，地下一层漆黑，正是大片血迹，显然玉楼春正是死在此处。

"难道这杀人凶手内功登峰造极，一剑杀人之后，剑气还能将死人身下的泥土弄成这等模样？"施文绝喃喃自语。

东方皓却冷冷地道："这地上有人撒上泥土掩盖血迹，看来来人并非一人单干，他在这女宅之中，必定有帮凶！"

他本来寡言少语，此言一出，众人都是微微一震。

东方皓的目光自人人脸上扫过："如果不是对宝库非常了解，他怎么可能找到这种地方？"

慕容腰音调有些尖了起来："你是说我们之中，有人给杀人凶手做卧底？"

东方皓哼了一声："价值连城的珠宝，削铁如泥的神兵，喜爱的人应当不在少数。"

"你想说在今日早晨，大家上香山之时，有人把玉楼春宰了，抢了他的珠宝，分了他的尸，拿着他的手啊脚啊往香山一路乱丢，然后女宅之中有人在此地撒土，替他掩盖杀人之事？"李杜甫道，"东方兄英明，但你莫忘了，今日清早，你我都在香山，没有一人缺席，究竟是谁分身有术，能杀得了玉楼春？"

"我可没说是你我之中有谁杀了玉楼春，我说的是这女宅之中，必定有人是凶手的内应。"东方皓冷冷地道。

众人面面相觑，心里各自猜疑，施文绝心中暗想：大有道理，只是不知这内应是谁？谁会在这棵树下撒上泥土？居住在"银心院"之旁的人都有嫌疑……他正大动念头，突然看见李莲花呆呆地看着地上："你在看什么？"

"啊……"李莲花道，"有许多是不动的。"

施文绝奇道："什么有许多是不动的？"

李莲花的鞋子小心翼翼地往旁边退了一步："这些蚂蟥，有许多是不动的，有些本来不动，又动了起来。"

施文绝莫名其妙，心里道这骗子莫非提早疯了？

慕容腰冷眼看那些可怖的蠕动的虫子："玉楼春在此被人杀死，宝库财物不翼而飞，那杀人凶手的武功高强异常，'王'字七切日后一旦在江湖现身，我等就知道他是杀死玉楼春的凶手。今日既然主人已故，我等香山之会，也该散了吧？"

关山横不住点头，显然觉得此会甚是晦气，只盼早点离去。李杜甫也无异议，施文绝虽然心有不甘，却也无话可说，东方皓不答。李莲花看了那些蚂蟥一会儿："等一等。"

"怎么？"众人诧异。

李莲花喃喃地道："其实我一直想不明白一个问题，不知各位能否指点一二。"

施文绝忍不住问道："什么？"

李莲花抬起头来，似乎对施文绝的附和感到很满意，眯起眼摇头晃脑了一阵，方才睁眼看向右手边的一棵大树，那是棵木槿："这花开在枝头，这树高达两丈，那花上的斑点究竟是从哪里来的？这花虽然美丽，有人爱折，但折下远在两丈高处的花朵，如何会溅上许多泥土，我一直想不明白。"

众人一呆，昨日筵席上那朵溅上泥土的木槿依稀又在眼前，花朵上确是溅上了许多细小泥土，并非随雨水滴落的灰尘，灰尘色黑，泥土色黄，截然不同。

施文绝道："有泥土又如何？"

李杜甫也道："说不定乃是摘花之后，方才溅上的泥土。"

李莲花走到木槿树下，慢慢爬上，折了另一朵花下来，递给李杜甫："这是潮湿泥土溅上花树之后留下的痕迹，并非只有一朵花如此。"

施文绝忙问道："那又如何？"

李莲花瞪了他一眼，似乎有些奇怪他竟不理解："这树高达两丈，花开在树上，泥土长在地上……你还不懂吗？"

他往前走了两步，举起手中的卷云刀，往地上用力一铲，随后扬起，"嚓"的一声，地上被他掘出一个小坑，而"沙沙"声响，刀尖上沾到的泥土随刀后扬之势飞出，溅到木槿树上，木槿树叶一阵轻微摇晃，泥土簌簌而下，不知落在树下何处。

李莲花收刀回头，只见众人脸色或惊讶，或佩服，或凝重，或骇然，形形色色。他突然一笑，只见众人看他的眼光越发惊悸，连头也情不自禁地往后缩了缩。

李莲花露齿一笑，顿了顿，悠悠地道："这泥土，就是这般飞上两丈高的木槿，沾在了花上。"

施文绝打了一个寒战："你是说……你是说……昨日之前……有人……有人在此挖坑……"

李莲花拄刀在地，一手叉腰，很愉快地自各人脸上一一瞧过，突然再度露齿一笑："我可没说他一定在此挖坑，说不定在这里，也说不定在那里。"

三　价值连城之死

李莲花说的"这里"和"那里"就是他的左脚外一步，或者右脚外一步。众人一时沉默，或看他的左右两只鞋子，或呆呆地看着那棵木槿树，竟不知该说什么好。

慕容腰忍不住问道："你是什么意思？难道说，你知道凶手是谁？"

李莲花拄刀在地，对他一笑："我像不像刀下斩貂蝉的关云长？"

慕容腰一呆，施文绝已抢着道："不像！你快说，凶手是谁？"

"赤龙姑娘，我知道问这样的问题很失礼数，但你能不能回答我，当年你究竟是如何进入女宅的？"李莲花的视线在众人脸上看过去看过来，视线最终停在赤龙脸上，目光很温柔，柔声问，"是玉楼春强迫你的？"

赤龙本来倚在一旁并不作声，突然一呆，过了半晌，她道："我父母双亡……"又顿了顿，她突地恶狠狠地道："玉楼春杀了我父母，为了得到我，他说我是天生的舞妖，一定要在他的调教下，方能舞绝天下。"

众人哑然，施文绝道："难道是你……是你杀了玉楼春？"

李莲花摇了摇头，尚未说话，赤龙冷冷地道："谁说我杀了玉楼春？我一介女流，不会武功，怎么杀得了他？"

施文绝哑口无言，望向李莲花，李莲花突地从怀里取出一片黄白色软绵绵的东西在指间把弄，对赤龙微笑道："其实这件事凶手是谁很清楚，我一直在想的不是凶手究竟是谁，而是究竟谁才不是凶手。"

此言一出，众人脸色大变，施文绝"哎呀"一声，和关山横面面相觑："难道你也是凶手？"

关山横怒道："胡说八道！我看你小子贼头贼脑，脸又黑，多半就是凶手！"

施文绝怒道："脸黑又怎么了？脸黑就一定是凶手吗？那包青天的脸世上最黑，件件凶案他都是凶手？"

关山横道："脸黑就不是好人！"

施文绝气极，待要跳起指着这大胖子的鼻子和他理论，苦于关山横比他高了两个头，如此比画未免吃力，正在苦思对策之时，李莲花道："二位英俊潇洒，当世豪杰，那个……自然不是凶手。"

他这一句话，便让其他人变了脸色。李莲花的脸色却好看得很，歪着头向其余几人瞟了几眼："究竟是谁杀了玉楼春，其实从'银心院'后有人挖坑一事就可看出，玉楼春之死绝非意外，而是有人预谋。"

施文绝点了点头："但你怎知挖坑之处就在你脚下？"

李莲花微笑地往外踏了两步，他方才站的地方离那蚂蟥不远，在木槿树下更靠近池塘的湿地。

"这里的泥土潮湿，靠木槿近一些，而且泥土潮湿，掩埋起来也比较不易看破，除了此地，其他地方挖坑未必向后对准木槿树。"他手中的卷云刀轻轻往下挖掘，这里的泥土很快被挖开，和那树下的硬土截然不同。

片刻之后，表层湿土被挖开，土下一块绿色衣裳已露了出来，李莲花停手不再下挖，悠悠叹了口气："这就是玉楼春其他的部分，这件事说来话长，若是有人不爱听，或是早已知道，那可以随意离去。"

他如此说，众人哪敢"随意"，一旦离去，岂非自认"早已知道"？

李莲花将卷云刀交给施文绝，用很善良的眼神看着施文绝，那意思就是叫他继续往下挖。施文绝心中大骂为何要为这骗子出力，却是鬼使神差地接刀，卖力地挖了下去。

李莲花抖抖衣裳拍拍手，在池塘边一块干净巨大的寿山石上坐了下来。这石头价值不菲，李莲花只拿它当椅子，舒舒服服地坐下，咳嗽了两声，清了清喉咙，才慢吞吞地道："玉楼春家财万贯，名下拥有武林众多称奇出名的行当、买卖和宅院，当然女宅也是他大大有名的一样生意。他这女宅十年前便有，其实我年轻时也曾易容来此游玩，对玉楼春这样的生意略知一二。女宅中的女子固然惊才绝艳，但世上惊才绝艳的女子本就不多，惊才绝艳且要卖身的女子更是少之又少。玉楼春女宅之中数十位色艺无双的女子绝大多数都是他强行掳来，甚至是使尽手段才收入女宅之中的，对其人若非恨之入骨，也是无甚好感。所以有人要杀玉楼春，半点也不稀奇，稀奇的是，以玉楼春一身武功，万般小心，这么多年在女宅中出入安然无恙，怎会在昨日暴毙？就算这些女子有心杀人，手无缚鸡之力又如何杀得了武林排名第二十二的高手？"他的目光在众人脸上瞟来瞟去，"昨日和往日的区别，就在于'漫山红'大会，女宅之中，住进了许多江湖好汉，都是有阅历、见过世面的男人。"

关山横愣愣地道："男人？我们？"

李莲花微笑点头："我等为何要来赴约？"

关山横道："那是因为玉楼春是'武林第二富人'，他的邀请自然很了不起。"

李莲花道："我等来赴约，是因为玉楼春很有钱，有钱自然就受人尊敬、受人崇拜、受人羡慕……总而言之，我等是冲着他的钱来的。"

如此说法，虽然极不好听，却是实情，各人脸色难看，却不说话。

关山横道："虽然说他很有钱，但我可从来没想过他的钱。"

李莲花道："如果女宅之中，有人要杀玉楼春复仇，如果宾客之中，有人想要玉楼春的钱财，那么一个要人、一个要钱，很容易一拍即合……"

施文绝听到这里忍不住"啊"的一声叫了出来，李莲花对他露齿一笑，继续道："那玉楼春自然就死了，一个人可以结一个仇人，或者一个对头，但当他的仇人变成两三个，或者五六个的时候，他便危险得很，何况他的仇人和对头还会合谋。"

东方皓冷冷地问："好，你说女宅之中有人和宾客里应外合，杀玉楼春，此点我十分赞同。只是玉楼春尸体流血未干，分明刚死，今日晨时，你我几人都在香山，未过多时便已发现玉楼春的尸体，短短时间绝无可能下山杀人再返回，那究竟是谁杀了玉楼春？"

李莲花道："那是因为，玉楼春不是今天早上死的，他昨天晚上就已经死了。"

东方皓一怔："胡说！他若是昨夜死的，早已僵硬，决计不会流血。"

李莲花手指一翻，那张夹在指间的东西在东方皓眼前一晃："玉楼春是怎么死的，还要从昨天晚上那一份精妙绝伦、世上所无的酒席说起。"

东方皓认出他手中夹的是一块蛇蜕下的皮——这和昨日的酒席有何关系？昨日并没有吃到蛇。

"昨天到底吃了些什么，可还有人记得？"李莲花微笑问。

施文绝顿时大觉得意："昨日吃的是白玉奶茶、杏仁佛手、蜂蜜花生、白扒当归鱼唇、碧玉虾卷、一品燕窝、白芷蝴蝶南瓜、菊花里脊、金烤八宝兔、金针香草鲑鱼汤、卷云蒜香獐子肉……"

李莲花连连点头:"你背菜谱的本事也很了得,昨日可有喝汤?"

施文绝道:"有,那鱼汤真是鲜美得紧。"

李莲花微微一笑:"那你昨夜可有睡好?"

施文绝道:"睡得很好,还睡晚了些。"

李莲花看了关山横一眼:"关大侠是不是也睡过头了?"

关山横一怔:"昨晚睡得就像死猪一样……"

李莲花又看了东方皓一眼:"那东方大侠又如何?"

东方皓道:"昨夜虫鸣,太吵。"

李莲花又问慕容腰,慕容腰道:"睡得很好。"

再问李杜甫,李杜甫也道和往日一样。

李莲花的视线慢慢移到赤龙身上,很文雅温柔地问:"不知赤龙姑娘以为,昨日的菜色如何?"

赤龙道:"和往常一样。"

李莲花从怀里摸了一块手帕出来,打开手帕,里头夹着一条金黄色打结的东西,似乎是金针。他在众人面前都晃了一下,施文绝茫然不解:"你拿条黄花菜来做什么?"

慕容腰道:"做什么?"

李莲花对他一笑:"我不大认得黄花菜,不怎么敢乱吃,这若是可以吃的,不如慕容公子先吃给我瞧瞧?"

慕容腰脸上变色:"你耍我?"

李莲花慢慢打开那条黄花菜的结,结一打开,拧在一起的花蕾便很完整,色泽枯黄,花瓣却不是一瓣一瓣的,而是略带筒状。

施文绝越看越觉得不像黄花菜:"这是什么东西?"

李莲花道:"这是洋金花,新鲜的货色和黄花菜完全不像,不过花都差不多大,晒干了都这么黄黄长长的一条,再打个结,炒一炒就很像了。"

施文绝变了颜色:"什么?这是曼陀罗……"

所谓的"洋金花",又叫"曼陀罗",李莲花嘻嘻一笑:"不错,这就是曼陀罗。"

他对着赤龙再笑了一下,赤龙脸色苍白,一动不动,只听李莲花继续道:"白扒当归鱼唇、白芷蝴蝶南瓜、假冒的金针香草鲑鱼汤,当归、白芷和曼陀罗一起服下,听说是故事里华佗'麻沸散'的一部分。就算'麻沸'得不到家,吃得多了,头昏眼花,沉睡不起也是有的。所以昨日喝了鱼汤的人今日晚起,不喝鱼汤的人却不犯困，玉楼春喜欢吃鱼，这几味菜下肚，就算他是江湖第一，也不免困倦。"

众人情不自禁地都把目光转到了赤龙身上，昨日菜色固然是玉楼春亲点，但出菜却是赤龙一手操办。

李莲花对赤龙微笑，扬了扬手中黄白色的蛇皮："昨日我吃多了甜食，并没怎么喝汤，回到房间的时候，还很清醒。这个时候，突然发现西妃姑娘在我房里。"

赤龙不答，西妃惊恐地看着李莲花，一双明目睁得很大，不知他又要说出什么惊人之言。

李莲花叹了口气："我本来高兴得很，西妃姑娘却说和赤龙姑娘下棋，输了棋所以才到我房里来，我听得伤心，但却知道，原来昨夜赤龙姑娘代替了西妃姑娘，和玉楼春在一起。"他举起手指中夹着的蛇皮，"然后我又在房间里找到了这个东西，这说明什么呢……我猜大家的反应都该和我差不多，见到这种东西，都是吓一跳，然后大叫'有蛇'！"

东方皓极其诧异地看着那张蛇皮："原来这是在你房里找到的，女宅之中居然有蛇？"

李莲花继续道："有蛇皮，自是有蛇蜕皮，然而皮在，蛇却在哪里？这块蛇皮有许多斑纹，脖子如此细，这是一只烙铁头。"

东方皓点了点头："不错，这确是烙铁头。"

李莲花对赤龙晃了晃蛇皮，正色道："我想来想去，我房里为何会有这种毒蛇的蜕皮，本想不出来，半夜突然想到，我的房间在西面最后，最靠近树木草地，难道那房间无人之时，有人把毒蛇养在房中？而昨日西妃姑娘来到我房里，莫非是有人害怕我发现那是个蛇窝，而特地送来艳福？若是我一心一意痴迷西妃姑娘，说不定就不会发觉房里有蛇皮。"

他喃喃地道："但虽然西妃姑娘将房间整理了一遍，衣柜底下还是有蛇皮……真是对不住得很。"

西妃退了两步，脸色惨白。

"你那房间原来是个蛇窝。"施文绝幸灾乐祸，"那条蛇呢？"

李莲花看了他一眼："你再挖下去，说不定就会见到蛇……"

施文绝大刀一挥，在泥土中乱戳，只听李莲花道："玉楼春吃了那妙不可言的酒席，曼陀罗和酒一起下肚，回去必定睡得不省人事，此时要是有什么竹叶青、烙铁头之类在他身上咬上几口，他想必也是不知道的，于是玉楼春就死了。"他很温和地看着赤龙，"昨天夜里，你用烙铁头杀了他，是吗？"

赤龙咬唇，沉默不语，似在思考什么。

"但玉楼春分明是被'王'字切分为七块……"施文绝失声道，"如果他是被赤龙施放毒蛇咬死，赤龙不懂武功，又怎么能把他切成七块？就算她有绝世利器，没有劲道，也不可能将人分尸！"

东方皓也道："他若是昨夜死的，为何血液还未凝固？"

李莲花却不听施文绝和东方皓的疑问，极温柔地凝视着赤龙："昨天夜里，是你和玉楼春在一起，烙铁头杀了他，是吗？"赤龙不答。

李莲花叹了口气，突然道："书呆子，你把玉楼春挖出来没有？"

施文绝连忙道："快了，快了。"

他本漫不经心在挖，此刻运刀飞快，很快把土中一团血肉模糊的东西挖了出来，除了那团血肉，土里还有条死蛇，果然便是烙铁头。出乎所有人意料的是，那团血肉居然不是几块零散的碎尸，而是连成一片的半个躯体，左边被生生挖去了一半。

"王"字七切居然不是"王"字！

它是一个"王"字的左边一半，只有一半。

李莲花翻开玉楼春尸体的右边一半，那一半的颈部和胸口、手臂都有紫黑色的红肿，留有一对一对针刺般的伤口。

"这是烙铁头的牙印。"他叹了口气道，"一个人的左边一半被切成三块，并不一定他的右边一半也会被切成三块，而只是说明，他的左边一半有被切成三块的理由而已。"

东方皓忍不住问："什么理由？"

"如果赤龙姑娘就此杀了玉楼春，然后坐在房中等被人发现，那么显然，她会被玉楼春的一帮手下杀死。她若是不想死，就要想办法证明玉楼春是被别人所杀，和她半点关系也没有。"李莲花微笑道，"她筹谋这个方法很久了，一直到昨日'漫山红'筵席之上，有些人对她大为倾倒，说不定酒席之后，他们又聊了聊天。然后这些人在玉楼春死后，将他搬了出来，把他左边的尸身弄成了古怪的三块，再把他右边尸身藏了起来。"

施文绝皱眉："这又是什么道理？"

李莲花道："把左边尸体弄出来给人看，大家自然会以为，右边尸体和左边是一样的，也是一样干净完整，显然玉楼春是被碎尸致死，既然左边被切成了三块，那自然右边也会被切成三块，既然左边的尸体被人四处乱丢，那自然右边的尸体也被人不知丢到何处，无法寻找，那么藏在'银心院'土坑里的半边尸体就永远不会有人去找，玉楼春被毒蛇咬死之事，便永远不会有人知道。"

众人面面相觑，手心都有些发汗，这……这果然是……

"但玉楼春的残肢都还在流血……"东方皓仍然想不通，"他怎会是昨日死的？"

李莲花微微一笑："烙铁头之毒，能令人血液不凝，所以玉楼春的尸体仍会流血，这些血里含有曼陀罗，所以蚂蟥吃了以后，也都睡着了。"

东方皓仍在摇头："不不，就算他血液不凝，要是昨日就被分尸，那么到今日早晨，血液也早已流干了，绝不可能还在流血。"

李莲花慢慢地道："不错，他若是昨日被人分尸，那今日定然不会流血，他既然还会流血，那便不是昨日被分尸，而是今天早晨……你我都去了香山，或者在你我去香山之前被分的。"

"如此说来，你说他是被女宅之中这些女人弄成这样的？"施文绝大吃一惊，"那怎么可能？她们不会武功，就算有利器，也不可能把人弄成这样。就算是绝代高手，手持神兵利器，将人大卸八块可以，也不可能切得如此整齐，除非经过长期练习，但那怎么可能？江湖高手若是出剑，多半都从人身弱点着手，绝无一家从胸口、屁股这等肉厚之处斩断的。"

李莲花道："若是江湖剑客切的，自然不会如此，但她们并非江湖剑客。"

"她们？"施文绝张口结舌，他指着女宅之中许多女子，"你说'她们'？"

李莲花微微一笑："想那'楼春宝库'里许多财宝，若凶手只有一人，如何搬得完？又如何知道宝库所在？自然是'她们'。"

关山横、东方皓、慕容腰和李杜甫面面相觑。李杜甫道："你……你知道她们是如何将玉楼春分尸的？"

李莲花露齿一笑："我知道。"

赤龙再也忍耐不住："你……你……"

她跟跄退了几步，她身后的众位女子花容失色，西妃眼中的泪突然流了下来，施文绝目瞪口呆，怜惜得想要上前，却又不敢。

李莲花慢慢抬手指着那宝库中的兵器架："玉楼春被切为宽约一尺的三块……半个'王'字——你们看它，是不是就是相距尺许的半个'王'字？"

众人随他手指看去，呆呆地看了那兵器架许久，果然，那兵器架的边缘，连同横杆，可不就是半个"王"字？只不过"王"字三横，兵器架是四横。

施文绝突然跳了起来："你疯了？你说这些大姑娘用这奇笨无比的兵器架把玉楼春切成三块？你疯了吗？这东西连个锋口都没有，连皮都划不破，还能用来杀人？"

李莲花瞪了他一眼："你有没发现，这一块地有些地方特别硬？"他说的是刚才爬满蚂蟥的地方。

施文绝一怔："有是有，可是……"

李莲花慢吞吞地又问："你没发现这兵器架上有许多方方正正的印痕，又直又滑？"

施文绝道："不错，但是……"

李莲花慢吞吞地瞟了赤龙一眼："这块地显然有些地方经过重压，而玄铁架何等坚韧，是什么东西能在它上面留下痕迹？除非它也经过重压。"

东方皓点了点头："不错。"

李莲花道："也就是说，有种三寸来长、三寸来宽、三寸来高的东西，压在了玄铁兵器架上，又有些压到了那块流满血污的泥地上，而玉楼春是在那里被分尸的，他还在这里掉了颗牙齿，你们明白了吗？"

施文绝仍旧呆呆："明白了……什么……"

东方皓却已变色："我明白了，她们将玄铁架压在玉楼春的尸身之上，然后往上放置十分沉重的东西，玄铁架受力不过，陷入玉楼春血肉之中，最终将他的左边身体切成了三块！如此方法，不需惊天动地，不花太多力气，没有半点声音，玉楼春便成了四块！"

众人张大了嘴巴，相顾骇然，施文绝喃喃地道："怎会……怎会如此……如此可怖……"他突然抬起头来，"那三寸来长、三寸来宽、三寸来高的东西是什么？"

李莲花悠悠地道："说起这种东西，大家都熟悉得很，说不定在梦里也会经常梦见。"

关山横大奇："那是什么？"

李莲花问道："依你们所知，日常所见之物，什么最重？"

施文绝想了想："日常所见之物……自然是……黄金最重……啊——"他大吃一惊，"难道——"

李莲花嘻嘻一笑："不错，那三寸来长、三寸来宽的东西，就是金砖。"他慢慢伸出手指在空中比画，"三寸来长、三寸来宽、三寸来高的一块金砖，约莫有三十八斤重，那么一百块这样的金砖，就有三千八百斤。要将玉楼春切成四块，我看一千斤足矣，也就是只需二十六块金砖压在兵器架上，他便足以'分家'了。"

"但那宝库之中，没有金砖啊！"施文绝失声道。

李莲花一笑："如果赤龙要杀玉楼春，她所报的宝库清单自然不能作数。玉楼春'楼春宝库'之中怎能没有金砖？"他叹了口气，"何况那金砖足足有一百零四块之多，难道你们没有瞧见？"

"一百零四块金砖？"众人面面相觑，"在哪里？"

李莲花瞪眼道："就在宝库里。"众人纷纷赶回"楼春宝库"，仍然四壁徒然，什么也没有。

李莲花站在宝库大门口，眼见施文绝无头苍蝇一般在宝库里乱转，十分失望地叹了口气，喃喃地道："文绝，你这次上京赶考，多半又没有考过……"

施文绝蓦地回身，大惊失色："你怎么知道？"

李莲花又叹了口气："做官要眼观六路、耳听八方才会长命……你站到我这里来。"

施文绝顿时"嗖"的一声蹿到李莲花眼前："金砖在哪里？"

李莲花喃喃地道："读书人不可功利，岂可一心想那金砖？那是他人之物、身外之物、杀人之物。你面向左边墙壁，一直走到头，算一算你走了几步，再敲一敲墙壁是什么声音。"

施文绝依言走了七步半，敲了敲墙壁，毫不稀奇。

李莲花又道："你再回来，面向右边墙壁，一直走到头，算一算你走了几步，又敲一敲墙壁是什么声音。"

施文绝一走，这一次走了六步，扣指在墙上一敲，手指生疼，他一怔："这面墙……"

李莲花很有耐心地道："就是金砖了。"

原来金砖就在墙上，外表被抹了层薄薄的煤灰，如同青砖。

众人相顾骇然，女宅中的女子一片沉默。

李莲花抬起头道："因为'楼春宝库'失窃，要将这许多财物突然搬出女宅，显然不大可能，如果真有一人能闯入女宅杀死玉楼春夺走宝库里这许多东西，那他身上应该背着至少两个大麻袋，并且左右两手各提着一些贵重兵器。但他不但背走了众多财宝，居然还能携带玉楼春的四块残肢，并花费许多力气丢在香山各处，这实在让人难以想象。所以我想……能找到宝库且把里面的东西轻易搬走的人，最有可能的，自然是女宅里面众位姑娘。何况金针香草鲑鱼汤变成曼陀罗香草鲑鱼汤，我房间里那烙铁头的蜕皮，前日木槿树下的土坑，件件都说明女宅的各位姑娘和玉楼春的死有关。"他歉然地看着赤龙和西妃，"虽然……你们都很努力，但事实便是事实……"

赤龙仍旧不答，西妃却缓缓点了点头。

"那余下的疑问，便是谁教赤龙将玉楼春分尸以掩饰他被毒死的真相？是谁授意编造有武林高手杀害玉楼春盗走财物的故事？"李莲花慢吞吞地道，"只因财物如果被'神奇至极''武功高强''闻所未闻'的奇怪杀手盗走，那么自然无从追查，这笔偌大的财富，也就落到了编故事的某些人手中。"他凝视着慕容腰，目光并不咄咄逼人，十分温和而具有耐心，"慕容公子，你是其中之一。"

慕容腰一声冷笑："你有何证据证实我是其中之一？"

"第一，你没有喝那碗聪明至极的曼陀罗香草鲑鱼汤；第二，你和赤龙姑娘十分投缘；第三，你力主有笛飞声之流的高手杀死玉楼春；第四，香山之上，是你手持玉楼春的残肢出现，那故事里携带玉楼春尸体到处乱丢的武林高手并不存在，那么你手中的玉楼春的左手是从哪里来的？"李莲花十分平静，一字一字地道，"无论是如何来的，总而言之，绝不是在香山山谷里捡的。"

慕容腰为之变色，尚未说话，李莲花对着李杜甫一笑："李大侠，你是其中之二。"

李杜甫哼了一声："何以见得？"

李莲花道："理由和慕容公子一模一样，说不定还加上一条——今日早晨，你故意最晚上山，将玉楼春残肢带去，藏在山中，再和慕容腰一起假装捡到。"

李杜甫脸色微微一变："胡说八道！东方皓还不是没喝那鱼汤，那他定也是其中之一。"

李莲花叹了口气，喃喃地道："这也是让我想了很久的问题。喝了鱼汤的人自然不是同谋，而没喝鱼汤的人究竟谁不是凶手？但我早上不小心发现一件事，说明东方皓多半不是同谋，何况他若是同谋，便不会坚持说女宅之中有凶手的帮凶了，世上哪有自揭同伙的凶手？"

施文绝想来想去，始终想不明白什么事让李莲花想通东方皓不是凶手，只听李莲花向东方皓歉然道："早上下棋，我看见你有几百万两银票……"众人都是情不自禁"啊"了一声，李莲花继续道："你既然有几百万两银票，自然不会贪图玉楼春的财宝，唉……这是三岁孩童也明白的道理。"

东方皓冷硬的脸上突然露出一丝微笑："几百万两银子，是黑五帮黑道上劫来的款子，我这就要送到南方水灾之地救灾去，也不是我的钱，我本身也穷得很。"

李莲花满脸敬佩，施文绝瞪眼道："你若是贪财之人，贪你怀里那几百万两还不比贪玉楼春的宝库快得多？"

东方皓哈哈一笑:"不过无论如何,今日李楼主让我大开眼界,原来李楼主除治病救人之外,抓贼也很在行,难得、难得。"

【 四 女宅观 】

那日之后,关山横和东方皓将慕容腰和李杜甫送去"佛彼白石"百川院里受罚,女宅之中一干女子都交给花如雪处理,"楼春宝库"里的财物其实并没有丢失,只是被搬到了别处,伪作丢失的模样。花如雪令她们将女宅改为道观,一干女子统统带发修行,以抵消谋杀玉楼春之罪。赤龙被花如雪带走,听说将在大牢之中待上十年,她却并不后悔。

李莲花和施文绝离开女宅已经数天。

江湖传言,吉祥纹莲花楼主李莲花,再施妙手,令玉楼春碎尸愈合,死后复活,口吐真言,自述是被蛇妖白素贞的妹子赤龙等人所害,李莲花施下法术,故而一举擒获凶手云云。

"其实我真的很想不通,为什么张三经过江湖这么一传,就变成了李四?"施文绝手持一本《论语》,坐在吉祥纹莲花楼中最好的一张椅子上,"美女被这么一传,就变成妖精?而你为什么总是能被传成神仙?"

李莲花看着他那只直接踩着桌子边缘的脚,叹了口气道:"那是因为江湖的习惯就是如此——你能不能不把脚踩在桌上?"

"不能。"施文绝拿开《论语》,瞪眼道,"难道你怕脏?"

李莲花又叹口气道:"我不怕脏,我是怕——"

他一句话还没说完,施文绝突觉脚下一晃,自己已"砰"的一声坠地,屁股一阵剧痛,那桌子突然散架,施文绝目瞪口呆,只觉头顶"噼啪"一阵乱响,那散去的木板不少弹到他头上。以他蹬在桌上的脚力而论,这头上少说要起七八个包。

此时,李莲花歉然的声音方才传入耳内:"我是怕这桌子只有三条腿,上次给方多病坐塌了……"

施文绝顶着满头木板,过了好久,居然笑出声来:"哈哈,哈哈哈,不要紧,只要你把桌子钉起来,我下次定会记得不要踩……"

李莲花正色道:"当然、当然。"

第十章 绣花人皮

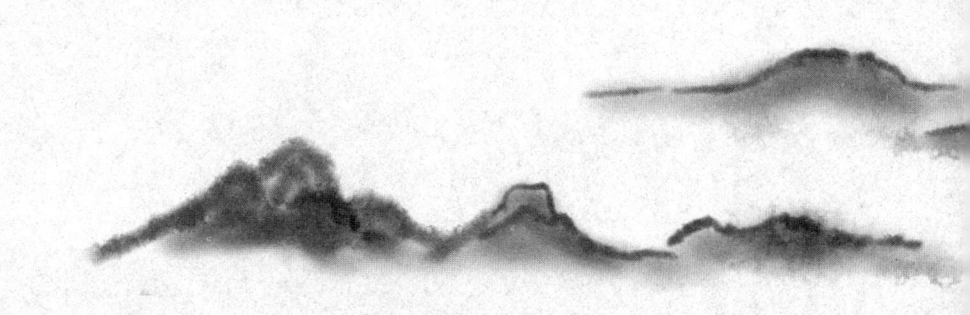

一张雪白柔滑的人皮，其上用绣线密密地绣了一张奇异的图画，灯光之下，那人皮犹如生时，如凝脂白玉，那图画映着灯火，其上一个个诡异艳丽的图案仿佛正在昏黄的光线中扭曲、跳舞……

这张皮很有名，它很有名的原因是它本长在很有名的人身上，而十日之前那人死了，变成了一张绣花人皮。

【 一 绣花人皮 】

李莲花拿到这张人皮的时候，他和方多病正在吃饭。拿到人皮之后，方多病立刻说他吃饱了，李莲花却仍然津津有味地吃完了一整碗米饭和三两卤牛肉，喝了一杯茶。

这张人皮来自"江湖第一美男子"魏清愁，江湖传说这魏清愁生得如明珠美玉，身高八尺一寸，十分英俊潇洒，精通琴棋书画，尤其篆刻印章之术天下无双，是女子见了定要倾心的浊世翩翩佳公子。他十日前迎娶江浙大富豪蕲春兰的女儿蕲如玉为妻，本是一桩才子佳人的美事，结果新婚之夜，新娘一觉醒来，方才风流倜傥的夫君却突然变成了一张绣花人皮，吓得新娘发了疯。

此事十日之间传得沸沸扬扬，有人说魏清愁本是挂着人皮的狐妖，如今现出原形；有人说魏清愁其实没死，那皮并不是魏清愁的皮；又有人说那皮千真万确是魏清愁的皮，他那肚皮上一块绿豆大的胎记你瞧见没？那千真万确、童叟无欺的就是……

因为蕲春兰的表弟的妹夫的女儿嫁给了方氏小姨娘的儿子，也就是说蕲如玉和方多病是亲戚，所以这张绣花人皮很快辗转到方多病手上。蕲春兰不知从何处听说李莲花能令死人开口，精通阴阳之术，所以把绣花人皮之事慎重交托给方多病，言下之意，自是交托给李莲花了。

虽然早就知道有这么一张人皮，但蕲春兰的手下将人皮带来，在方多病眼前打开的时候，他的第一感觉还是想吐。

一张雪白柔滑的人皮，其上用绣线密密地绣了一张奇异的图画，灯光之下，那人皮犹如生时，如凝脂白玉，那图画映着灯火，其上一个个诡异艳丽的图案仿佛正在昏黄的光线中扭曲、盘旋……

人皮宽约一尺，长有近两尺，用不知名的药水浸泡过，有一种古怪的香味。方多病和李莲花目不转睛地看着那张人皮，李莲花面带微笑，方多病低低骂了一声，却忍不住伸出手指，沿着人皮上那鲜艳的纹路轻轻摸去，只觉绣纹细腻精致，人皮光洁顺滑，指下一股异样的感觉，竟是令人想要不住把玩，上面绣着八个奇怪又神秘的符号（见图一）。

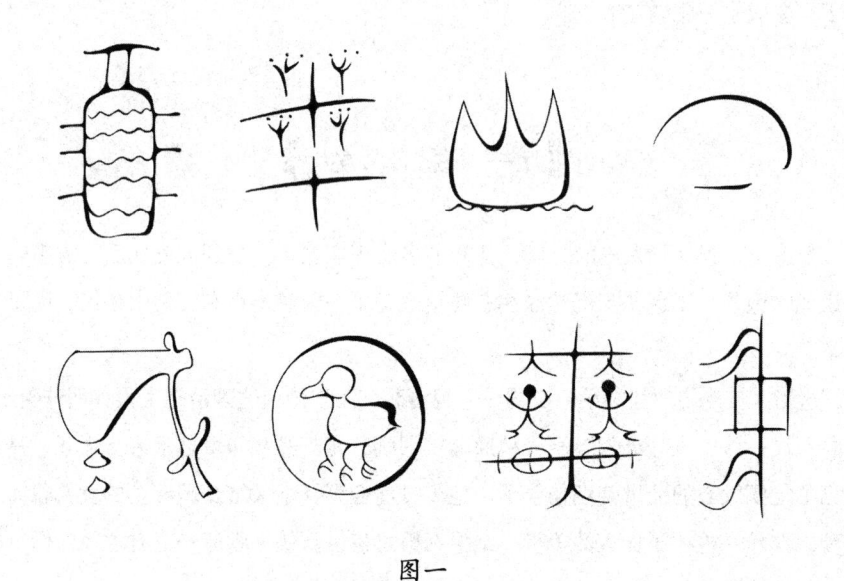

图一

"这是什么玩意儿？"方多病丢下人皮，"咒语？暗号？还是道士串在桃木剑上的那种神符？"

李莲花道："我怎么知道？一个瓶子……一座山……一把斧头、一个鸡蛋、两个人，还有一串不知道什么东西。这人对剥皮绣花多半是老手，否则怎么能弄得这么干净漂亮……"

方多病喃喃地道："但绣花……绣花应该只有女人会啊，难道说魏清愁这人风流多情，他要成亲，哪一个女魔头因爱生恨，将他杀了，再把人皮绣花？"

李莲花叹道："你一向聪明得紧，但……但世上除了爱吃人的角丽谯，居然还有爱剥皮的张丽谯、李丽谯，真让想讨老婆的男人们心寒。"

方多病一乐："难道死莲花你最近想要讨老婆了？"

李莲花正色道："老婆我早已讨过，只不过改嫁给了别人而已……"

方多病嗤之以鼻："胡说八道……总而言之，要明白事情是怎么回事，今晚马车，你我上蕲家'神仙府'一行。"

蕲春兰家号称"神仙府"，自是非同小可，没有"方氏"的马车，如李莲花之流是万万进不去的。李莲花连连点头，目光在那精美的绣花人皮上流连，那八个古怪图案定然有含义，只是那杀人凶手难道会自己绣下线索，让别人追查到自己吗？如果不是事关凶手的线索，那些图案又表示什么呢？绣花人皮之案，确是离奇古怪，让人好奇得很。

八日之后，瑞州。

方多病和李莲花乘坐方氏华丽宽敞的马车来到"神仙府"。那方氏的马车乃八匹骏马拉车，楠木为壁，雕刻精美，四角悬挂各种金银珠宝，奢华到了极处。

李莲花一路坐来，八马拉车，摇晃甚烈，外头悬挂的金银珠宝叮当作响，十分吵闹，到达之时只觉腰酸背痛，难受至极。方多病已经睡着，马车停后李莲花将他摇晃两下方才惊醒。

只听外面马车夫报称方氏方多病驾临，"神仙府"大门缓缓打开，让方氏这辆马车入内。

李莲花撩起窗纱一看，倒抽一口凉气，只见蕲家金碧辉煌，处处庭院都盖得比寻常所见大了一成、高了三尺，连栽种其中的花木都比寻常所见的要大上许多，方氏这辆马车在路上看来气派非凡，走进神仙府不知怎的就变得寻常至极，毫不起眼。

马车很快停下，方多病已经彻底清醒，从车里掂起块巾帕抹了抹脸，装模作样地下车，李莲花跟在他身后。

只见对面大步行来一位身材清隽的中年人，面白长须，神色甚是悲凄，拱手道："想来这位便是方大少了，远道而来，不胜感激，家门不幸，遭逢大变，蕲某惭愧万分。"

方多病也拱手回礼，温言回答道："蕲伯父不必担忧，既是亲家，蕲家的事就是我方某的事，蕲……蕲表妹的事，方某在所不辞。"他实在不知蕲如玉和他算来到底是哪门子亲戚，话到嘴边，硬生生认了个"表妹"。

李莲花知他心意，微微一笑，方多病满口称"蕲家的事就是我方某的事"，他可没说这事是"方氏"的事，这层意思，蕲春兰若听不出来，那就不是蕲春兰了。

蕲春兰也不知听没听出方多病话里玄机，仍旧满面悲伤，看他的模样实在伤心至极，仿佛天地为之灰暗，日月为之无光，让人不忍揣测这人究竟心机如何，只听他道："两位都是武林高手，两位前来，如玉的事我也就不怕了，说实话这几日我日夜担心，不知我蕲家究竟得罪了何方神圣，竟发生这种惨绝人寰的事，又不知他是否要向我府里其他人下手。"

方多病虽然和蕲春兰是八竿子也打不到边的亲戚，却从来没有见过，看他这副模样，和李莲花面面相觑，都是心下稀罕，想不到堂堂江浙大富，竟是这种模样。

"伯父莫怕，待我和死莲……李楼主查看当日绣花人皮发现之处，看过之后，伯父先和展云飞几人留在屋内，不要随意走动。"他尚未来到之前，蕲春兰就已写信说明他命护卫展云飞等人将主院看守得密不透风，他和夫人女儿日夜躲在其中，不敢出来。

蕲家护卫展云飞号称"江浙神龙"，武功高强，八十六路无锋剑名列江湖第三十七，对蕲春兰忠心耿耿，是难得的护卫人选。当日蕲家发生绣花人皮离奇之事，他正被派往京师办事，这才给了凶手肆无忌惮杀人剥皮的机会。

蕲春兰连连点头，他身后一位灰袍长袖、身材高大的长发男子对方多病微微点头，他便是展云飞。方多病自然也没见过这位名震江浙的大侠，听说此人本来行侠仗义，云游天下，一日负伤被蕲春兰所救，方才甘为奴仆。这种报恩法子方多病很不以为然，并且展云飞不梳头发更是犯了方多病的大忌，但其人还是相当可敬的。

方多病对他上下打量了几眼，却见展云飞对自己点头之后，目不转睛地看着自己身后。

方多病一回头，却见李莲花对展云飞微微一笑。展云飞目光流动，那眼神说不出的古怪，方多病心底大为奇怪——这两人难道认识？死莲花又从哪里结识这种横行江湖十几年的侠客了？若不认识，那眼神是什么意思？

蕲春兰和展云飞很快离去，留下一个奉茶童子带两人前往蕲如玉的洞房。

等蕲春兰一走，方多病忍不住便问："你认识那展云飞？"

李莲花"啊"了一声："有过一面之缘。"

方多病道："三十几岁的老男人不梳头发，古怪得很，他对你使什么眼色？"

李莲花奇道："使眼色？啊……你误会了，方才有只苍蝇在我头上飞，他多半不是在看我。听说这人十八岁那年出道，二十岁就已很有名，二十二岁那年他和人比武打赌，结果比武大输，自那以后他便不梳头发，这人很讲信用。"

方多病稀奇道："比武输了就不梳头发，这是什么道理？"

李莲花道："那是因为他本就和人打赌，赌的就是谁输谁就不梳头发。"

方多病哈哈大笑："他和谁比武？"

李莲花道："李相夷。"

方多病越发好笑："这位李前辈古怪得很，为何要赌让别人不梳头发？"

李莲花叹了口气："只因那日李相夷和展云飞联手大败联海帮，捉住了联海帮帮主蒋大肥，李相夷要将蒋大肥绑回台州，临时缺了条绳索，看中了展云飞的头巾……"

方多病对这位李大侠真是仰慕佩服到了极点，猛一拍栏杆，大笑道："展云飞自然不肯把头巾相送，于是他们便比武赌头巾，爽快！可惜李相夷已经死了，我出道太迟，看不到斯人风采，真是可惜、可惜！"

李莲花道："那也没什么可惜的……"

方多病笑到一半，突然想起："哎？这些事你怎么知道？"

李莲花方才那句还没说完，突然一呆："啊……我便是在比武那日见过展云飞一面，此后再也没见过。"

方多病羡慕至极，斜眼看着李莲花："啧啧，那你一定见过李相夷了？竟然藏私从来没说过。如何？是不是丰姿潇洒，气宇轩昂，能诗能画，能做万人敌的绝代谪仙？"

李莲花想了半日，似乎在苦苦思索要如何表达李相夷的"绝代谪仙"风采，半晌道："那个……李相夷嘛……啊……洞房到了。"

方多病正在等他形容李相夷如何风华绝代，突听"洞房"到了，心中一凛。两人一齐站定，只见亭台楼阁、奇花异草深处，一处红色小楼依偎其中，楼阁精细绮丽，说不出的玲珑婉转，旖旎至极，和神仙府中恢宏的楼阁大不相同。风中传来一阵淡淡的花香，不知是何种奇花在此开放，闻之令人心魂俱醉。

方多病痴痴地看着那红色小楼："世上竟然有这种房子……"

李莲花微微一笑："走吧。"

方多病心中正自想到，和这洞房相比，李莲花的吉祥纹莲花楼真是差劲至极、丑陋至极。他手已按在红色小楼的大门上，用力一推，"吱呀"一声大门洞开，一股血腥之气扑面而来，奉茶童子远远避开，一眼也不敢往门里瞧。

二　新娘其人

门内地上有一摊干涸的黑血，地板本来以汉白玉铺就，光滑细腻，若不是这一摊黑血，便没有半点瑕疵，如今却血污满地，十分可怖。楼内大堂地下除一摊血迹之外，再无其他痕迹，两侧的太师椅都是紫檀所制，在暗淡的光线中竟都显得狰狞起来。

方多病点燃屋内灯火，只见这屋中烛台悉以黄金制成，其上红烛也是十分鲜红，和寻常红烛不同。梁上悬挂铜八卦一个，铸工精美，上有飞云走日之图，追求古朴之风，在铜八卦上熏了些微黑烟，其下红色穗子打成双喜之形，手工细致。正对门处一座屏风，屏风以碧绿玛瑙雕刻而成，也是飞云走日之图，其下山水迷离，有房屋处处隐于云雾之中，图案高雅精致。

方多病和李莲花缓步走入屏风之后，那屏风之后便是洞房。洞房十分宽阔，一色全红，窗下一个木架，本应是搁脸盆的，但不知为何没有放上。床上各色枕头锦被精美绝伦，床边两只齐人高、腰眼粗细的硕大红烛，烛身雕龙刻凤，十分精美。床边有书桌一张，其上文房四宝齐备，砚台中微有墨痕，似乎这对新人在题诗作画之后方才休息。床上丢弃着几件红衣，有一些细小的血迹。李莲花挑起衣裳，展开一看，两人都见衣裳边角上绣有鸳鸯荷花，并非凤冠霞帔，应是一件新娘中衣，衣袖之上却有七八个小孔，大小不等，位置各异，基本上右边的孔比左边的大些，左边衣袖上有一处染有血迹。纵观洞房之中，并没有想象中那般鲜血淋漓、可怖至极的剥皮场面，竟似乎连血都出奇地少。

"这天气也不是很冷，新娘子进洞房用得着穿这许多衣裳？"方多病嘀咕，将床上几件衣服一一展开，衣袖上都见古怪的小孔，位置大小都差不多，总计有三十多个，"这是什么玩意儿？难道那凶手还对她的衣服下手，连刺了三十多下？"

李莲花道："这倒不是……"他揭开被褥，锦被之上仅有些微细小的血点，被下却是一大片乌黑的血迹，床板上穿了一个小洞。

李莲花忽地爬到床上，方多病吓了一跳："你做什么？"

李莲花一抬头，"砰"的一声后脑勺撞在床架上，"哎呀！"他转过头来，呆呆地看那床架。

方多病好奇心起，也爬上床探头看那床架，只见楠木床架内侧极高的地方深深嵌着一个闪闪发光的东西。

"金丝珍珠……"李莲花喃喃地道,"你聪明得紧,你说这东西怎么会在这里?"

方多病睁大眼睛,伸指就想把那金丝珍珠拔出来:"这是凤冠上的吧?难道他们夫妻打架,把凤冠扔到这里来?"

李莲花抬手拦住,仍是喃喃地道:"虽不中亦不远。但在这里,未免有些高……"他下了床,在房里走了两圈,叹了口气,"你那表妹做新娘,却是别人入洞房,难怪这人死得稀里糊涂,只怕人到了阴曹地府还想不通自己是怎么死的。"

方多病大吃一惊:"你说什么?别人入洞房?你说新娘不是蕲如玉?"

李莲花斜瞥了他一眼,摇了摇头:"这再明显不过,若非蕲春兰骗了你我,就是蕲如玉骗了蕲春兰。"他突然把那件新娘中衣披在方多病身上。

方多病猝不及防,手忙脚乱地要脱,李莲花拍了拍他的肩头:"你用右手多过左手,是吧?"

方多病左手衣袖缠住右手衣袖,闻言一怔:"不错……"

李莲花顺手拾起桌上的黄金烛台,递到方多病右手。

方多病随手握住,莫名其妙:"干什么?"

李莲花扳起他的双手,把烛台藏在衣内,右手握后,左手握前,往下一刺。

方多病"哎呀"一声叫了起来:"难道是蕲如玉杀了魏清愁?"

李莲花如此比画,显而易见,新婚之夜,新娘中衣藏有利器。新娘右手持着凶器隔衣袖刺杀魏清愁,那中衣之上留的小孔,并非是三十几个孔,而是一个,只不过衣袖多层,而又有褶皱,被穿过多次而已。右手衣袖的孔大些,那是因为凶器先穿过右手衣袖。

李莲花摇了摇头:"你看被褥上血迹如此少,被褥底下那么多血,这人被刺中要害之后一直在床上躺到死去,流血极多。无论凶手拿的是什么利器,这一刺显然劲道极强,说不定把他钉在床上,你那表妹可会武功?"

方多病瞪眼道:"我连表妹都没见过,怎知她会不会武功?"

李莲花道:"你这表哥也做得差劲至极。不过,那新娘若是女子,跪在床上刺杀新郎,她头戴的凤冠能撞到床架上面,显然她比我高一些。"他在头上比画了一下凤冠的高度,"若不是你表妹身高八尺一寸,就是那新婚之夜穿着霞帔头戴凤冠的新娘另有其人。"

方多病骇然,呆了半响:"新婚之夜,竟有人假扮新娘,刺杀新郎,蕲春兰也太窝囊,堂堂江浙大富,手下高手不少,竟然会发生这种事?"

李莲花嘻嘻一笑:"身高八尺一寸的新娘,倒是少见。"

　　方多病喃喃自语:"蕲春兰说蕲如玉睡醒就看见魏清愁变成一张人皮,分明在胡说,要么便是蕲如玉杀了魏清愁,要么便是有人假冒新娘杀死魏清愁,而且这个新娘——这个假新娘十有八九和蕲春兰是同伙,否则蕲如玉为何说谎?身高八尺一寸的新娘子毕竟少见,蕲家怎会浑然不觉?"

　　李莲花慢吞吞地道:"那你非见一见你那'表妹'了。"

　　正说到"表妹",红色小楼外忽地"哗啦"一声。

　　"谁?"方多病喝了一声。

　　屋外一人撩开门边悬挂的珍珠帘子,一头长发不梳,灰袍长袖,正是展云飞。他淡淡地看了李莲花一眼,似乎方才已经听了很久两个人的对话:"两位看完了吗?"

　　方多病咳嗽一声:"看完了。"在他想来,如果蕲家合谋杀魏清愁,这展云飞必定脱不了干系,故而看人的眼神未免就有点古怪。

　　展云飞拱了拱手:"老爷请两位幽兰堂说话。"

　　幽兰堂是"神仙府"的主院,蕲春兰和蕲如玉以及蕲春兰的夫人游氏都住在幽兰堂中。展云飞带领李莲花和方多病踏入幽兰堂,只见墙头门外人影绰绰,在廊前屋后站立着七八位白衣剑士,人人神情肃然,严加戒备。

　　李莲花赞道:"展大侠果然了得,训练出这许多剑士,人人武功高强,都是人才。"

　　方多病也道:"幽兰堂固若金汤,其实蕲伯父不必害怕,有展大侠在,何事不能解决?我等远道而来,倒是多余了。"

　　李莲花乃是真心赞美,方多病却是故意讽刺,展云飞淡淡掠了李莲花一眼,那眼神仍旧很古怪:"过奖了。"

　　方多病呛了口气,正待再说两句,几个人已走到幽兰堂正厅门口,蕲春兰就在门前等候,满脸焦急,一见方多病便把他一把拉住:"你们可明白了那绣花人皮的含义?"

　　方多病莫名其妙,愕然道:"什么含义……"

　　蕲春兰失望至极,连连跺脚:"云飞,你告诉他们,冤孽冤孽,我那……我那苦命的如玉……怎会惹上这种魔头……"展云飞关上大门,请方多病和李莲花上坐,蕲春兰在一旁不住走来走去,显得很是烦躁。

　　原来蕲春兰的女儿蕲如玉右脚微跛,个子甚矮,也不是什么身高八尺一寸的奇女子,她跛了右脚,很少出门,蕲春兰本打算将女儿嫁与展云飞,了却一桩心事。蕲如玉虽然跛脚,但年方十八,家财万贯,容貌清秀,展云飞年纪大些,却也是一代俊杰，在蕲春兰看来本是桩再合适不过的姻缘。谁知展云飞出言谢绝，不愿迎娶蕲如玉。蕲如玉大受打击，有一日偷偷溜出蕲家，和婢女几人在城郊游玩排遣心情，却将一个男人捡回蕲家，这男人自是魏清愁。魏清愁年纪既轻，又是英俊潇洒，语言温柔，不过月余两人便结下婚姻之约。蕲春兰本来不悦，但魏清愁人品俊秀，深得游氏喜爱，也不曾听闻什么劣迹，加之女儿成婚的嫁妆细软早已备好，被游氏再三怂恿，也就答应了这门婚事。

一日深夜，蕲春兰夜起拉屎，突然看见一道人影在墙上缓缓摇晃，形状古怪至极。他探头看去，倒抽一口凉气，只见魏清愁穿着一件白袍，在门外花廊地上爬动，就如一条人形的蠕虫，不住发出低低的怪笑声，蠕动着往门口方向爬去。

蕲春兰往门口一看，只见幽兰堂大门口站着一位面戴青纱的白衣女子，长发及腰，她面戴的青纱上依稀有斑斑点点，全是血迹，白衣上也尽是血迹，右臂悬空，竟是断了一截。蕲春兰吓得魂飞魄散，一口痰堵在咽喉就昏死过去，等到白日醒来，却是躺在自己床上，询问游氏，游氏反说他半夜梦鬼，胡说八道！

但经此一事，蕲春兰对魏清愁不免起了许多疑心，婚姻之期越近，越是寝食难安，终于忍耐不住，派遣展云飞上京师调查魏清愁。然而展云飞一去一来耗时月余，蕲如玉和魏清愁按期成婚，谁知新婚之夜，便发生了如此诡异可怖之事！

蕲春兰想起那夜看见的魏清愁和女鬼，害怕至极，日夜担心那女鬼害死魏清愁之后，尚要害死蕲家全家，将人人剥皮绣花，故而恐惧至极。

展云飞性情冷淡，说话简练，故事说得半点也不动听，方多病听得无聊，目光不免在幽兰堂中许多物事上移动，只见一位青衣少女一直垂头坐在一旁，不言不动，约莫就是他那"表妹"。

展云飞将事情交代清楚，方多病忍不住就问："如玉表妹，那日……你醒来之时，究竟看到了什么？"心中却道：如果新娘不是你，你怎会以为自己是新娘？世上哪有进没进洞房都搞不清楚的新娘子？莫非你和那假新娘串通了？

"我……我……"蕲如玉颤声道，尚未说出什么，眼泪已夺眶而出，"我只记得我坐在洞房里，清愁喝醉了进来……然后……然后我就什么也不知道了，等我醒来，就看到……看到满床的血，还有那张……那张……"她剧烈颤抖起来，脸色惨白。

李莲花看了一眼桌上的清茶，方多病连忙端起茶，让蕲如玉喝了一口，接口道："还有那张人皮？"

蕲如玉闭上眼睛，点了点头。

方多病心里诧异，如果坐在洞房里的确是蕲如玉，那假新娘是如何假扮新娘的？

要知假扮新娘，自是要让魏清愁误以为她是蕲如玉，可蕲如玉清醒时魏清愁已经进来了，那假新娘如何在他不注意的时候将蕲如玉移走，再更换衣服假扮成蕲如玉？转头看李莲花，却见他微微一笑，似乎对蕲如玉的回答很是满意，心里越发悻悻然："不知展大侠上京师所得如何？"

展云飞沉静地道："魏清愁父母双亡，家境贫困，其人相貌俊秀，拜在峨眉门下习武，不久改师'独行盗'张铁腿。两年前出道，绝口不提家世师门，以贵公子姿态行走江湖，未做什么大事，然名声不赖。"

他说得含蓄，方多病却脱口问道："他哪里来的钱？"

展云飞摇了摇头，李莲花道："人家摔入悬崖之下，发现什么秘籍宝藏，一夜之间便成武功高强的贵公子，也是有的。"

方多病道："胡说八道！总而言之，张铁腿在四年前就死了，依照张铁腿的武功学问，万万教不出魏清愁这样的徒弟，这其中一定有问题！"

李莲花慢吞吞地道："说不定他的学问武功是峨眉尼姑们教的……"

方多病正想破口大骂死莲花专门和他抬杠，突然想起他"亲戚"蕲春兰在场，及时忍住，淡淡地道："峨眉尼姑却没钱让他吃白食做贵公子，张铁腿自己也是穷得要命，否则怎会去打劫？"

展云飞点了点头："张铁腿四年前死于'忠义侠'霍平川手下，魏清愁两年前方才出道，这期间的两年不知所终，必有问题。"

李莲花喃喃地自言自语了几句，突地睁大眼睛看着蕲如玉："我还有个问题想不明白，这若是魏清愁的皮，那他的尸体在哪里？"

蕲如玉一呆，蕲春兰和游氏面面相觑，展云飞沉声道："不知所终。"

李莲花叹了口气："也就是说，那天晚上，蕲姑娘进了洞房之后不久，魏清愁就进来了，魏清愁进洞房之后，蕲姑娘突然人事不知，醒来之后，看到被褥之下都是鲜血，床上有一张人皮，除此之外，并没有其他痕迹或者尸体，是吗？"

蕲如玉点了点头，脸色越发惨白。

李莲花道："洞房之夜，应当不会有人再进出洞房，那魏清愁是如何凭空消失的？此其一。若是有人杀死魏清愁，他是如何进入洞房，又如何消失的？此其二。还有那张人皮，如果有人杀死魏清愁就是为了剥这张人皮，那他为何没有拿走？此其三。"

"秘道……"蕲春兰喃喃地道，"云飞，那红妆楼中有可能有秘道吗？"

展云飞摇了摇头，淡淡地道："绝无可能。"

方多病忍不住道："魏清愁身负武功，他难道不能打开窗户逃出去？"

展云飞道："这也绝无可能，新婚之夜，洞房之外都是奴仆女婢，除非是笛飞声之流施展'横渡'身法，否则不可能没有一个人看见。"

李莲花慢吞吞地问："当日是谁先发现房中发生血案的？"

蕲春兰道："是阿贵，他听到小姐惊叫，和大家破门而入，便看见房中血迹和人皮。"他突然想到了什么，"说到看守在洞房外的奴才，几十人都说当夜灯火一直没熄，但没有看到什么奇怪的东西。"

李莲花道："啊……那个火自然没熄……"

方多病奇道："什么火自然没熄，人家洞房花烛，你当人人都不熄灯吗？胡说什么啊？"

李莲花心不在焉地"啊"了一声，喃喃地道："洞房花烛夜，有人要从里面钻出来绝无可能，定会引起注意，那么如果有人进去呢？那夜蕲姑娘在房中等候的时候可有叫过女婢？"

蕲如玉微微一颤，低声道："没有。"

展云飞虎目一张，沉声道："但看守的侍仆报说小姐吩咐娥月在三更送去茶水漱口。"

蕲如玉连连摇头："没有，不是我吩咐的。"

李莲花和方多病面面相觑："娥月是谁？"

展云飞道："娥月是小姐的陪嫁丫头。"

蕲春兰跺脚道："马上把娥月叫来，当日是谁叫她送的茶水？"

婢女娥月很快就到，是个子高挑的婢女，颇为粗壮有力，负责蕲如玉日常起居，蕲如玉跛脚，蕲春兰和游氏特地挑选了这个十分有力的女婢相陪。

蕲春兰厉声问道："洞房花烛之夜，谁叫你送去茶水？你送去茶水的时候，可有看到什么？"

娥月茫然失措："送去茶水？老爷，我……我没有送去茶水，小姐没有吩咐，我怎敢闯进洞房？我真的没有……"

蕲春兰怒道："还敢抵赖？阿贵说看见你从大门进去了！"

娥月"扑通"一声跪了下来，脸色苍白："我没有！老爷明察，我真的没有进过红妆楼，那进去的人不是我……"

蕲春兰大怒："给我拖下去重重地……"

他还未说完，方多病轻咳了一声："我看娥月没有说谎，那天晚上进入洞房的多半另有其人，否则洞房之中，怎会凭空多出一位凶手？可有人看到娥月出来？"

展云飞微微一怔，沉吟道："阿贵只说看见娥月在三更送去茶水，其后他在周围巡逻查看，并不知道她有没有出来。"

李莲花插口道："她出来了。"

蕲春兰奇道："你怎么知道？"

李莲花反而更奇："后来洞房之中并没有多一个人，而是少了个姑爷，既然人没有多出来，那就是出来了，怎么，难道不是？"

蕲春兰一怔，暗骂自己糊涂："但魏清愁生不见人死不见尸，却又是从哪里凭空消失的？"

"魏清愁并没有凭空消失。"李莲花道，"他只不过光明正大地从大门口走掉了而已。"

众人都是一呆，一起充满惊诧地"啊"了一声，蕲春兰叫了起来："什么？怎么会？难道他不是死在洞房里了？"

方多病也瞪眼道："怎么会？他若是没死，为何要走掉？"

三 洞房之中

"他为何要走掉？"李莲花苦笑道，"我要见了那房里的'娥月'才知道。"

蕲春兰道："什么娥月？娥月就在你面前，那洞房发生了这等事，哪里还会有人？"

李莲花道："有人，那洞房之中有个死人。"

话说到这份儿上，众人都是满脸不可思议，方多病忍不住叫了起来："刚才你和我在里面走来走去，哪里有个死人？我怎么没看见？"

展云飞也道："洞房中若有死尸，怎么一连八九日无人发现？"

"洞房中明明有个死人，只是大家太注重人皮，或者太矮了些，没有留意而已。"李莲花叹了口气，"新娘的衣裳上有利器的痕迹，新娘床上有大片血迹，甚至床板上有个洞，床上有张人皮，这些迹象不过说明穿着新娘衣裳的人在床上杀了个人而已，并不能说明被杀的人是魏清愁。"

众人一震，脱口而出："怎么？难道被杀的不是魏清愁？"

李莲花道："被杀的也许是魏清愁，也许不是，不过他就在洞房之中……"

"走啦走啦，在洞房哪里？"方多病再也忍耐不住，一把抓住李莲花的手腕往外拖去。展云飞几人快步跟上，众人很快到了洞房之中，只见房中毛笔砚台、红烛锦被，哪里有什么人？方多病四处敲敲打打，这房屋以楠木制成，坚固至极，哪有什么秘道啊密室啊，就连个老鼠洞都没有。

"人在哪里？"方多病和蕲春兰异口同声地问。

李莲花举起手来，轻轻指了指床侧的红烛。

展云飞仔细一看，微微变了脸色。

方多病踮起脚尖，"哎呀"一声："头发……"

蕲春兰却什么也看不到，情急之下跳到檀木椅上，只见床侧右边的红烛顶心隐约露出几条黑色的东西，像是头发，顿时脸色惨白："难道人……难道人竟然藏在红烛之中？"

"唰"的一声，展云飞拔刀出鞘，一刀往那红烛砍去，刀到半途，轻轻一侧，"啪"的一声拍在红烛之上，顿时齐人高的红烛通体碎裂，一块块蜡块噼里啪啦地掉了满地。众人还未看得清楚，一件巨大的物事轰然倒地，周遭附着的鲜红蜡块就如凝结的鲜血摔了满地。

蕲春兰一声惨叫——那摔在地上的物事是一具女尸，这女人因为长期藏在蜡中，样貌尚看不清楚，但她腹部血肉模糊，正少了一块皮肉，右臂断去，岂不正是他当日夜里看到的"女鬼"？

"这女人是谁？"方多病吓了一跳，"怎么会被埋在蜡烛里？魏清愁呢？"

李莲花和展云飞都目不转睛地看着那女人，那女人胸前尚有一个大洞，正是被利器刺死的，看她皮肤光润如雪，生前必是位秀丽女子。

看了好一阵子，展云飞缓缓地道："这女人武功不弱，虽然右臂残缺，却装了暗器在上面。只不过要知道她究竟是谁，恐怕只有解开那绣花人皮之谜……"

李莲花叹了口气："魏公子不会绣花，那块人皮既然是这位姑娘的，那么那些图案一开始……一开始就绣在她身上……"

方多病骇然道："她活着的时候，身上就绣着这许多丝线，岂不痛死了？"

李莲花苦笑道："我也觉得很痛。"

"一个身上绣着古怪图案的女人，只要有人知晓，必定记忆深刻，查找起来应当不难。"

展云飞长长吐出一口气，"这如果就是当夜的'娥月'，那魏清愁哪里去了？"

李莲花微微一笑："你还不明白吗？有人假冒'娥月'进了洞房，却突然死了，那出去的人会是谁呢？"

展云飞道:"你说魏清愁也是假冒'娥月'出了洞房?"

"不错,魏清愁若不是假扮娥月出了洞房,那就是凭空消失了。"李莲花叹道,"蕲姑娘见到魏大公子进房之后就人事不知,那是因为假冒新娘杀死'娥月'的,正是魏清愁自己。"

方多病失声道:"什么?魏清愁假冒新娘,杀死这个女人?"

李莲花道:"我猜魏清愁进了洞房之后就点了蕲姑娘穴道,然后脱了她的衣服把她塞进床底下,自己却穿起凤冠霞帔盖上红盖头坐在床边。没过多久'娥月'进来,他将娥月钉在床上,割了她的肚皮,然后把死人搬到大厅,再从那蜡烛顶心挖了个洞,把死人塞了进去。剩下的蜡块给他放在脸盆里煮成蜡汁,从死人头上浇了下去,封住缺口,接着他把脸盆藏了起来,穿着娥月的衣裳,从大门口走了出去。三更半夜,洞房花烛,只怕没有人想到新郎会假扮女婢悄悄溜走,所以没人发现。"

"难道他娶如玉为妻就是为了杀这个女人?那也太过大费周章,何况要假扮成什么人杀人,扮成屠夫也是杀人,扮成和尚也是杀人,魏清愁八尺一寸的个子,若非坐在床上头戴凤冠,扮新娘怎么会像?"方多病大惑不解,"还有这个奇奇怪怪的女人是哪里来的?是蕲家的人吗?"

"当然不是!"蕲春兰脸色泛白,"这……这就是那天晚上……我我我看到的女……女鬼!"他指着地上的女尸,牙齿打战,"她是谁?"

展云飞表情肃然,摇了摇头。

李莲花轻咳一声,很有耐心地道:"她不是蕲家的人,便是跟着魏清愁来的,一个身受重伤、腹部绣有奇怪花纹的女子,跟踪魏清愁而来,被魏清愁乔装杀死。大家不要忘记,魏清愁之所以遇见蕲姑娘,是因为他身受重伤……那么……容我猜测,在魏清愁遇见蕲姑娘之前,他是不是和这个女子动了手,导致两败俱伤?"

展云飞颔首道:"有些可能。"

蕲春兰咬牙切齿:"若是如此,这小子接近如玉,只是为了求生,为了摆脱这个女人!"

方多病在心中补了一句:除了找到救命稻草之外,娶你女儿,自然就是娶了你家万贯家财,你自己有钱,怎么不知道防备别人来骗?真是怪哉!

李莲花却摇了摇头:"无论如何猜测,不能解开这图案之谜,就不知这女人究竟是谁,也不知魏清愁甘冒奇险杀了她,割了她的肚皮,描了一张究竟要做什么……"

众人异口同声问道:"描了一张?"

李莲花漫不经心地"啊"了一声："洞房里的砚台和笔用过了，蕲姑娘如果没有在洞房里写字画画，自然是魏清愁描了一张……"

"看来在这图案中，必定有惊人的秘密。"蕲春兰脸色很难看，"李楼主，这人骗我女儿，在我家中做出这许多可怕之事，若不能将他抓获，蕲家颜面何存？"

李莲花道："很是，很是，不知方少想出这图案的谜底没有？"

方多病一怔，心里大骂死莲花调虎离山，不！是栽赃嫁祸！自己想不出来的事随随便便一句话就套到他头上！他又不是神仙，怎么知道这古里古怪的图画是什么玩意儿？他只好含含糊糊地说："这个……这个……容我仔细想想。"

蕲春兰感激至极，满口称谢，让展云飞送方多病和李莲花到桂花堂休息。

【 四　图案之谜 】

如此这般，方多病和李莲花便在蕲家住了两天。那红烛中的女子经展云飞请了仵作仔细检查，这女子年纪在四十五六，并不是什么青春少女，致命伤是当胸一刺，刺中她的利器极尖而长，似锥子，不知是什么物事。除去肚皮上被割去一块，此女的右臂也被断去，左臂装有一个银质小盒，其中是一些微微泛橙色又有些像褐色的粉末，粉末之中装有三支细长的银针。

展云飞一眼看出此女臂上装有暗器，却不知这暗器如此复杂，这些颜色古怪的粉末显然有毒，谁也不敢轻碰，略一打开就牢牢合上。

李莲花号称神医，展云飞却也不问他这究竟是什么毒物，仍旧把小盒放回女尸兜中。

这两日，蕲春兰不敢对方、李二人稍加打搅，每每想要询问那图案之谜方多病究竟想出来没有，却只敢派人走到桂花堂院外远远地望一眼，唯恐令方多病分神。

方多病和李莲花先在富丽堂皇的桂花堂中大睡了一觉，第二日起来，山珍海味填饱了肚子，又复大睡，直到傍晚又吃饭，方多病方才瞪眼问道："你知道了那鬼画符的谜底？"

李莲花正在啃最后一根鸡腿，闻言满口含糊地道："什么？"

方多病哼哼两声，斜眼上上下下将李莲花看了个遍："以我对你的了解，若不是你早就知道了那鬼画符的谜底，你万万不会吃这许多东西下去。"

李莲花斯文地将鸡腿骨头从嘴里取了出来，再用袖中的汗巾抹了抹嘴巴，正色道:"人生在世,有饿与不饿之时,又有糟粕与美味之不同,当肚子既饿且美味当前,自然是会吃许多东西下肚……"

他一句话还没说完,方多病嗤之以鼻:"死莲花的话是万万不能信的,快说!呃……你若说了我晚上请你喝酒。"

李莲花道:"我不爱喝酒。"

方多病瞪眼道:"那你要什么?"

李莲花想了很久,慢吞吞地道:"如果你在下个月吃胖十斤,我就告诉你那鬼画符的秘密。"

方多病怪叫一声:"十斤?"他若是胖上十斤,穿白衣怎会好看?又怎会有病骨纤纤丰神如玉让万千女子迷醉的气质?但若他明日再想不出那图案的秘密,"多愁公子"颜面何存?权衡利弊,他咬牙切齿痛下决心:"五斤行不行?"

李莲花坚定不移地道:"十斤!"

方多病伸出五根手指:"五斤!"

李莲花道:"十斤!"

方多病道:"五斤!"

李莲花皱起眉头,思考良久,勉强道:"五斤五两。"

方多病大喜:"好……快把秘密告诉我!"

李莲花伸出右手所持之鸡骨,在桂花堂雪白的墙壁上画了一个符号(见图二),兴致盎然地道:"这是一座山,是吧?"

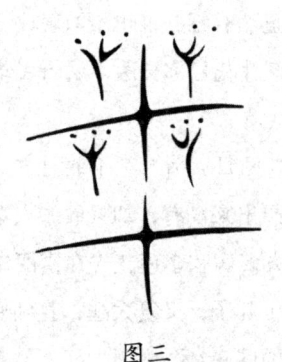

图二 图三

方多病道:"这自是一座山,谁都知道,这是一座山又如何了?"

李莲花在刚刚画的符号之前又画了一个符号(见图三),画完之后,他悠悠地道:"你觉得这两个连起来看像什么?"

方多病脱口而出:"华山!"

李莲花微微一笑:"不错,华山。"

方多病"啊"的一声叫了出来:"难道这是八个字?"

李莲花道:"这是八个字不错,不过是八个有学问的字,你小时可有读大篆?"

方多病一怔:"这个……这个……"他小时父亲管教甚严,但他天性不好读书,所以其实对于诗书也就马马虎虎,这种事却万万不能对死莲花承认。

李莲花很了解地看了他一眼,有些同情地摇了摇头:"这两个字就是'华山',而这个符号……"他指着绣花人皮上第一排的第四个符号(见图四),"你若有读书,就知道这是个'下'字,弯曲一道如彩虹者意为天空,其下一点意为天空以下,所以是个'下'字。"

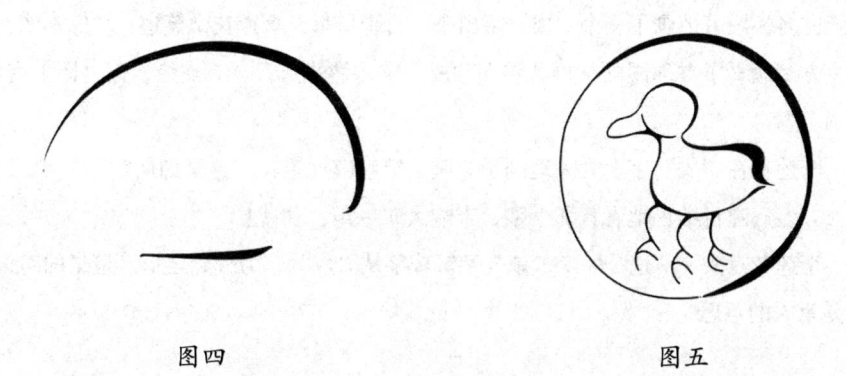

图四　　　　　　　　图五

方多病干笑一声:"原来如此,那其他的是什么?既然这是'下'字,那这个蛋壳里有只鸡的字(见图五),应该就是'蛋'了吧?"

李莲花遗憾地摇了摇头:"不是。这个'蛋壳里有只鸡'的字,不是大篆。你小时没有好好读书,总有听你爹给你说过故事,有个'金乌负日'的故事,不知道你有没有听过?"

方多病心中大骂:死莲花占他便宜,这时候来冒充他老子!但这故事他却没听过,只得黑着脸问:"什么金乌负日的故事?"

李莲花语气十分和蔼地道:"《山海经·大荒东经》有云:'汤谷上有扶木,一日方至,一日方出,皆载于乌',就是说,海里有棵大树,树上有许多太阳,一个太阳沉下来了,另一个太阳才升出去,来来回回,都是乌鸦背着太阳……这就是'金乌负日'的传说。《淮南子·精神篇》中说'日中有踆乌'……"

方多病忍无可忍,暴怒道:"我平生最恨有人在本公子面前掉书袋!"

李莲花慢吞吞地道:"我只不过想说古人都说太阳里面有只鸟而已。"

方多病怒道:"那又如何?"

李莲花道:"也不如何,所谓'陵乌',就是有三只脚的鸟,有些人说它是乌鸦,有些人说不是。"

方多病道:"什么乱七八糟的……啊……"他突然醒悟,"这是个'日'字?"

李莲花道:"你果然聪明得很。"

"那这个一把斧头滴血的又是什么字?"方多病被李莲花当了一回儿子,心里悻悻,"这不是个'刀'字,就是'刃'字,杀人的意思。"

李莲花欷然道:"这个字最是好认。"他用鸡骨在墙上画了一个斧头滴血的符号(见图六),"你跟着我写一遍,先画一横,再画一撇,再一捺,再一小撇,再点一点……"

方多病跟着他画了一个"戍"字出来,目瞪口呆,李莲花微笑道:"像不像?"

方多病看了看那图画,再看看那"戍"字,勉强道:"有点像,但这图上有两滴血。"

李莲花在"戍"字上大大地画了个圈,笑嘻嘻地道:"这又如何?"

方多病瞠目结舌地看着那个字,半响大叫一声:"咸!"

李莲花点头:"这是一个'咸'字。咸字从'戍',为战斧之形,最早的时候,就是杀人的意思。"

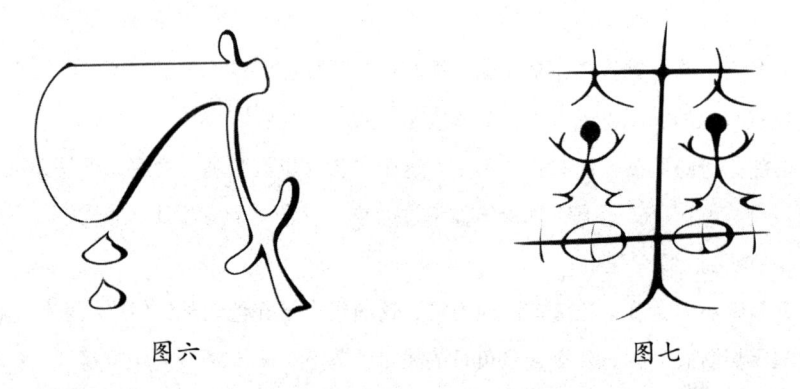

图六　　　　　　　　　图七

方多病喃喃地道:"这也能给你想出来……不过这绣花的人,好端端的字不写,却专门编造些歪门邪道的字,却是什么用意?"

李莲花微笑道:"用意自然是她只想让某些人看懂。"

方多病道:"不管是谁,这人肯定不是魏清愁,魏清愁肯定没懂,否则他不会杀人割皮,把这八个字描了去,不就是八个破字而已吗?"

李莲花微微一笑,方多病又问:"那这两个小人是什么?"

李莲花在墙上再画一个符号(见图七):"这字再明白不过,两个人,两个车轮子，会是什么？"

方多病道："什么两个人两个车轮子？"

李莲花叹了口气，十分耐心地道："有人、有车轮子的东西，是什么？"

方多病道："车，马车？"

李莲花道："若是没有马只有人呢？"

方多病道："辇车。"

李莲花瞪眼指着那图画："这不就是了？两个人，两个车轮子，一辆车。"

方多病尚未领悟，呆了半天，突然醒悟："辇？"

李莲花看他那模样，又叹了口气："不错，辇。"

方多病喃喃地念："……华山下，咸日辇……这没有意思啊，哪有什么意思？"他怀疑地看着李莲花，"你有没有解错？"

李莲花不理他，用鸡骨敲了敲墙壁："剩下两个字，我想了很久。"

方多病悻悻道："原来你也会想很久。"

李莲花道："这个像个瓶子的东西，再古怪没有了，我就没想通那是什么玩意儿，一直到我突然明白最后这个字是什么。"

他将最后一个字（见图八）也画了出来，"这是个旗杆，上面系着飘带，古时用以测试风向，其中挂着一个用旗杆影子指示时间的圭表盘，太阳的影子指到哪里，就是哪个时辰，这东西叫作圭表测影。"

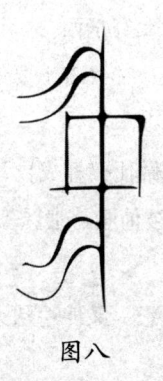

图八

方多病听得满脸迷茫："哦。"

李莲花这回是真的很同情地看着他："所以圭表测影的竿子所插的地方，是很讲究的，这个字是个'中'字，表示一个特定的地点。"

方多病仍旧满脸迷茫："哦……"

李莲花道："古文的'中'字，在'中'的一竖上下都有两点，想必是不会错的。"

方多病极其不信地看着他，半晌道："如此说来，这七个字就是'……华山下，咸日辇中'，那我们快去华山看个究竟。"

李莲花道："但这里是瑞州，离华山有七百多里，如果秘密真在华山，这女人和魏清愁跑到瑞州来做什么？"

方多病道："这个我怎么知道？"

李莲花道："但瑞州有一座玉华山。"

方多病一怔，大喜："那这女人肯定是要去玉华山了，那前面那个瓶子就是'玉'字。"

李莲花道："我也这么想，'玉'字古为一种礼器，我虽然没见过，但据书上所说，和这瓶子也有些相似。"

方多病不耐地道："总而言之，这八个字就是'玉华山下，咸日辇中'。我们去玉华山必定错不了。"

李莲花道："玉华山是错不了的，但什么东西在咸日辇中？"他斜眼看方多病，"你可知咸日辇又是什么东西？"

方多病一呆，李莲花微笑道："所以你我要放松心情，好好享受一下，睡睡觉，吃吃东西，养好身心，这才能去查看玉华山下，咸日辇中究竟有什么令人杀人剥皮的东西。"

方多病狠狠倒了杯酒，大灌自己一口："能令魏清愁放着蕲春兰女婿不做，洞房花烛夜逃走的东西，必定不是什么好东西。"

李莲花也小小喝了口酒，忽道："我若不要你下个月吃胖五斤五两，换你做一件别的事……"

方多病大喜，忙道："你要我做什么都成！"

李莲花甚悦，欣然指着白墙上被他画得油腻不堪的种种痕迹，小小打了个哈欠："那这就交给你了，我睡了。"

他施施然脱鞋爬上床榻，想了想，又伸手从桌上捞走一杯茶水，惬意地喝下，才倒下闭目睡觉。

方多病目瞪口呆地看着墙上许多油污，正要破口大骂，李莲花又道："对了，明日蕲春兰问起，你要向他善加解释所谓图案之谜……"

方多病尚未说话，李莲花又道："今天喝了多少酒？"

方多病道："三两。"

李莲花不再作声，约莫已梦周公去也。

方多病望着墙叹气，一股怒气被李莲花漫不经心的一问再问冲散，要怒也怒不起来，只得寻了块抹布，在月明星稀、乌鹊南飞的好夜里，慢慢抹墙。

第二日一早，方多病装模作样地向蕲春兰解释了所谓图案之谜，蕲春兰果然心悦诚服，十分仰慕，当下让展云飞带路，带领方多病和李莲花前往玉华山。

五　咸日辇

玉华山为瑞州最高山，号称"奇、幽、秀、险"，以各种怪石闻名天下，山上许多道观，乃是道家圣地之一。不过既然图案写明"玉华山下"，三人就在山下转悠了几圈，也未曾看见什么古怪石头，只见遍地野草野花，开得倒是好看。

正毫无收获，方多病要说李莲花胡说八道异想天开之际，忽听不远处有人道："就是此处了，鱼龙牛马帮的'咸日辇'就是在此处消失不见的。"

方多病"咦"了一声，这人声音耳熟得很，往外一探，居然是霍平川。只见他和傅衡阳两人紧装佩剑，正对着山脚一片草地指指点点，听到方多病"咦"那一声，霍平川猛地回头，低声喝道："什么人？"

方多病奔了出去，叫道："霍大哥！"自从他参加了新四顾门，便把"霍大侠"称作"大哥"，新四顾门上上下下，都是他大哥或小弟。

霍平川一怔，脸现喜色："方少。"

傅衡阳也是吃了一惊，略一沉吟，叫道："李莲花！"

李莲花本不愿见到这位少年才高的军师，此时只得冲着他敷衍一笑："不知傅军师为何在此？"

傅衡阳的目光在展云飞身上流连，口中问道："你们又为何在此？"

展云飞简单回答，傅衡阳微微一笑："方少能解开绣花人皮之谜，足见聪慧，我等也是因'咸日辇'一事，远道而来。"

原来近来数月，"佛彼白石"百川院下一百八十八牢，已被鱼龙牛马帮攻破第四牢，共有四十位罪徒依附鱼龙牛马帮，不知何人将消息泄露了出去，江湖为之大哗。鱼龙牛马帮座下"咸日辇"近来在江湖时有出现，施用一种奇毒。中毒者出现幻觉，神志丧失，听从"咸日辇"驱使，导致江湖中人闻"咸日辇"色变，视之为洪水猛兽。傅衡阳率领新四顾门追查"咸日辇"之事，一路追踪，追到玉华山下失去"咸日辇"的踪迹，却撞见方多病一行人。

"原来'咸日辇'已经开始祸乱江湖，却不知究竟是何物？"展云飞沉吟道，"敢问可是一种轻车？"

傅衡阳朗声大笑："不错，乃是一种二人所拉轻车，四面以青纱掩盖，不知其中坐的何人，一旦路上受阻或有人有所图谋，车中往往飞出一种粉末，令人嗅之中毒，神志丧失。"

展云飞缓缓地道："一种粉末？可是一种褐红色的粉末？"

霍平川动容道："不错！难道你们已经查明是何种剧毒？"

展云飞披散的长发在山风中微微飘动，闻言突然微微一笑："这种剧毒……"他很少言笑，这一笑让方多病吓了一跳，只见他看了李莲花一眼，"李楼主想必比我清楚得多。"

方多病又吓了一跳，死莲花对医术一窍不通，怎会认得什么剧毒？却听李莲花咳嗽一声："那是一种毒蘑菇干研磨成的粉末，吸入鼻中或者吃下腹中能让人产生幻觉，做出种种疯狂之事，而且久吸成瘾，非常可怕。"

傅衡阳对李莲花尤其留意，牢牢盯着他的眼睛问道："可有解药？"

李莲花道："金针刺脑或许可解，但并非人人有效，多半没有解药。"

方多病大奇，难道他几月不见，李莲花苦读医书，医术突飞猛进？

傅衡阳"嚯"的一声一振袖，望天道："那便是说，'咸日辇'不除，这毒菇不除，江湖危矣！"

李莲花干笑一声："这也未必，这毒菇并非长在中原，它只长在东北极寒之地的杉木林中，而且数量稀少，要运入中原十分困难，要大量使用，只怕不能。"

傅衡阳眉目耸动："'咸日辇'非除不可！"

方多病却忍不住问李莲花："你怎么知道这许多……"

李莲花正色道："我乃绝代神医，生死人肉白骨，怎会不知道？"

方多病张口结舌，只觉匪夷所思。

霍平川的目光一直在四周青山绿水间打量："刚才我们一路追来，到达此地，'咸日辇'突然消失，想必在这里左近，就有鱼龙牛马帮的门户。"

"我们几人人手不足，既然知道在此地，我定要召集人手，广邀天下豪杰，和鱼龙牛马帮会一会，问一问他们角帮主手下做出这等事，究竟是什么用意！"傅衡阳冷冷地道，"今日到此为止，不过既然展兄说寻到身带毒粉的女子尸体，我却要登门瞧上一瞧。"他扬眉看着展云飞，"蕲家不会不欢迎吧？"

展云飞淡淡地道："傅军师要看，我自不便说什么，请。"

傅衡阳也不生气，朗朗笑道："我知我一贯惹人讨厌，哈哈哈哈……"

几人谈论已毕，缓步往蕲家"神仙府"方向走去，渐渐走出去一两里地，李莲花脚下微微一顿，傅衡阳、霍平川和展云飞突然转身，施展轻功悄悄往来处掩去。

方多病奇道："咦？哎呀……"他突然明白——原来他们几人在"咸日莘"消失之处高谈阔论，说了大半天，那里若是有门户，里面的人必定听见了。一旦他们离开，多半门户里的人就要出来张望，所以聪明如傅衡阳，江湖经验老到如霍平川、展云飞，都是不约而同往回摸去，打一个回马枪。

李莲花看着那几人远去，脸上一直带着很愉快的笑容，方多病瞪眼问道："你在笑什么？"

李莲花道："没什么，我看到傅军师年轻有为，武功高强，总是很高兴的。"

方多病哼了一声："但我却觉得他好像不大喜欢你？"

李莲花道："啊……这个嘛……这个……"

方多病得意扬扬地道："那是因为本公子秀逸潇洒，聪明绝顶，比之你这不懂医术的庸医对四顾门来说重要得多。"

李莲花连连称是，满脸露出敬仰之色。

此时午时已过，日光渐渐偏西，玉华山山峦墨绿，在日光下晕上一层暖色，衬着蓝天白云，望之令人心胸畅快。方多病和李莲花望了山景没多久，傅衡阳三人已经回来，霍平川腋下还夹带了一个人。

方多病大是惊奇，等奔到眼前一看，霍平川腋下那人眉清目秀，生得俊美绝伦，看这张脸皮，便是从未见过，也认得出这就是"江湖第一美男子"魏清愁。

"魏清愁？"李莲花和方多病异口同声地问。

霍平川微微一笑，拍了拍腋下那人，将他提起来摔在地上："没见到鱼龙牛马帮的门户，却看到这厮鬼鬼祟祟躲在大石头后面，顺手抓了来，展兄却说他杀了身带毒粉的女子，这下定要问个清楚。"

展云飞的表情大是缓和，想必抓了魏清愁，对他来说很是欣慰。

"你杀了一个身上绣着'咸日莘'字样的女人？"傅衡阳俯下身问。

魏清愁哑穴被点，一双眼睛睁得老大，说不出半句话来。

傅衡阳柔声道："只要我问一句你答一句，我就给你放手一搏的机会，否则我一刀宰了你。"他容貌俊朗，衣着华丽，此时骤然说出这种语言，却让人只觉痛快，不觉粗俗。

魏清愁点了点头，傅衡阳一手拍开他穴道，喝问道："那女人是谁？"

"她是……我的妻子……"魏清愁沙哑地道。

众人面面相觑，方多病惊奇至极，张大了嘴巴："她……她都七老八十了，你妻子？"

魏清愁点了点头，虚弱地道："她叫刘青阳，我十八岁那年死了师父，是她收留了我。我娶她的时候，并不知道她已四十一岁。"

霍平川心道：你师父是我杀的，但你既然娶她为妻，怎会不知道她的年龄？众人又是惊奇，又是好笑，方多病问道："你既然有妻子，那怎的又出来骗人，要娶我那表妹？"

魏清愁问道："你表妹是谁……"

方多病喝道："我表妹自是蕲春兰的女儿蕲如玉，你为何要骗她？"

魏清愁脸现凄然之色："我……本是真心娶她，若没有青阳……青阳下在我身上的毒……毒……"他极其俊美的脸上露出一抹凶相，狰狞地挣扎了一会儿，才喘息着接下去道："青阳在我身上下了一种剧毒，我每日都要吃那种蘑菇……没有那种蘑菇，我就活不下去。那天和青阳决裂，我们两败俱伤，我被如玉所救，本想蕲家偌大财富，只要我摆脱了刘青阳，有什么东西买不到？但是我错了，那……那种蘑菇，世上罕有，只有青阳……青阳手中才有。她跟着我派出去买蘑菇的人到了蕲家，威胁我跟她回去，我知道她不会善罢甘休，但我万万不能再和她在一起，所以……所以……"他看向展云飞，颤声道："我知道我娶如玉，青阳一定会来，所以才……才假扮新娘杀了她……"

展云飞不为所动，冷冷地道："你若是真有良心，怎会割下你夫人的人皮，放在你心爱女子的床边？"

这一句话击中要害，魏清愁脸色一僵。方多病本来信了这男人懦弱无用，却突然醒悟这人其实比他想象的更为卑鄙无耻："你为何要剥你老婆的皮？"

魏清愁不答，狠狠地咬住了牙。

傅衡阳笑道："我来替你说吧，你无可奈何以下下策杀了刘青阳，知道杀人之后定不可能留在蕲家做女婿，所以必须尽可能找到钱和需要的毒菇。你不知道刘青阳将毒菇放在何处，但你知道她有毒菇的来源，并且那来源和她身上的绣花有关，所以你非杀她不可，杀她之后，才能取得她腹上的图案，描成寻宝图，慢慢寻找金库，又能引开蕲家的注意力，晚些发现蜡烛中的女尸，有时间尽快逃走，是也不是？"

魏清愁哼了一声，环视了几人一眼："我不过输在……迟了一步，你们找到她的钱和蘑菇了？"

方多病瞪眼:"什么钱?"

魏清愁大吃一惊,叫道:"她有钱!成堆成山的金子!整整一盒子的干蘑菇!你们没有找到吗?那张人皮呢?"

方多病踢了他一脚:"你疯了吗?你看到过她的金库?"

魏清愁拼命点头,不住地道:"干蘑菇,很多干蘑菇……"

傅衡阳道:"刘青阳是什么人?她哪里来的金库和毒菇?"

魏清愁呆了半晌,突地笑了起来:"哈哈……她说她本姓王,是前朝皇帝的不知道几代孙女,她发起疯来的时候,说她是角丽谯的娘,哈哈哈哈……她和我一样疯,哈哈哈哈……"

傅衡阳微微一凛:"她说她是角丽谯的娘?"

方多病和霍平川面面相觑,方多病忍不住哈哈大笑:"原来你是角丽谯那女妖的后爹,哈哈哈哈……"

展云飞微微一哂:"她若是角丽谯亲娘,怎会身上被绣下文字,坐在'咸日辇'中为角丽谯卖命?"

魏清愁恶狠狠地道:"她说角丽谯给了她一座金库,在她身上绣下这些图案,哪一日她能解开其中的秘密,她就叫她娘!鱼龙牛马帮的人曾经蒙住我们的眼睛带我们去看过那个金库,里面全是金子、金砖、翡翠、琥珀……还有蘑菇……"说到这里,他嘴角不住流出白沫,神情呆滞,喃喃念道:"蘑菇……蘑……菇……"

"角丽谯的亲娘?"傅衡阳淡淡地道,"这女人竟连亲娘都害死,真是恶毒至极,不过听魏清愁所言,若是她故意要折磨刘青阳,或许真会在'咸日辇'中留下线索。困难的是,咱们要能在玉华山下逮住一个'咸日辇'才行。"

李莲花一直站在旁边发呆,看着魏清愁神志尽失,叹了口气,喃喃地说了句什么。傅衡阳突地警醒:"你说什么?"

李莲花吓了一跳,东张西望,半晌才醒悟傅衡阳是在和自己说话:"我说魏清愁聪明得很……"

傅衡阳盯着他看了许久,仰天大笑:"你说得极是,魏清愁怎会知道图案的秘密?怎能赶到这里来?定是有人故意告诉他的,既然有人故意告诉他图案的秘密,指点他到这里来,那所谓'咸日辇'中的秘密、此地的门户所在都没有再追查的必要了。"他一脚将地上神志不清的魏清愁踢给展云飞,"这小人交给你了,平川,我们走!"

若有人暗中指点魏清愁图画的秘密,那魏清愁就是敌人故意送到手中的羔羊,他所传递的信息便不能用。若有人希望新四顾门将精力集中在神出鬼没的"咸日辇"

上或者玉华山下，那自然是要在其他地方有更大的作为。这叫作"声东击西"，是一种很常见的把戏，所以傅衡阳马上就走。

李莲花看着傅衡阳的背影，叹了口气，喃喃地道："他怎么不想……其实说不定魏清愁真的十分聪明……或者说不定鱼龙牛马帮看管金库的美貌女子倾慕傅军师的聪明才智，想暗中帮他呢？"

展云飞也看着傅衡阳的背影，微微一笑："年轻人有冲劲总是好的。"他看了李莲花一眼，突然道："你现在这样很好。"

李莲花又叹了口气，喃喃地道："你也不错，只是若把头发扎起来，就会更好些。"

展云飞不答，自地上提起魏清愁，背对着李莲花："晚上要喝酒吗？"

方多病忙抢着道："要！当然要！"

展云飞嘴角流露出淡淡的笑意："那今夜，流云阁设宴，不见不散。"

那天晚上，展云飞在流云阁中喝得大醉，方多病不住逼问他李相夷究竟如何风华绝代，他却说不出个所以然来，只说李相夷武功很高，他甘拜下风，让方多病失望至极。而李莲花在喝到第十杯的时候已经醉倒，抱着酒坛躺到花坛旁边睡觉去了，他的酒量本就差得很。

第十一章 龙王棺

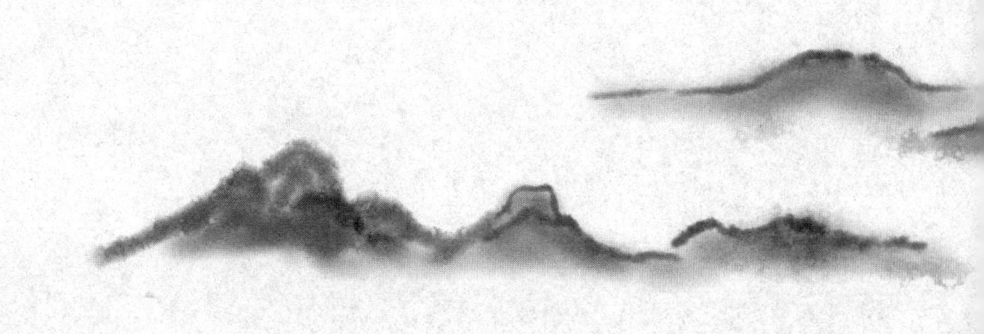

一　竹林灯

苍茫青山，放眼望去皆是竹林，在这深秋时节，漫山遍野青黄不接，徒见斑点许多，蛛丝不少。

这座山叫作青竹山，山下一条河叫作绿水，这里是从瑞州前往幕阜山的必经之路。

三匹骏马在茂密的竹林小径中缓慢地跋涉。昨天刚下过雨，竹林里潮湿得很，三匹马都很不耐烦地在这狭窄的小路上喷着鼻息，三前进两倒退地走着。刚走了没一小段路，马就不走了。

"大雾……"一位骑在马上的白衣人喃喃地道，"我最讨厌大雾。"

这里潮湿至极，似乎很快又要下雨了。

另一匹马上的乃是一位身材高大的青衣人，眉目间颇有英气："此去十里没有人家，若是弃马步行，或可在天黑之前赶到。"

"步行？"那白衣人的白衣在大雾中微湿，略有些贴在身上，显得瘦骨嶙峋，比平时更多了七八分骨感，正是"多愁公子"方多病，他闻言干笑一声，"弃马也不是不可以，不过赶到村庄天也黑了，前面还要过河，一样要等明天。我看我们不如先找个地方躲雨，等明天天气好点，要赶路也比较快。"

青衣人是听见了，却不回答，目光只在骑马的第三人身上——其实那人早已下了马，还从竹丛中拔了一把青草，小心翼翼地塞到马嘴里，突然看见青衣人直直地盯着他，本能地把自己全身上下都看了一遍，方才明白青衣人是什么意思，连忙道："躲雨、躲雨，我没意见。"

这喂马的自然是方多病多年的挚交李莲花，青衣人正是梳起头发的展云飞。在绣花人皮一事之后，咸日辇无端绝迹江湖，鱼龙牛马帮却并没有偃旗息鼓，这几日江湖惊传的头等大事，是百川院一百八十八牢第五牢被破，位于幕阜山的地牢里被救出五位魔头。其中一位号称"天外魔星"，据传此人皮肤极黑，两眼如铃，肩宽膀阔，比之常人宽了三寸，高了一尺，只余一口牙齿分外白。"天外魔星"于二十余年前横行江湖，杀人无数，此人虽然年纪已大，却依然未死，这番重出江湖，不知又要杀人几许。听闻这等怪物逃脱，江湖人心惶惶，对百川院的信任大打折扣。

而方多病三人正是应纪汉佛之邀，前往幕阜山地牢一观情形，看能不能找出一百八十八牢接连被破之事，究竟纰漏出在哪里。

这一百八十八牢的地址，天下只有"佛彼白石"四人知道，若非四人之中有鱼龙牛马帮的奸细，为何地牢被破得如此迅速，而过后又找不到半点线索？

堂堂"佛彼白石"纪汉佛相邀，方多病实是春风得意了几日。虽然纪汉佛相邀的信函中将方多病、李莲花和展云飞三人一并邀请，但方大少却以为既然纪大侠将他方公子写在最前面，那显而易见，纪大侠主要邀请的正是他方公子，外加路人一二作陪。原来他已在前辈高人心中有了如此地位而犹不自知，实在是惭愧、惭愧啊，哈哈哈哈……

不过自瑞州前往幕阜山，要翻越山脉两座，横跨河流若干条，且一路荒凉贫瘠，他的意气风发不免日渐低迷，走到青竹山终于忍无可忍，绝不肯再坚持赶路，今日就算纪汉佛亲身来到把刀架在他脖子上，他也非躲雨不可！

既然李莲花、方多病二人都说要避雨，当下三人便牵马往山边走去，只盼山崖之下有洞穴可以避雨。方多病本以为展云飞心里一定不悦，恨不得披星戴月日行千里好尽快到达幕阜山，结果展云飞似乎并不在意，居然很把他们二人的意见当一回事，还很当真地带头牵着马去找躲雨之处了。

青竹山山势平缓，并无悬崖峭壁，远处看着是山崖，走近一看却是斜坡，三人在竹林中转了几圈，放眼望去，尽是高低不一大大小小的青竹，非但不知今夕何夕，又因为大雾迷蒙，也不知东南西北。

转了三圈之后，三人衣履尽湿。李莲花终于在滑了第三跤之后咳嗽了一声："那个……我觉得，山洞之类是找不到了，而且……我们好像……迷路了……"

前面走的展云飞也轻咳一声，方多病本能地反驳："迷路？本少爷从六岁起就从来不迷路，就算是万里大漠也能找到方向……"

此时雾气已浓到十步之外一片迷离，李莲花欣然看着他："那这是哪里？"

方多病呛了口气，理直气壮地道："这里又不是万里大漠。"

"这里只怕距离我们刚才的路有三四里之遥了。"展云飞淡淡地道，"天色已晚，既然找不到避雨之处，大家都是习武之人，就此打坐歇息吧。"他也不在乎地上泥泞杂草，就这么盘膝坐下去，闭上了眼睛。

李莲花和方多病面面相觑，只见未过多时，展云飞头顶升起蒸蒸白气。他内息运转，发之于肤，那一身青衫方才湿透，现在虽然有细雨浓雾，却在慢慢变干。方多病却只瞪着他屁股下的烂泥，心里显然并没有什么赞美之意。

正在方多病瞪眼之际，李莲花将三匹马拴在一旁的青竹之上，那三匹马低头嚼食青草，倒是意态悠闲。

方多病抬头又瞪了李莲花一眼："你有没有酒？"

"酒？"李莲花拴好了马，正在四下张望，突然被他一问吓了一跳，"我为什么会有酒？"

"这鬼天气，若是有酒，喝上一两口驱寒暖身，岂不美妙？"方多病摇头晃脑，"青山绿水，烟水迷离，何以解忧，唯有杜康……"

李莲花叹了口气："我若是姓曹，说不定就要生气……"方多病正待问他为何姓曹的要生气，突然一顿，对着东边的竹林张望。

"怎么？"李莲花顺他的视线看去，只见昏暗一片，不知道方多病看的是什么东西。

方多病仍在张望，过了半晌才喃喃地道："我怎么觉得有光……"

"光？"李莲花对着那地方看了半天，大雾之中，突然有黄光微微一闪，宛若火光，"那是什么？"

"不知道，难……难道是……鬼火？"方多病干笑一声，"现在在下雨……"他的意思是现在还在下雨，哪里来的火能在下雨的时候烧起来？

李莲花摇了摇头，大雾浓重，就算是二郎神有第三只眼也看不清那发光的是什么东西，展云飞正在打坐，还是乖乖留在原地的好。

但就在他摇头的片刻，方多病身形一晃，已向发光之处悄悄掩去。李莲花瞪大眼睛，看了看方多病的背影，又瞧了瞧依然在打坐的展云飞，还没等他决定留下或是跟上，方多病就又退了回来。

"怎么？"他知情识趣地问。

方多病眉飞色舞，手指火光的方向："那边有栋房子。"

"房子？"李莲花抬头看了一眼天色，天色虽晚，却尚未昏暗，喃喃地道，"刚才竟没看见。"

"刚才我们是绕着山坡过来的,那房子在竹林深处,火光就是从窗户里出来的,想必里头有人。"方多病心花怒放,有房子就意味着不必再淋雨,不管这房子里的主人是愿意还是不愿意,他方大少必然是要进去坐一坐,喝喝茶并顺便吃顿饭的了。

"竟有人住在这许多竹子中间,想必不是避世高人,就是文人雅客。"李莲花慢吞吞地把三匹马的缰绳又从竹子上解了下来,"你既然怕冷,那么就……"

他一句话还没说完,方多病就勃然大怒:"谁怕冷了?本少爷要不是看在你浑身湿透拖泥带水阴阳怪气奄奄一息的样子,这种天气就算是日行百里也行的!"

方多病勃然大怒,李莲花只道:"哦……啊……嗯……展云飞尚在调息,你留在这儿为他守卫,我先牵马过去看看。"

"你先去敲个门,让主人煮茶倒酒,准备待客。"方多病心里一乐,"顺便问问可否在家里借住一宿,当然我会付钱。"他堂堂方氏少爷,绝不会占人的便宜。

李莲花"嗯"了一声,牵马走了两步,突道:"我听西边不远有水声,或许有条河。"

"河?"方多病皱眉,"什么河?"

"河……嘛……"李莲花想了半天,正色道,"我记得十几年前,在青竹山下抚眉河边,那个……李相夷和'无梅子'东方青冢在这里打架……"

他还没说完,方多病蓦地想起,大喜道:"是是是!我怎么忘了?那东方青冢以精通奇门异术出名,尤其爱种花,李相夷和东方青冢为了一株梅花在这里比武。当年乔姑娘爱梅,四顾门为对付笛飞声路过青竹山,看到东方青冢梅苑中有一株异种梅树,美不胜收,李相夷便要东方青冢许赠四顾门一枝红梅,且花不得少于一十七朵。因为当时四顾门中上下有女子十七人。东方青冢不允,于是两人在梅苑比武,东方青冢大败,李相夷折得一枝梅远去,之后听说东方青冢败后大怒,一把火将自己梅苑烧了,就此不知所终。这事虽然算不上什么侠义大事,却是迷倒了许多江湖女子,听说不少人恨不能入四顾门为婢为奴,能得赠一朵红梅,死也甘愿,哈哈哈……"

李莲花看了他一眼,叹了口气:"日后你若有女儿,这等害人不浅的女婿万万要不得。我是说那个梅苑在抚眉河边上,既然河很近……"

方多病大乐:"那本少爷待会儿必要去瞧瞧,说不定那棵引起事端的梅树还没死,说不定还有什么遗迹可看,这事展云飞必然知道。死莲花你快牵马去敲门,等我折了梅花回去让你瞧稀罕。"

李莲花连连点头："极是极是！"他牵马慢慢走入大雾之中，那三匹马被他一手拉住，居然乖得很，一步一个脚印静静地跟着去了。

方多病对"相夷太剑"李相夷的种种逸事一向倾慕不已，突然听闻原来当年"寻梅一战"的遗址就在附近，自是兴奋。

【 二 杀人的房屋 】

大雾迷离。

李莲花全身皆湿，竹林中的泥泞浅浅漫上他的鞋缘，让他看起来有些潦倒。昏暗迷蒙的光线中，他的脸色微显青白，眉目虽仍文雅，却毫无挺拔之气。

那三匹马老老实实地跟着他，未走多久，一处别院映入眼帘。

那是一处在二楼东面房间亮灯的别院，庭院不大，却修有琉璃碧瓦，雕饰精致、不落俗套。二楼那明亮的暖黄灯火映得院中分外黑，他咳嗽了一声，老老实实地敲了敲门："在下寒夜赶路，偶然至此，敢问可否借住一宿？"

门内有老者的声音沙哑地道："青竹山寒雾冷雨，在外面待得久了要生病的，我这故居客房不少，也住过几轮的路人了，年轻人请进来吧……喀喀……恕老朽身体有病，不能远迎。"

李莲花推门而入，推门的时候"咯"的一声微响，却是一只琵琶锁挂在门后。主人倒也风雅，琵琶锁并未锁上，被磨蹭得很光润，月光下铜质闪闪发光，锁上还刻着极细的几个字迹。

屋内摇摇晃晃亮起灯火，一个年纪甚小的少女对外探了个头："爷爷，外面的是个读书人。"

那少女看似不过十二三岁，李莲花对她微微一笑，她对他吐了吐舌头，神情很是顽皮："你是谁？打哪来的？"

"我姓李，"李莲花很认真地道，"我从东边来，想过抚眉河，到西北去。"

"李大哥，"少女对他招了招手，"外面冷得很，进来吧。"

李莲花欣然点头："外面的确是冷得很，我一身衣裳都湿了，不知门内可有烤火之处？"

说着他忙忙地进屋，屋内果然暖和许多，一位披着袄子的老者拄着拐杖颤巍巍地走了出来。

"这个时节最是阴寒，东侧有客房，可供你暂住一宿。"

李莲花指着门外："过会儿我还有两位朋友前来，可否一起叨扰老丈？"

那老者身材肥胖，脸颊却是枯瘦，有浓浓的病态，咳嗽了几声："出门在外自有许多不便，既然外面下了雨，那便一起进来吧。"

"如此真是谢过老丈盛情了。"李莲花大喜，忙忙地往老者指给他的房间走去，走了两三步，突然回过头来，对着那少女长长地作了个揖，"也谢过妹子盛情。"

那少女一直两眼圆溜溜地看着他，忽见他感恩戴德口称"妹子"，"扑哧"一声笑了出来。

李莲花连连作揖，这就进了那客房。

进了客房，李莲花点亮油灯。

灯火渐渐明亮，照亮四周，这是个普通的客房，除了一张木床什么都没有，连油灯都是搁在墙上的一块托板上，床上堆着干净的被褥，四下空无一物。

他很爽快地脱了外衣，那外衣湿得都滴出水来，穿着半湿不干的中衣往被子里一钻，就这么合目睡去。

睡了不到一盏茶工夫，只听大门"砰"的一声，有人提高声音喊道："有人在家吗？"

李莲花蒙蒙眬眬地应了一声，糊里糊涂地爬起来去开门。

他穿过庭院，屋外的寒风煞是刺骨，他清醒了大半，大门一开，门外的却是方多病和展云飞。

只见方多病瞪眼看着他，一把抓住他前胸，得意扬扬地道："本公子早就知道你故意说段故事给我听，非奸即盗，果然展大侠一醒就告诉我——当年李相夷和东方青苍比武的地方虽然是在抚眉河边，却是抚眉河的山那边，距离那条河还有十七八里路呢！"他提着李莲花摇晃，"你小子是不是找了个借口想打发我和展大侠到外面那除了竹子还是竹子的荒山野岭去瞎转一整晚，好让你一个人先到这里来探虚实？死莲花！我告诉你，本公子一向有福同享有难同当，想甩下我，没门！"

李莲花正色道："此言差矣，想当年李相夷和东方青苍在何处比武，只怕李大侠那时日理万机连他自己都记不清，我知之不详自是理所应当。何况此处老丈乐善好施，凡有外人借宿一概应允，连客房都早已备好，我又为何要让你们二人在荒山野岭像那……个一样乱窜……"

方多病大怒："那个？哪个？你给本公子说清楚，你心里想的是哪个？"

李莲花咳嗽一声："那个红拂夜奔李靖……"

方多病的声音顿时拔高："红拂？"

李莲花道："嘘，那是风雅、风雅……你莫大声嚷嚷，吵醒了老丈将你赶出门去。"

方多病一口气没消，仍旧怪腔怪调地道："老丈？本公子在门外站了半日，也没看到个鬼影出来，这既然是他家，为什么你来开门？"

李莲花道："这个嘛……荒山野岭，一个不良于行的老丈和一个十二三岁的娃儿一起住在大山之中，准备了七八间客房，专门在夜深人静的时候供人借宿，这等高风亮节自与常人不同，所以你敲门他不开也是理所应当顺其自然的事。"

方多病被他气得一口气还没消，听完他这一段，脑筋转了几转，哭笑不得。

展云飞淡淡插了一句："此地必有不妥，小心为上。"

屋里却还是一片寂静，刚才那老者和少女并未出现，灯已熄灭，悄然无声。

"喂喂……死莲花，不但人不出来，连点声音都没有，不但没有声音，甚至连气息都没有，你方才当真见了人吗？"静听了一会儿，方多病诧异道，"这里面连个人声都没有，真的有老丈？"

"当然有。"李莲花一本正经地道，"不但有老丈，还有好几个老丈。"

"好……好几个老丈？"方多病顿时忘了刚才李莲花硬生生把他比作"红拂"，"在哪里？"

李莲花指了指方才那"老丈"出来的地方："那里。"随后又指了指那少女回去的地方，"那里。"

展云飞放慢了呼吸，手按剑柄，静静地向那两个房间靠近。

李莲花叹了口气："左边屋里有两个死人，右边屋里也有两个死人。"

方多病脸色凝重，一晃身就要往房中闯去，李莲花一抬手："且慢，有毒。"

"毒？"方多病大奇，"你怎知有四个死人，又怎知有毒？"

"我什么也不知道。"李莲花苦笑，"我只知道这地方显而易见的不妥，但若是个陷阱，未免也太过明显，寻常佝偻的老者和年幼孩童如何能在这荒山野岭长期独自生活？这里既无菜地又无鱼池，距离乡镇有数十里之遥，就算家里有个宝库不缺银子，难道他们能经常背着数百斤的大米跋涉数十里地？更不必说会对深夜前来的陌生人如此欢迎。唯一的解释就是——他们很欢迎人住进这屋子，不论是谁。"

"然后？"展云飞果然从不废话，简单直接地问。

"然后——然后我就住了进来，但没有发现什么古怪，在左右房间里还有第三和第四人微弱的呼吸声。"李莲花叹了口气，"但我躺下不到一盏茶时间，左右两侧四个人的气息突然断了——这么短的时间，不发出任何声音，也没有人出入，四个大活人突然气息全无,而能如此杀人于无形的,十有八九,就是剧毒。"

"胡说八道!你说这几个大活人住在自己家里,半夜突然被自己毒死了,却没毒死你这个客人,根本不合情理,何况你什么都没看见,只是瞎猜一通……"方多病连连摇头,"不通、不通,既然他们欢迎你,又没有害你,却怎么会害死自己?"

"也许……大概……他们不是这屋子真正的主人。"李莲花正色道,"这屋子太过干净,平时必有人仔细打理,门口挂着琵琶阴阳文字锁,主人多半喜欢机关……说不定精通机关……如果我遇见的那两人只是被困在屋内无法出去,突然遇见了有个自投罗网的路人要进屋,自然是要拼命挽留的。"

"困在屋内?"方多病奇道,"这屋子里什么也没有,也能困住大活人?本公子想走就能走……"

展云飞打断他:"刚才那两人,已经死了。"

方多病吓了一跳,展云飞剑鞘一推,左边的房门缓缓打开,只见一个佝偻老者坐在椅上,两眼茫然地望着屋梁,却已是气绝多时。

方多病立刻倒抽了一口凉气,屋内并没有太大的异常,唯一不寻常的,是这屋里除了椅上的老者,还有另外一具尸体——

一具须发斑白,穿着粗布衣裳,赤着双脚,一看就知道是寻常村民的尸体,赫然又是一个"老丈"。

这具尸体靠墙而坐,显然和死在椅上这位衣着不俗的老者不是一路的。

莫非——这也是被困在这屋里的路人之一?

三人面面相觑,饶是都惯走江湖,却也是相顾骇然。屋里并没有什么古怪气味,仿佛那一盏茶之前还活生生的老者只是睡了,一切都安静得不可思议。

展云飞屏住呼吸,以剑鞘再度推开另一间房的房门,那门内也有两人,一个是年约三旬的美貌妇人,另一个便是那貌似天真的孩童,只不过这也是两具尸体,毫无半点气息。

方多病呆了,一瞬间这屋里所有的门窗都似阴森可怖起来:"这……这莫非有鬼……"

展云飞却摇了摇头,他凝视着那小小少女的死状——她就匍匐在地上,头向着东南。他的剑鞘再度一推,那房门旁一个橱子倏然被他横移二尺,露出墙上一片细小的黑点。

"气孔……"方多病喃喃地道,"莫非竟是通过这气孔放出毒气,瞬间杀了二人?天……这莫非是一个机关屋?"

三人环目四顾，这干净空荡的庭院却似比三人所遇的任何敌人都深不可测。

李莲花退了一步，慢慢地道："或许应当试一下能否就此退出……"

方多病连连点头，突又摇头，想了想又点头。

李莲花一句话说了一半，飘身而退，人到院门口就落了下来。

展云飞沉声问道："如何？"

"毒雾。"李莲花亮起火折子，转过身面对门外的冷雨大雾，喃喃地道，"原来他们将自己关在屋子里，是因为大雾……"

火折子光芒之下，只见方才那浓郁的大雾渐渐变了颜色，苍白之中微带蓝绿，竟是说不出的诡异。

"毒雾？"方多病和展云飞都变了颜色，他们在大雾中行走良久，却并未察觉雾中有毒，"这雾中有毒？"

李莲花对着大雾凝视半晌，突然探手取出一块方巾，扬手掷入不远处迷离的大雾中。过了一会儿，他挥袖掩面，蹿入雾中，将方巾拾了回来，只见白色方巾已经湿透，就在这片刻之间，方巾上已见三四个微小的空洞，竟是腐蚀所致。

方多病寒毛直立，这雾气要是吸入肺中，不是刹那间五脏六腑都要穿十七八个小孔？"这毒雾如此之毒，刚才我们也吸入不少，怎么没事？"

"想必这附近有什么剧毒之物能溶于水汽，"李莲花喃喃地道，"只有大雾浓郁到一定程度，毒物方能进入雾中，我们走了好运，竟能平安无事走到这里。"

展云飞突道："若能在这里度过一夜，天亮之后水汽减少，我们就能出去。"

李莲花点了点头，又叹了口气。

方多病忍不住道："这屋里的死人也是这么想的，那毒雾还没进来，自己倒是一命呜呼了。这屋子比外面的毒雾也好不到哪去……"

"此地此屋，全是为杀人所建！"展云飞淡淡地道，"这屋主人的癖好恶毒得很。"

"不错，根本不在乎杀的是谁，好像只要有人死在这里面他就开心得很。"方多病咬牙切齿，"世上怎会有这等莫名其妙的杀人魔，老子行走江湖这么久，从来也没听说过有这种鬼地方！"

"有！"展云飞却道，"有这种地方。"

"什么地方？"方多病瞪眼，"本公子怎么从来没听说过。"

展云飞道："囫囵屋。"

囫囵屋，为昔日金鸳盟第一机关师阿蛮萨所制，据说其中共有一百九十九道机关，被关入其中的人从无一个生还，死状或中毒，或刀砍，或火烧，或针刺，或腰斩，或油炸……应有尽有，只有人想象不到，没有囫囵屋做不到的杀人之法。

但据说囫囵屋金碧辉煌，乃是一处镶有黄金珠宝的楼房，充满异域风情，绝非这么一处平淡无奇的庭院。并且囫囵屋一直放在金鸳盟总坛，在十一年前早已毁于李相夷与肖紫衿联手的一剑，自然不会突然重现在此。

方多病从未听过囫囵屋的大名，等展云飞三言两语将这事讲了一遍，他既恨为何自己不是出道在十一年前，又恨展云飞语焉不详，更恨不得把展云飞脑子里装的许多故事挖出来装进自己脑子里，替他再讲过一遍方才舒服。

"故事可以再讲，但再不进屋去，外面的雾就要过来了。"李莲花连连叹气，"快走、快走。"

方多病一下蹿入屋里，三人在厅堂中站了片刻，不约而同地挤入方才李莲花睡过的那间客房。

李莲花想了想，又出来关上大门，再关上客房的门，仿佛如此就能抵挡那无形无迹的毒雾一般。

展云飞和方多病看他瞎忙，展云飞立刻撕下几块被褥将门缝窗缝牢牢堵住，方多病却道屋里有无声无息的杀人剧毒，这般封起来说不定死得更快。

这屋子不大，三个大男人挤在一处，连个坐的地方都没有，李莲花想了想，又动手去拆床。

方多病只怕床后也有什么会吐毒气的气孔，连忙和他一起动手。

展云飞拔出佩剑："二位闪开。"

李莲花拖着方多病立刻逃到墙角，只见剑光暴涨缭绕，一声脆响，那木床已成了一堆大小均匀的碎渣。

李莲花赞道："好剑法。"

方多病哼了一声，显然不觉这劈柴剑法有何了不起，是死莲花自己武功差劲至极，大惊小怪。

床碎之后露出墙壁，这墙壁上却没有气孔。展云飞并不放松警惕，持剑在屋里各处敲打，却并没有敲出什么新鲜花样，这仿佛就是一间极普通的房间。

难道这一夜竟能如此简单地对付过去？展云飞在看墙，方多病却一直盯着那被劈成一堆的木床，这屋里除了那堆木床之外本也没啥好看的，突然他大叫一声："蚂……蚂蚁！"

展云飞蓦地回头，只见从那破碎的木头之中慢慢爬出许多黑点，正是一只只蚂蚁。原来这木床的木材中空，中间便是蚁巢，展云飞劈碎木床，这些蚂蚁受到惊扰便爬了出来。

这绝不是一窝普通的蚂蚁，这些蚂蚁都有半个指甲大小，比寻常蚂蚁大了不下十倍，两对螯却是橙红色，黑红相应，看起来触目惊心。方多病目瞪口呆地看着源源不断爬出来的蚂蚁，想象这些东西一旦爬到自己身上的样子，顿时不寒而栗。

这许多蚂蚁突然爬了出来，虽然三人都是江湖高人，但拍蚂蚁这等事和武艺高低却没多大关系，武艺高也是这么一巴掌拍死，武艺低也是这么一巴掌拍死，三人不约而同地开始动手杀蚂蚁。一开始方多病还"芙蓉九切掌""凌波十八拍"什么的招呼来招呼去，猛见李莲花一巴掌两三只拍得也不慢，顿时醒悟，开始左右开弓噼里啪啦地杀。

那木床毕竟不大，设计这蚂蚁机关的主人显然也并没有想到这么一间小小客房会钻进三个人，一个时辰不到，那蚂蚁已被三人杀得七七八八，便是剩下几只命大的也不足为患了。

方多病擦了擦头上的汗，呼出一口气，默想杀蚂蚁比杀人还累，抬起头来，却见展云飞和李莲花脸色都不算释然："怎么？被咬伤了吗？"

展云飞淡淡看了李莲花一眼："你看如何？"

李莲花叹了口气："你听。"

蚂蚁之灾刚刚过去，只听"咚"的一声闷响，不知是什么东西重重踩了下地面，墙壁竟微微摇晃起来。方多病瞠目结舌，只听那沉闷的"咚、咚"之声由远而近，有个沉重的东西从后院慢慢爬来，听那脚步声显然不是人，却不知是什么东西，要命的是这东西竟然没有气息之声！

不是人、不是动物！

难道是——

砰然一声巨响，屋里三人猛地贴墙而立，一面墙轰然倒塌，一个似人非人、似兽非兽的怪头撞塌一面墙壁，穿了进来，随即寒芒一闪，自那辨认不清的东西身上骤然伸出六支刀不像刀、剑不像剑的东西，只听"笃笃笃、笃笃笃"一连六声，六支锋刃一起没入墙，李莲花、展云飞都跃身而起，方多病着地一滚，侥幸没有受伤。

门外灯火一闪，那撞破墙壁的东西非人非兽，竟是一个巨大而古怪的铁笼，它倒不是自己走过来的，却是一直支在后院假山之上，这屋内木床破碎之后，不知和这假山上的铁笼有何牵连，铁笼自斜坡上滚落。这东西沉重异常，墙壁又异常薄，难怪一撞就穿。

铁笼中显然装有不少机关暗器，一撞之后先射出六支长锋，三人猝不及防，狼狈躲闪，上跃的两人尚未落地，铁笼中"嗡"的一声射出数十点寒芒，展云飞半空拔剑，但听"叮当"一阵乱响，这数十点寒芒被他一一拨落。

方多病滚到铁笼之旁，拔出玉笛，对铁笼重重一击，"铮"的一声脆响，那铁笼竟分毫无损，显然也是一件异物。

方多病一击之后，心知不妙，立刻着地再度一滚，那铁笼受他一敲，"哗"的一声铁皮四散激射，露出第二层外壳，却是一层犹如狼牙一般的锋芒锯齿。那激射的铁皮亦是锋锐异常，自方多病头顶掠过，"当"的一声射入墙壁，入墙二寸有余。方多病心里大叫"乖乖的，不得了"，还没来得及庆幸自己逃过一劫，突然腿上一痛，他翻身坐起，呆了一呆，按住小腿。

李莲花和展云飞同时回头，但见方多病着地一滚，滚过方才被展云飞拨落的黑色暗器，腿上顿时鲜血长流。

展云飞即刻赶到他身边，剑尖一刮，把那暗器挑出，脸色有些变了："别说话，有毒！"

就在这一瞬间，方多病的腿已然麻了，他心里凉了半截，行走江湖这几年，他不算当真历过什么大险，难道这一次……

"背——"李莲花的声音蓦地响起，展云飞一个念头闪过，自己尚未明白，前胸一痛，一物穿胸而出。他低头看着自胸前穿出的长箭，口中微微一甜，回头看向李莲花："外面……"

方多病亲眼看见展云飞就在他身边咫尺被一箭穿胸，一时竟是呆住，只以为是做梦。

就在他呆住的一瞬，李莲花急闪而来，"叮"的一声脆响，他不知以什么东西斩断穿墙射入展云飞背后的箭身，将展云飞平托到他方才站的一角。

展云飞还待再说，李莲花凝视着他，微微一笑，摇了摇头，比了个噤声的姿势。

展云飞当下闭嘴，李莲花拔出断箭，点了他四处穴道，就让他平躺在地上。

展云飞见他做唇形"不要动"，于是点了点头，心里渐渐开始明白——这庭院之中确实没有活人，但却有人在院外隐藏行迹，跟踪声音，以强弓射箭伤人。

古怪的铁笼，神秘的弓手，四具死尸，弥漫的毒雾……

这庭院之中，今夜究竟发生了什么？

是有意设伏，或是无意巧合？

他们是陷入了一个针对"佛彼白石"的陷阱，或只是在错误的时间踏入了一场别人的游戏？

方多病已全身麻痹，动弹不得，脑子似也僵了，只一动不动地瞪视着面前那个狼牙似的铁笼。李莲花静静地站在屋中，展云飞重伤倒地。

此时，淡蓝的毒雾自墙面的破损之处，缓缓地飘了进来。

【 三 打洞 】

便在这个时候，李莲花的手伸了过来，捂住他的眼睛，随即背后要穴一麻，他便什么也不知道了。

方多病人事不知，展云飞重伤倒地，李莲花看了那毒雾两眼，突然扒下方多病的外衣，小心翼翼地绕过那已然静止的怪异铁笼，以木床的碎屑为钉，钉在墙壁那个大洞上。转过身来，那铁笼就在他身后不到一尺之处，这东西虽非活人，却是触之见血。

展云飞并未昏迷，胸前一箭虽然贯穿肺叶，但李莲花点穴之力平和，促使积血外流，并未淤积肺内，伤情并不致命。在这个时候，要他拔剑而起，和人动手拼上一命，他依然可以发挥八成功力，但李莲花要他躺下，他便躺下。

他在少年时便很敬这个人，十几年后，即使这个人不再少年，但在展云飞眼里，他并没有变。

所以他听话。

以这个人的意旨为意旨是一种本能。

在展云飞想到"以这个人的意旨为意旨是一种本能"的时候，李莲花却瞪着那四面獠牙的怪物发愁。这东西显然还藏有无数机关，只需稍微震动或碰触就会激发，好大的一块烫手山芋，却长满了刺无处下嘴，何况这东西长得实在像个带刺的椅子，他多看两眼便忍不住想笑。

怎么办？

屋外的毒雾慢慢浸湿方多病那件长袍，不过方氏所购的衣裳质地精良，加上方大少闯祸成性，家里为他添置的衣裳在寻常绸缎中夹杂了少许金丝，令衣裳更为坚韧，可略挡兵器一击。正是如此，这件衣服在毒雾之中并没有即刻腐蚀，而是慢慢湿透，屋外的水汽沿着长袍缓缓滑落，凝成一滴滴的毒水，在地上积成了水洼，居然没有侵入屋内。

李莲花想了很久，突然趴在地上听了听，又摸了摸屋里的地面，地上铺的是寻常的地砖。他转身在方多病身上摸索了一阵，突然摸出一柄剑来。此剑名为"尔雅"，方多病持它横行江湖久矣，后来嫌长剑俗了，去换了把玉笛。李莲花想方设法叫他吹一曲来听听，方多病却不肯。

这一次纪汉佛信函相邀，四顾门当年以剑闻名，现在的门主肖紫衿也以剑称霸天下，他也就偷偷摸摸地又把"尔雅"带了出来。

"尔雅"此剑为方氏重金专门为方多病打造，单薄轻巧，剑柄镶以明珠白玉，华丽非常，和方多病的气质十分相融。李莲花轻轻拔出"尔雅"，不发出丝毫声息，随即极轻极轻地在地上划了一剑。

剑入寸许，毫不费力。展云飞面上露出惊讶之色，此剑之利不在任何传闻中的名剑之下，却寂寂无名。李莲花在地上划了个二尺来长、二尺来宽的方框，"尔雅"入地二尺有余，这是柄难得的宝剑，他却当作锯子来用。将地砖锯开之后，他将方多病抱了过来，放在展云飞身旁，"尔雅"一扬，往一侧墙上射去，随即手掌按在那被他切划出来的方框上。

"叮"的一声，剑入数寸，随之"笃"的一声箭鸣，院外那人果然还等着声音，一支长箭几乎不差分毫地射入"尔雅"贯入的墙壁。墙壁微微一震，地面也轻轻一抖，地上那铁笼"砰"的一声再度射出数十点黑芒。

李莲花手掌已然按在地砖上，这切下的地砖少说也数十上百斤，却见他以黏劲一挥掌将地上那一大块地砖硬生生抬了起来，地下露出一个大坑。铁笼射出黑芒，再度往前滚动，只听"轰"的一声，那东西蓦地掉进李莲花硬生生挖开的坑里，"叮咚乒乓"一阵乱响，声音渐消渐远，再不见暗器射出。

李莲花掌运黏劲横起那一大块地砖和黄土，正好挡住铁笼第一轮黑芒暗器。此时院外那弓手显然也听屋内情况不对，"笃笃笃"一连三响，三支长箭贯墙而入，弓弦声不绝于耳，他显然已不再听声发箭，而是不管人在何处，是死是活，他都要乱箭将这屋里的东西射成刺猬。

二尺长、二尺宽的泥板挡不住屋外劲道惊人的长箭，李莲花匆匆探头一看——方才被他翻起的地方露出一个大洞——难怪那铁笼掉下去便不见踪影。此时要命的长箭在前，顾不得地下是什么玩意儿，他抓起方多病，当先从大洞里跳了下去。展云飞按住胸口伤处，随即跳下。地下并不太深，下跃丈许之后，后腰有人轻轻一托，一股热气自后腰流转全身，展云飞落地站稳："不必如此。"

助他落地的是李莲花。这房间下的大洞却是个天然洞穴，自头顶的破口所露的微光看来，四面潮湿，左右各有几条通道，自己站立的这条似乎乃是主干，笔直向下。方才跌落的那古怪铁笼正是沿着向下的通道一路滚了下去，在沿途四壁钉满了黑芒暗器。

"这是……"展云飞皱眉，"溶洞？"

但凡山奇水秀，多生溶洞，青竹山山虽不奇，水也不秀，但马马虎虎也是有山有水，因此山里有个溶洞也并不怎么稀奇。李莲花叹了口气："嗯，溶洞，溶洞不要命，要命的是这是个有宝藏的溶洞……"

"宝藏？"展云飞奇道，"什么宝藏？"

李莲花在方多病身上按来按去，不知是在助他逼毒，还是在摸索他身上是否还有什么救命的法宝："展大侠。"

展云飞极快地道："展云飞。"

李莲花对他露齿一笑："你不觉得……外面那些要射死我们的箭有点……不可理喻？仿佛只因我们踏入屋中却没有死，他气得发疯非射死我们不可。"

展云飞颔首："不错，并且那些箭不是人力所发，也是出于机关。"

李莲花连连点头："不错，即便是弓上高人，也不可能以这等强劲的内力连发十来箭，箭箭相同，这箭穿墙之后犹能伤人，若是人力所发，抵得上二三十年苦练。"

展云飞突然笑了笑："这箭若是人射的，我已经死了。"

李莲花又连连点头："所以，外面有个人，他手上持有能射出长箭的厉害机关，他不惧毒雾，他意图杀人但他又不敢进来，为什么？"

展云飞淡淡地道："自然是他不能进来。"

"不错，在我们杀蚂蚁的时候，铁笼射暗器的时候，因为声音太杂，他无法射箭，这说明这人听力不好。"李莲花正色道，"若非受了重伤，便是不会武功。"

展云飞笑了："他也许不会武功，但他精通机关。"

李莲花也笑了："不错，他不怕毒雾，他精通机关，他知道从哪个角度射箭箭能穿墙，死在这屋里的四个人却既怕毒雾，又不通机关，所以——"

"所以很可能屋外的那个，才是真正的屋主。"展云飞苦笑，"如果外面的是屋主，那么他为什么在外面？"

"问题自然是出在四个死人身上，"李莲花又叹了口气，"而我们不幸成了那四个死人的同伙……"

两人面面相觑，过了半晌，展云飞问："这和宝藏有什么关系？"

"那四个死人死在两个屋里，既不像同道，也不像同门。"李莲花道，"感情看起来很差。能让一些不同道的人聚集在一起的事有几件。一是开会，二是寻仇，三是寻欢作乐,四是宝藏……"他东张西望,苦笑,"你觉得像哪个?"

展云飞哑口无言,喉头动了一下:"这……"

"这件事的蹊跷之处还有很多,"李莲花突地道,"这整件事……"他的声音戛然而止,在左边通道之中突然露出了一张脸。

那是一张苍白的脸,脸颊消瘦得只剩个骷髅的轮廓,眼圈黑得惊人,见到有人站在溶洞中,尖叫一声,扑了过来。李莲花见他扑得踉跄,还打不定主意是要阻要扶,却见那人摔在方多病身前,定睛一看,却又惨叫一声,踉踉跄跄地奔了回去。

展云飞一怔,李莲花喃喃地道:"我早就说你这副骨瘦如柴的样子迟早要吓到人,这人原本要出来吃人,竟也被你吓跑。"

"老子倒也想要吓跑,只是跑不动而已。"地上"昏迷不醒"的方多病突然有气无力地道,"这是什么鬼地方?"

李莲花弯下腰来温柔地看着他:"这是个鬼窟。"

方多病躺在地上,一点站起来的意思都没有:"我怎么到了这里?"

李莲花指了指头顶:"我在地上挖了个坑,坑里突然有个洞,于是我们都跳了下来。"

方多病咳嗽了两声:"为什么你每次在地上打洞,洞里都会有些别的?"

他终于坐了起来,在自己身上摸了几下,身上的麻痹却已好了大半。他仔细一看,腿上的伤口流出一大堆黑血,不知是谁助他运功逼毒,将体内的毒血逼出了一大半。自己运功一调,内息居然没有大损,心下一乐,能助人逼毒而不损真元,这等功力自是非展云飞莫属了。没想到这位大侠自己中箭受伤,还有这等功力,不愧是当年能与李相夷动手的人啊。在身上摸了好一会儿,确认四肢俱在,皮肤完整,方大公子终于摇摇晃晃站了起来:"现在是要怎的?"

"这里是个溶洞,洞里有许多岔路,在其他岔道里有人。"展云飞说话简单干练,"这里有古怪。"

方多病听得莫名其妙:"什么和什么?"

李莲花慢吞吞地道:"那座布满机关的屋子,还有杀人的毒雾,就盖在这个溶洞顶上。我猜这溶洞里或许有什么宝物,引了很多人来这里寻宝,上面那屋子的主人只怕误以为我们也是……"

方多病脱口接话:"来寻宝的?老子家里金山银山宝石山堆得像猪窝,谁稀罕什么宝了,杀人也不先问问行情,真是莫名其妙!"

"这底下恐怕有不少人。"李莲花正在听声,几条通道中都传来人声,遥远而复杂，"问题……问题恐怕不仅仅是宝藏。"

展云飞胸口流血过多，有些目眩，微微一晃，方多病连忙扶住他，他自己却是个跛子，两个人都踉跄了几步。

李莲花左顾右盼，喃喃地道："我看……我看我们最大的问题是要先找个地方躺躺，可惜这下面都是饿鬼，若是有些食水，下面也不算太坏，这边……"他一只手扶住展云飞，一只手托住方多病，三人一起慢慢地在通道中走动起来。

地下溶洞四通八达，要走条出路来很难，但要钻得更深却很容易，三个人转了几个圈，找到了一个不大不小的洞穴，艰难地躲了进去。

四面八方的通道里有不少人，不知道为了什么聚集在这里，其中有一些似乎已经饿疯了，还有个神秘古怪的机关客就在头顶上等着杀人。不管这一切是为了什么，先养好自己的伤才是上上之策。

这是个约莫容得下五个人的洞穴。展云飞胸口有伤，一坐下就闭目养神，不再说话，方多病却开始怀念起他家英翠楼、雪玉舫、洪江一枝春茶楼等酒楼里妙不可言的菜肴，忍不住自那只蜜汁松鸡说到芙蓉香雪汤，再说到烧烤孔雀腿、油炸小蜻蜓。李莲花本来很有耐心地听着，听到最后终于忍不住叹了口气："我很想说饿了，但现在又不饿了。"

"你肚子饿的时候连昆仑山上的蚯蚓都吃，这下还怕起蜻蜓来了？"方多病嗤之以鼻，"你当老子不知道吗？前年你在昆仑山迷路，满山白茫茫的都是雪，除了几只蚯蚓啥也没有，你不吃得可欢了？"

李莲花正色道："那叫作冬虫夏草……"他看了方多病腿上的伤口一眼，"走得动吗？"

方多病腿上仍然乏力，但既然李莲花问了，他单脚跳也要蹦得比他快，立刻道："走得动走得动！如何？"

李莲花指了指展云飞："展大侠外伤很重，这底下不太安全，你既然走得动，去给他弄点水回来。"

方多病张口结舌，指着自己的鼻子："我？就我一个人去？"

李莲花道："外面饿坏的疯子见了你就跑，自然是你去。"

方多病瞪眼道："那你呢？"

李莲花一本正经地道："我自然是坐在这里休息。"

方多病目瞪口呆，只听他又道："快去快回，展大侠失血太多，定要喝水。"

方多病被他用"展大侠"的大帽子扣了两次，恨恨地瞪了他两眼，摇摇晃晃地走了出去。

方多病离开不久，李莲花伸指往展云飞胸前点去，展云飞双目一睁，一把抓住他的手，淡淡地道："不需如此。"

李莲花柔声道："别逞强，年纪也不小了，你又没娶老婆，自己该多照顾自己些。"他仍是在展云飞胸口点了几指，"扬州慢"的内劲透入气脉，展云飞失血虽多，元气却未散，胸前背后的伤口均在收口。

展云飞松开手，脸上也不见什么感激之色，过了半晌，他道："你的功力……"

李莲花微笑："现在你若要爬起来和我比武，我自是非输不可。"

展云飞摇了摇头，他从不是多话的人，这次却有些执着，一字字地问："可是当年在东海所受的伤？"

李莲花道："也不全是。"

展云飞未再问下去，吐出一口气，他伸手去摸剑柄，一摸却摸了个空。

就在这时，不远处微微一响，两人即刻安静下来，只听隐约的铁器拖地之声缓缓而过，随即是轱辘声响，又似有车轮经过。声响来自不远处的另外一条通道，那拖地的铁器声很轻，等声音过去，展云飞压低声音："铁链。"

李莲花颔首，不错，那铁器拖地之声正是几条铁链，在这古怪的溶洞之中，是谁身带铁链而过？

铁链声过去，洞口白影一闪，只穿着中衣从而越发显得骨瘦如柴的方多病抱了个直口宝珠顶的瓷罐回来，竟是平安无事。李莲花忙忙地去看那瓷罐，瓷罐里确实是一罐清水。展云飞失血多了确实是口渴，也不客气，就着瓷罐喝了起来。

方多病讪讪地在一边看着，李莲花看了他一眼，叹了口气："你从哪里摸来的死人罐子？"

他的话一说出口，展云飞似乎呛了口气，却依旧喝水。

方多病干笑道："你怎么知道？"

李莲花敲了敲那瓷罐："这东西叫将军罐，专门用来放骨灰，这地下难道是个墓？"

方多病耸耸肩，指了指外面："我沿着来路走，一路上没见到半个人，一直走到你打洞下来的地方。我想那铁笼怪暗器厉害，它滚下去的地方大概不会再有活人，就沿着铁笼怪滚下去的路走。"

李莲花欣然道："你果然是越来越聪明了。"

方多病得意扬扬，摸了块石头坐下，跷起二郎腿："然后走到底就有个湖，我四处摸不到装水的东西，突然看见湖边上堆满了这玩意儿，就抓了一个倒空了装水回来。"

李莲花怔了怔："湖边上堆满了这玩意儿？"

方多病点头："堆得像堵墙一样。"

展云飞不再喝水，沉声问："罐里当真有骨骸？"

方多病被他的语气吓了一跳："死人罐里当然有骨骸，老子也不是故意用这个给你装水回来，那骨骸被老子抖进水里，罐子也洗干净了……"

李莲花皱起眉头："这地下如果放了许多骨灰罐子，或许……或许这里真是个墓。"

方多病抓了抓头皮："墓？可是下面全是水啊，有人在水坑里修墓的吗？"

李莲花喃喃地道："天知道，这可是个不但有许多死人，还钻进来许多活人的地方……"他蓦地往地上一躺，"天色已晚，还是先睡一觉。"

方多病心里一乐，大大咧咧也躺下："老子今天真是累了。"

展云飞闭目打坐，以他们在竹林中迷路的时间计算，此时已近二更，的确是晚了。不管溶洞中究竟是宝藏或墓穴，一切疑问都可等明日再说。

但李莲花和方多病睡得着，他却不敢睡。剑不在手，方才那奇怪的铁链之声让他有些紧绷，在蕲家住得久了，习惯了危机四伏的日子，此情此景他竟有些不适应。

这一夜过得出奇地安静，寂然无声，仿佛溶洞里这一角落全然被人遗弃了。展云飞不敢睡，但"扬州慢"的真力点在身上，前胸背后暖洋洋的，很是舒服，坐着坐着不知何时蒙眬睡去。当他醒来的时候，李莲花和方多病还在睡，他不由得苦笑，身在险境，竟有人能睡得如此舒服，倒是了不起。

又过了好一会儿，方多病打了个大哈欠，懒洋洋地起身，闭着眼睛四处摸索了一阵，没找到衣裳，茫然地睁大眼睛，过了一会儿才想起自己那外衣从昨天醒来就不见了。

李莲花被他无端摸了两下，也茫然地坐了起来，呆呆地看了方多病好一会儿，眨眨眼睛，眼里全是迷茫："干什么？"

方多病喃喃地问："我的衣服呢？"

李莲花本能地摇摇头："你的衣服不见了，我怎会知道……"突然想起他那件价值千金的衣服的确是被自己拿去当门帘，顿时噎住。

方多病一见他脸上的表情，立刻怒道："本公子的衣服呢？"

李莲花干笑："扔毒雾里了。"

方多病大怒:"那一早起来我穿什么?"

李莲花道:"在这地下黑咕隆咚的,穿什么都一样。"

方多病冷笑:"极是极是,既然穿什么都一样,那你的衣服脱下来让给我穿!"

李莲花一把抓住自己的衣袖,抵死不让:"万万不可,你我斯文之人,岂可做那辱没斯文之事?"

方多病暴怒:"你脱老子衣服就是英雄好汉,老子要脱你衣服就是辱没斯文了?你当老子稀罕你那件破衣服?老子要穿你衣服那是你的荣幸……"

那两人为一件衣服打成一团,展云飞只作不见,耳听八方,潜心观察左右是否有什么动静。

方多病眼看逮不住李莲花,蓦地施展一招"左右逢源",一脚将李莲花绊倒,双手各施擒拿将他按住,得意扬扬地去扒他的衣服。

李莲花当即大叫一声:"且慢!我有新衣服给你穿——"

此言一出,不但方多病一怔,连展云飞都有些意外。昨夜混乱之际,大家的行李都扔在马上,李莲花哪里来的新衣服?方多病更是奇了:"新衣服,你有新衣服?"

李莲花好不容易从他手里爬起来,灰头土脸,头昏眼花,甩了甩头:"嗯……啊……衣服都是从新的变成旧的……"

方多病斜眼看着他:"那衣服呢?"

李莲花从怀里扯出个小小的布包,方多病皱眉看着那布包,这么小一团东西,会是一件"衣服"?

展云飞眼见这布包,脑中乍然一响,这是——

李莲花打开那布包,方多病眼前骤然一亮,那是团极柔和雪白的东西,泛着极淡的珠光,似绸非绸,虽然被揉成了一团,却没有丝毫褶皱。

他还没明白这是什么,展云飞已低呼出声:"蠃珠!"

蠃珠?方多病依稀听过这名字:"蠃珠?"

展云飞过了片刻才道:"蠃珠甲。"

蠃珠……甲?方多病只觉自己的头"嗡"的一声被轰得七荤八素:"蠃蠃蠃蠃……蠃珠甲?"

展云飞点了点头:"不错。"

蠃珠甲,那是百年前苏州名人绣进贡朝廷的贡品,据传此物以异种蛛丝织就,刀剑难伤,虽不及盈握,穿在身上却是夏日清凉如水,冬日温暖如煦,有延年益寿之功。蠃珠甲进贡之后,被御赐给当年镇边大将军萧政为护身内甲,传为一时佳话。

回朝后萧政将此物珍藏府中，本欲静候圣上归天之时将嬴珠甲归还同葬，不料一日深夜，在大将军府森严戒备之下，此物在藏宝库中突然被盗，此案至今仍是悬案。又过数十年，此物在倚红楼珍宝宴上出现，位列天下宝物第八，结果珍宝宴被金鸳盟搅局，天下皆知嬴珠甲落到笛飞声手上，又随金鸳盟的破灭销声匿迹。

却不想这东西今日竟然出现在李莲花手中。方多病叫了那一声之后，傻了好一会儿："死莲花，这东西怎么会在你手里？"

这问题不但方多病想知道，展云飞也想知道，这是笛飞声的东西，为何会在李莲花手里？

李莲花面对两双眼睛，干笑了好一会儿："那个……"

方多病哼了一声："少装蒜，快说！这东西哪里来的？"

李莲花继续干笑："我只怕我说了你们不信。"

方多病不耐烦地道："先说了再说，这东西在你手里就是天大的古怪，不管你说什么我本就不怎么信。"

"这东西是我从海上捡来的。"李莲花正色道，"那日风和日丽，我坐船在海上漂啊漂，突然看见一个布袋从船边漂过去，我就捡回来了。天地良心，我可万万没有胡说，这东西的的确确就是在那海上到处乱漂……"

"海上？"方多病张大嘴巴，"难道当年李相夷和笛飞声一战，打沉金鸳盟大船的时候，你正好在那附近坐船？"

李莲花道："这个……这个……"

他一时想不出什么话来应答，展云飞却已明了，突然笑了笑："约莫是笛飞声自负，从来不穿嬴珠甲，只把这衣服放在身边。那艘大船被李相夷三剑斩沉大海，船里的东西随水漂流，让你捡到了吧？"

展云飞很少笑，这一笑把方多病吓了一跳。

李莲花连连点头，钦佩至极地看着展云飞："是是是。总而言之，这衣服你就穿吧，反正本来也不是我的，送你送你。"

方多病看着那华丽柔美的衣服，竟然有些胆寒。

展云飞淡淡地道："你身上有伤，嬴珠甲刀剑难伤，穿着有利。"

方多病难得有些尴尬，抖开嬴珠甲，别别扭扭地穿在身上。那衣服和他平日穿的华丽白袍也没太大区别，他却如穿了针毡，坐立难安。

李莲花欣然看着他，方多病凭空得了件衣服，却是一肚子别扭，看李莲花那"欣然"的模样心里越发窝火，恨恨地道："你有嬴珠甲，竟然从来不说。"

李莲花一本正经地道："你若问我，我定会相告，但你又没有问我。"

方多病跳了起来，指着他的鼻子正要破口大骂，那白色衣袖随之一飘，方多病骂到嘴边的话突然统统吞了下去。

这雪白衣袖飘起来的模样，他似乎曾在哪里见过。

这种风波水月、如仙似幻的衣袂，依稀……似曾相识。

方多病突然呆住，李莲花转过头来："展大侠，伤势如何？"

展云飞点了点头："扬……"他突然顿住，过了一会儿淡淡地接下去，"……确是一流，我伤势无碍。"

李莲花欣慰地道："虽说如此，还是静养的好，能不与人动手就不与人动手。"

展云飞却不答，反问："我的剑呢？"

李莲花道："太沉，我扔了。"

展云飞双眉耸动，淡淡地看着李莲花，过了一会儿，他道："下一次，等我死了再卸我的剑。"

李莲花张口结舌，惶恐地看着他。

展云飞目中的怒色已经过去，不知为何眼里有点淡淡的落寞："有些人弃剑如遗，有些人终身不负，人的信念，总是有所不同。"

李莲花被他说得有点呆，点了点头："我错了。"

"死莲花，"方多病看着自己的袖子发了半天呆，终于回过神来，"顶上那个洞还能回去吗？我看从地底下另找个出口好像很难，这地下古怪得很，既然天亮了，外面的毒雾应当已经散了，要离开应该也不是很难。"

李莲花道："是极是极，有理有理，我们这就回去。"

他居然并不抬杠，方多病反而一呆。展云飞也不反对，三人略略收拾了下身上的杂物，沿着昨日奔来的道路慢慢走去。

通道里依然一片安静，昨日逃得匆忙，今日通道中似乎是亮了一些，除了天亮了之外，通道深处似乎燃有火把。走到昨日那洞口下方，竟然还是空无一人，李莲花抬起头来，头顶上那不大的破口光线昏暗，不知上头还有些什么。方多病跃起身来，仗着他那身赢珠甲就要往上冲，李莲花蓦地一把拉住他："慢着。"

方多病疑惑回头，李莲花喃喃地道："为什么不封口……"

展云飞也很是疑惑，敌人自地洞跃下，隔了一夜，非但没有追兵，连洞口都毫无遮拦，这是为什么？是因为上面有更多埋伏吗？李莲花游目四顾，朦胧的光线之下，只觉溶洞上层四周凹凸不平，布满黑影，他引燃火折子，往溶洞四壁照去。

火光耀映，溶洞四壁上的阴影清晰起来，方多病目瞪口呆——那是一层密密麻麻的菌类，蘑菇模样，柔软的盖子重重叠叠，一直生到了昨夜打破的那洞口上去，一夜工夫也不知长了多少出来。

李莲花长长地吐出一口气："蘑菇……"

方多病看着洞壁上许许多多的蘑菇，莫名其妙："长在洞里的蘑菇倒是少见。"

展云飞皱眉看着这些蘑菇，沉吟良久："这些蘑菇生长在通风之处，你看凡是有洞口的地方，越靠近通风口蘑菇长得越密，但不知这些东西是偶然生长在这里，还是什么毒物。"

"这洞口不能上去。"李莲花突然道，他一把抓住方多病和展云飞，"快走快走，这地方不能久留，这东西有毒。"

方多病和展云飞吃了一惊，三人匆匆忙忙自那地方离开，沿着昨天铁笼滚下去的路笔直走到方多病取水的湖边。

这是个很深的地下湖，水色看来黝黑实则很清。

在湖的东边垒放着数以千计的将军罐，如果每一个罐子里都有尸骨，那湖边至少堆积了上千具尸骸。放罐子的土堆被人为地挖掘成梯形，将军罐就整齐地罗列在一级一级如台阶般的黄土上。

台阶共有九层，每一层整齐堆放着一百九十九个罐子，有一层少了一个，正是被方多病抱走了，九层共有一千七百九十一个。每一个罐子都蒙着一层细腻的灰尘，显然自被放在这里之后，并没有被动过，这虽然是个溶洞，却有许多通风口，自然遍布尘沙。

而那个射出无数暗器、稀奇古怪的铁笼就静静躺在湖边的浅滩里，地上四处都是它射出来的黑芒、短箭和毒针。

方多病抓了抓头："奇怪，这地方这么大，竟然没半个人在，有一千多具尸骨的地方怎么也算个重要的地方吧，怎么会没人？"

"看来不是因为这东西掉下来所以才没人。"李莲花慢慢走过去看着那古怪的铁笼，"你看它射出这么多暗器，一路下来却没有半具尸体，也没有半点血迹，显然昨天它滚下来的时候这里就没人。"

展云飞举目四顾："如果说昨夜我们找到的洞穴那边之所以没人，是因为那边长满了毒菇，那这边没人——难道是因为这里也有什么毒物？"

李莲花"嗯"了一声，仍旧目不转睛地看着那铁笼。

这个时候，他才当真看清这是个什么东西。

这东西很像一把椅子，之所以被当作个铁笼，是它在椅子上头还有个似伞非伞的挡板，左右各有两个像轮子的东西，但普通轮子是圆的，这东西左右两侧却是一大一小两个八角形的怪圈。通体精钢所制，四面八方都有开口，因为方多病那挥笛一击，它外层铁皮已经炸裂，露出内里那一层狼牙似的钢齿。因为摔得重了，那椅座扭曲破裂，座内一层一层、一格一格全是放各类暗器的暗格。

"死莲花，小心！"方多病蓦地一声大喝，扑过来一把把李莲花拖出三丈来远。展云飞一掌拍出，只听轰然一声巨响，水声如雷。李莲花抬起头来，只见漆黑的水潭中有一个什么东西掉头游过，潜入深深的水中。

"那是什么东西？"方多病失声道。

李莲花道："蛇。"

展云飞深深地吸了口气："是一群蛇。"

只见潭水中渐渐涌起波浪，方才掉头而去的东西绕了一圈又游了回来，水中缓缓有数条黑影随之浮起，但见波光闪烁，嗞嗞有声。

果然是蛇，还是和人大腿差不多粗细的蟒蛇。

洞壁生有毒菇，水中一群蟒蛇。如展云飞之辈自然不欲徒然和一群蟒蛇打架，三人不约而同纵身而起，越过那重重瓷罐，直落瓷罐之后。

那一堆瓷罐之后，却是一个偌大的巨坑，坑内灯火闪烁。三人估计有错，当瓷罐后只是土丘，却不知竟是个深达十数丈的大坑，身子一轻，三人各自吐气，方多病大袖飘拂，在洞壁上快步而奔，滴溜溜连转九圈，安然落地。展云飞胸口有伤，一手护胸，左掌在洞壁上一拍一挥，身形如行云飞燕，掠至对面壁上，再拍一掌，如此折返，三返而落。

两人落地之后，只听兵器之声铮然作响，叮叮咚咚好不热闹，仔细一看，只见十几把明晃晃的兵器统统指着落入人群中的另外一人，他们两人方才那番了不得的轻功身法倒是没几个人看见。

那没头没脑扑进人群中的自然是李莲花，他人一站直，兵器"哗啦啦"地比画了一身，上至名刀名剑，下至竹棍、铁钩，以至竹枝、古琴等不一而足。李莲花僵在当场，这地下巨坑之中竟然有不少人，光头者有之，道髻者有之，锦衣华服者有之，破衣烂衫者有之，却清一色都是二十岁上下的少年，也不知谁去哪里找齐了这许多品种的少年，委实令人咋舌。

"哼！昨晚我就听说来了新人。"坑中一位相貌俊美、头戴金冠的白衣少年冷冷地道，"听说闯过了紫岚堂，了不得得很。"

另一位相貌阴郁偏又抱着一具古琴的黑衣书生也阴森森地道："又是一个送死的。"

李莲花张口结舌地看着这许多人，头上那些通道空无一人，原来是因为人都挤在这坑里了，眼角一飘，尚未看到这坑里究竟有何妙处，他先看见了一个人。

然后，他叹了口气。

【 四　坑 】

方多病和展云飞此时也被几把刀剑指住，坑中的许多人将三人逼到一处，那头戴金冠的白衣少年冷冷地问："你们在哪里得的消息？"

哪里的消息？方多病莫名其妙，我们分明是半夜来借宿，被毒雾逼进了一家黑店，然后就这么摔了下来，难道住黑店还要先得到消息，约好了再住？这是什么道理？

李莲花却道："这位……好汉……"他见那少年眼睛一瞪，连忙改口，"这位少侠……我们不过在玉华山下偶然得了消息，说这……墓中有宝藏。"

"想不到这消息散播得这么广，她的朋友真是越来越多了，是太多了一些。"白衣少年冷笑，"就以你们那几下三脚猫的轻功身法，一个就像倒栽萝卜，一个走几步踏壁行还一瘸一拐，另一个半死不活的模样，也想染指龙王棺？"

龙王棺？方多病还是第一次听说，展云飞微微摇头，表示他也不曾听说。李莲花道："这个……这个人间至宝，虽然……自然……"

白衣少年手中握的是一柄极尖极细的长刀，闻听此言，突然间收了回来："无能之辈，倒也老实，你叫什么名字？"

李莲花看着他手里的刀："我姓李。"

白衣少年"嗯"了一声，仰起头来。他一仰起头，身边的人突然都似得了暗令，"哗啦啦"地兵器收了一大半。

却见他仰头想了一会儿："你等三人既然能在玉华山下得了消息，想必是见过她了？"

他？她？方多病只觉这白衣少年前言不搭后语，全然不知在说些什么。展云飞皱起眉头，显然他也不知"她"是个什么玩意儿。却听李莲花微笑道："嗯，她美得很，我再没见过比她更美的人。"

"她让你来、让我来、让他们来，"白衣少年喃喃地道，"我不知道她心里想的是什么……"一时间似乎失了神，眉间涌上愁容。他盛气凌人的时候鼻子宛如生在天上，这一愁起来倒生出几分孩子气。

李莲花安慰道："不怕不怕，那个……她心里在想什么，我也不知道，不过她既然请大家都到这里来，想必有她的道理。"

白衣少年愁从中来，被他安慰了两句，呆了一呆，勃然大怒："你是什么东西，她心里想什么为什么让你知道？"

李莲花张口结舌，只听有人微笑接话："角姑娘赠予藏宝图，让我等到此地寻找龙王棺，不论是谁，只要有人能打开龙王棺，非但其中的宝物全数相赠，还可与角姑娘有夜宴之缘。不才在下以为，角姑娘只是以这种方法为自己挑选一位可堪匹配的知己。白少侠武功绝伦，出身名门，是众人中的翘楚，何必与这位先生相比较？"

那白衣少年哼了一声，听这话的意思，面前这位最称个"先生"，连个"少侠"都称不上，武功既不高，年纪又大，狼狈不堪，确实无一处可与自己比拟，当下怒火减息，转过身去："贾兄人中龙凤，你都不曾见过她的真面目，这小子居然见过……我……我……"他背影颤动，显然十分不忿。

李莲花干笑一声，看着说话的那位"贾兄"，只见这人羽扇纶巾，风度翩翩，正是新四顾门那位年少有为的军师傅衡阳。

只见傅衡阳一身贵公子打扮，手持羽扇，站在众人之中。他的容貌也是不俗，加上衣饰华贵、气质高雅，和满身是泥、灰头土脸的李莲花之流相比自然是人中龙凤。

方多病眼见这位军师那身衣裳，不免悻悻然，新四顾门运转的银两大半是他捐赠，虽然说送出去的钱就是别人家的，但看见傅衡阳穿金戴银，他却不得不穿着这件该死的赢珠甲，心里老大不舒服。

展云飞一语不发，他年过三旬，受伤之后甚是憔悴，众人都当他是方多病的跟班，自不会当他也是来争与"角姑娘"的夜宴之缘。他自然认得那"贾兄"便是傅衡阳，但看过一眼之后他便不再看第二眼。

傅衡阳挥了挥手，也不知是用了什么法子，居然让这坑里的许多少侠都以他马首是瞻："众位无须惊讶，既然角姑娘相邀了我等，自然也会相邀他人。此时人越多，对找到那龙王棺越是有好处。等寻到龙王棺所在，我等再比武分出个高低，让武功最高之人去开那宝藏就是了。"

那白衣少年点了点头，黑衣书生哼了一声，后边许多衣着奇异的少年也不吭声。

傅衡阳一举衣袖，衣冠楚楚地对方多病微笑："我来介绍，这位是断璧一刀门的少主,白珏白少侠,他身后这十五位,都是断壁一刀门的高手。"

方多病随随便便点了点头,断壁一刀门他曾听过,是个隐匿江湖多年的神秘门派,传说其"出岫"一刀为江湖第一快刀,名气很大。

傅衡阳又指着方多病,对白珏微笑道:"这位是'方氏'的少主,'多愁公子'方多病方公子。"

此言一出,白珏的脸色顿时变了,坑里霎时鸦雀无声——"方氏"何等名头,方而优在朝野两地地位卓然,绝非寻常江湖门派所能比拟。

方多病咳嗽一声,那些看着他的目光瞬间都是又嫉又恨。他板着个脸,方才白珏鼻子朝天,气焰很高,现在他鼻孔朝天,气焰比他更高。喊!和老子比家世,老子才是江湖第一翩翩美少年佳公子,你算个屁!

他发髻虽然凌乱,但那身衣裳却是飘逸华美,何况这浊世翩翩佳公子的姿态他练得久了,姿态一摆,手持玉笛,顿时玉树临风。

白珏的娇贵之气刹那矮了几分,脸色铁青:"贾兄如何认得方氏的公子?"

"实不相瞒,在下和方公子有过棋局之缘。"傅衡阳微笑,"方公子的棋艺,在下佩服得紧。"

方多病想起这军师那一手臭棋,心下一乐:"贾公子客气,其实在下只是偶然得到消息,好奇所至,倒也不是非要争那一夜之缘。"胡扯对方大少来说那是手到擒来的事,虽然不知道李莲花和傅衡阳话里鬼鬼祟祟指的是什么,但丝毫不妨碍他接下去漫天胡扯。

白珏的脸色微微缓了缓,显然他爱极了那"角姑娘"。方多病心里揣测那角姑娘难道是角丽谯……这位仁兄莫非失心疯了,竟然意图染指那吃人的魔女——不过角丽谯喜欢吃人的毛病,江湖上倒是还未传开,他多半还不知情。他心里想着,看着白珏的目光未免就多了几分幸灾乐祸。

"如今误会已解,"傅衡阳道,"大家还是齐心协力寻找龙王棺吧。"

白珏恶狠狠地瞪了方多病几眼,转过头去,带着他十五护卫往东而去。黑衣书生往西,另三位光头的不知是和尚或是秃头的少年往南,二位道冠少年往北,另有一些衣着各异的少年也各自选了个角落。渐渐只听挖掘之声四起,他们竟是动手不断挖掘泥土,这整个十数丈的大坑,竟是他们一起动手挖掘出来的。

方多病瞠目结舌,眼见他们不断挖掘,再把泥土运到坑上,堆积在另外一边,正是他们边挖边堆,这坑才深达十数丈。

李莲花十分钦佩地看着傅衡阳:"可是军师要他们在此挖掘?"

傅衡阳羽扇一挥，颇露轻狂之笑："总比他们在通道里乱窜，误中毒菇疯狂而死，或者互相斗殴死伤满地来得好。"

李莲花东张西望："选在此处挖坑，有什么道理？"

傅衡阳指了指地下："此地是整个溶洞之中唯一干燥、覆有丰厚土层的地方，龙王棺龙王棺，若是一具棺木，只有这个地方能埋。"

"贾兄所言……有理。"李莲花呆呆地看着十数丈高的坑顶，火光辉映之下，隐约可见溶洞顶上那些结晶柱子所生的微光，灿若星辰。过了好一会儿，他突然问："不知贾兄可有在通道里发现某些……身带铁链，或者乘坐轮椅的人？"

傅衡阳眉头皱起，摇了摇头："我等自水道进入，在地底河流中遭遇蛇群，经过一番搏斗进入此地，并未见到身带铁链或乘坐轮椅的人。"

李莲花喃喃地问："那……白少侠是如何得知，这溶洞顶上有一处庭院，叫作紫岚堂？"

傅衡阳道："白珏是角丽谯亲自下帖，给了他地图要他到这里寻找龙王棺。我在路上截了一只咸日辇，抢了张本要送给九石山庄贾迎风的地图，顶着贾迎风的名过来了。这里的人十有八九是收了角丽谯的信函，说能在此地打开龙王棺的人，能与她有夜宴之缘，于是蜂拥而来。我将接到信函之人聚在一起，刚来的时候，本要从紫岚堂进入，但紫岚堂机关遍布，主人避而不见，三次尝试失败，这才转入水道。"

"角丽谯的信函？"方多病忍不住道，"这里面一定有鬼，女妖挑拨这许多人到这鬼地方挖坑，绝对没好事，这些人都给鬼迷了心窍？堂堂鱼龙牛马帮角帮主的信也敢接，她的约也敢赴？"

傅衡阳朗朗一笑："如何不敢？"

方多病被他呛了口气，若是角丽谯下帖给傅衡阳，他自是敢去，非但敢去，还必定穿金戴银地去，说不定他这次抢了贾迎风的信，就是因为角丽谯居然忘了给他这位江湖俊彦发请帖……

李莲花却道："角大帮主的确美得很，接了她的信来赴约，那也没什么。"

赴约赴到在别人的房子下挖了个十数丈的大坑，这也叫"那也没什么"？方多病望天翻了个白眼："然后你们进来了就在这里挖坑，别的啥事也没做？"

傅衡阳颔首："此地危险，当先进入的几人触摸到洞壁上的毒菇，神志疯狂，水塘中仍然有蛇，我等也无意和紫岚堂的主人作对，所以都在此地挖掘，寻找龙王棺。但是昨日你们打破洞穴之顶，推落机关暗器，声响巨大，这里人人都听见了。"

他说得淡定，方多病却已变了颜色："你们没动紫岚堂的主人，那死在紫岚堂中的人又是谁？"

傅衡阳一怔："死在紫岚堂中的人？"

展云飞淡淡地道："嗯。"

他"嗯"得简单，方多病已是一连串地道："我们是昨天黄昏时分抵达青竹山，山上雾气很重，莫名其妙地看见竹林中有灯光，"他指了指头顶，"想借宿就进了紫岚堂，结果紫岚堂里不见半个活人，只有四个死人。"

傅衡阳微微变色："死人？我等是两日前试图进入紫岚堂，只因这溶洞的入口就在紫岚堂内，结果受主人阻挠未能进入，那时候并未见到其他人在院内。"

方多病道："四个衣着打扮、年龄身材都完全不同的死人，根据死……李莲花所说，他进去的时候，这些人并没死，但是在一盏茶时间内，那四个人竟然一起无声无息地断了气。"

傅衡阳沉声道："前日我等潜入紫岚堂，那主人虽然不允我等进入院内，却也不曾下杀手，否则我等早已伤亡惨重，如果那四人只是为龙王棺而来，紫岚堂的主人不会下杀手，他守在此地，早已见得多了。"他抬起头来，"他为何要杀人？"

方多病白了他一眼，他怎知那人为何要杀人？

"后来外面的毒雾逼人，我们钻进客房，结果木床里面都是会咬人的蚂蚁，外面滚进来一个会乱发暗器的怪东西，那紫岚堂的主人还在外面向我们射箭，害得我们在地上打洞躲避，一打洞就掉了下来。"后来发生的事实在古怪，饶是方多病伶牙俐齿也是说得颠三倒四，他长长吐出一口气，"原来上面四个死人不是你们一伙的，甚至很可能不是为了龙王棺来的？"

"紫岚堂的主人对我们放箭，是误以为我们和那四个死人是同道。"李莲花道，"那四人不知做了什么，能把他逼出紫岚堂，又把他气得发疯，非要把我们这些'同道'杀死不可。"

方多病哼了一声："有胆子你回去问问。"

傅衡阳却点了点头："不错，在我等不知情的时候，紫岚堂中必定发生了大事。"

展云飞缓缓地道："但那主人并没有死，我等既然和那四人并非同道，误会消除，自然就能问清楚发生了何事。"

站得远远的李莲花喃喃地说了句什么，傅衡阳沉吟："紫岚堂的事或许和龙王棺的事并不关联，虽然紫岚堂发生变故，但是底下毫无异状。"

展云飞点了点头，傅衡阳又道："我们也动手挖土，以免惹人生疑。"

李莲花早已站在一处角落漫不经心地挖土，一边动手一边发呆。方多病对那"龙王棺"也很好奇，不住在眼前的黄土堆里东挖西挖，只盼挖出什么稀罕东西来瞧瞧，但挖来挖去，除了黄土就是黄土，什么都没有。

挖了一会儿，李莲花喃喃地问："不知那龙王棺生的什么模样……"

他还没说完，只听白玥一声震喝："什么人？！"

众人倏然无声，一起静默，只听十来丈的坑顶上一阵轻轻的铁链拖地之声慢慢经过，叮当作响，自东而来，由西而去，十分清晰。

但大家都在坑底，仰头看去，除了洞顶那星星一般的晶石，却不见任何人影。

又过片刻，那铁链声又叮当自西而来，极慢极慢地向东而去。

坑底众人面面相觑，不禁都变了颜色，在底下挖掘两日，谁也不曾遇见这种事，这溶洞里难道还有别人？上面拖着铁链走来走去的是什么人，是敌是友？为何不现身？

铁链之声慢慢远去。如果有敌人出现，坑底都是热血少年，大不了拔剑相向，但最终却什么都不曾出现。

奇异的铁链之声，给偌大的坑洞蒙上了一层诡异之色。

这传说藏有龙王棺的溶洞之中，当真什么都没有吗？

白玥转过头来，另一位留着光头却穿着件儒衫的少年低声道："我去瞧瞧。"

傅衡阳道："且慢！"

那光头少年道："我不怕死。"

傅衡阳道："他已走远，静待时机。"

光头少年顿了顿，点了点头。

李莲花拍了拍手上的泥，眼见众人提心吊胆，一半心思在挖土，一半心思在仔细倾听哪里还有什么怪声，终于忍不住问傅衡阳："那龙王棺究竟是什么东西？"

傅衡阳怔了一怔："你不知道？"

李莲花歉然看着他："不知道。"

傅衡阳道："龙王棺，便是镇边大将军萧政的棺椁，当年他镇守边疆，蒙皇上御赐了许多宝物。"

方多病忍不住对自己身上那件衣裳多瞧了两眼，只听傅衡阳继续道："你们可知当年萧政赢珠甲被盗一案？"

李莲花连连点头。傅衡阳笑道："其实萧政当年被盗的东西远不止一件赢珠甲，只是赢珠甲此物后来现身珍宝宴，又被笛飞声所得，所以名声特别响亮而已。当年萧政被盗的是九件宝物，赢珠甲不过其中之一，但究竟是哪九件宝物，年代已久，又是悬案，倒是谁也不清楚。但和九件宝物一起失窃的还有一样东西，那就是萧政为自己准备的棺材。"

方多病也没听说过龙王棺的故事，奇道："棺材？还有人偷棺材？"

傅衡阳点了点头："萧政常年驻守边疆，早已为自己准备了棺材，他的棺材传说是黄杨所制，谁也不知那大盗是如何盗走棺材的，这已是不解之谜。"

方多病迷惑不解："盗宝也就算了，他费这么大力气偷棺材干什么？"

傅衡阳微微一笑："又过十年，萧政战死边疆，他是巫山人氏，出身贫寒，无亲无故，朝廷本待他的尸身回京，将他厚葬，但萧政的遗体在路上就失踪了。"

方多病呛了一口："盗尸！"

傅衡阳大笑起来："不错，十年前盗宝，十年后盗尸，那偷棺材的人和偷尸体的人多半是同一个，这人想必不愿萧政葬在京城，故而一早把他的棺材偷走了。"

方多病苦笑："这……这算是朋友还是敌人？"

傅衡阳笑容渐歇："盗宝之人早已作古，但龙王棺还在，单是一件赢珠甲就已令世人向往不已，那余下的八件珍宝不知是什么模样——你当这许多人全都是为了角丽谯的美色而来？龙王棺中的秘藏以'价值连城'称，绝不夸张……"

"角丽谯的地图便是说明那失踪不见的龙王棺就在这里？"李莲花喃喃地道，"但这里却是个水坑……"他晃了晃脑袋，"傅公子，我觉得这个坑已经挖得太深，那上面若是有人，把黄土震塌下来，只怕我们都要遭殃。"

傅衡阳羽扇一动："我早已交代过了，底下的泥土运上去之后，全数夯实，上面的黄土坚若磐石，绝不会塌。"

李莲花不置可否，过了一会儿，他忍不住又道："那些触摸了毒菇之后，神志疯狂的人呢？"

傅衡阳颇为意外，凝思片刻，断然道："他们走失了。"

李莲花吓了一跳："一个都没有回来？"

傅衡阳道："没有。"

他目光炯炯地看着李莲花："你可是有什么话想说？"

李莲花被他看得毛骨悚然，往东一指："我只是在刚进来的时候，看见过有人。"

傅衡阳仍然牢牢地盯着他，盯了好一会儿："那说明他们没死，很好。"

很好？李莲花叹了口气，展云飞却突然插了一句："你将他们放出去探路？"

傅衡阳哈哈一笑，竟不否认："是又如何？"

方多病吃了一惊，脸色有些变。

傅衡阳泰然自若："此地危机四伏，角丽谯既然下帖相约，岂会毫无准备？他们贪财好色而来，又神志尽失，我放他们出去探路有何不可？"

"你——"方多病勃然大怒，"你草菅人命，那些人就算疯了也不一定没救，那是人命又不是野狗，就算是野狗也是条命，你怎么能放他们去探路？"

傅衡阳却越发潇洒："至少我现在知道，最少有一条路，没有危险。"

方多病怔了怔，傅衡阳淡淡地道："你心里要是不高兴，我下面说的话你可以当作放屁。我放了十五人出去，你们却只瞧见一人，剩下那十四人呢？"他仰天一笑，"约莫都迷路了吧。"

方多病骇然，和展云飞面面相觑，十五人出去了，但那些通道里绝不可能当真有十五个人在。

毒菇只生长在洞顶通风之处，蛇群只在水里。

那十四个人……

究竟遇见了什么？

就在方多病骇然之际，那阵轻飘飘的铁链拖地之声又响了起来。

【 五　虚无的铁链 】

土坑底下再度鸦雀无声，方才说要上去的光头少年纵身而起，在土坑壁上一借力，居然是南少林"九座听风"身法，这果然是个和尚。

然而坑顶上什么都没有，只有一条漫长的铁链，贴地轻轻地往前拖着。

那拖着铁链的人竟然并不在坑顶上。

光头少年呆呆地看着那幽灵般往前移动的铁链，拔刀砍去，那铁链却是丝毫不损，依然慢慢向前而去。这条极长的铁链自东而来，向西而去，消失在古怪的通道之中。他浑然不解，跃回坑底，向白玿和傅衡阳将上边的情形讲了。

"没有人？"傅衡阳也是颇为意外，"只有一条铁链？"

光头少年点头。

方多病莫名其妙："只有铁链？"

李莲花抬起头来，喃喃地道："铁链？"他看着坑道里那飘摇的灯火，火把的火焰很直，插在洞壁上照得人眉目俱明。随着空空荡荡的铁链声过去，隐隐约约在极远的地方，有轱辘转动之声，仿佛有轮椅之类的东西在移动，却又似是而非。

正在这个时候,"当"的一声,白珩的手下有人在墙上挖到了东西,顿时欣喜若狂:"少爷!我找到了!我找到了!龙王棺!"

傅衡阳几人一起望去,只见众人已经瞬间挤在一起,拼命向那藏有异物的一角挖去。有刀有剑的纷纷向那坚硬的异物砍下,心下均盼这龙王棺被自己一刀劈开,那其中的宝藏和貌美如花的角丽谯可都是自己的了。一时间只见剑气如虹刀光似雪,光芒万丈瑞气千条向那异物直击而去。众人联手骤见竟有这等威势,均情不自禁浑身血液都沸腾了起来。

"且慢!"

剑气刀光之中人影一闪,有人道:"砍不得!"

谁也没想到在这要命的时刻会有人突然冲进去,皆是大吃一惊,然而手上功夫不到,一刀砍下却收不回来,眼见这人就要被数十把刀剑瞬间分尸,三道人影闪入,但听"叮叮当当"一阵乱响,间杂呜呼哀哉之声,那数十把刀剑蓦地脱手飞出,钉了整个坑洞满墙。

白珩的细刀还在手里,一刀受阻,自觉受了奇耻大辱,瞪着那挡在前面的人,整个人都愤怒得快要烧了起来。

那闯入人群大叫"且慢"的人正是李莲花。

为他挡刀挡剑的自然便是方多病、展云飞、傅衡阳三人。李莲花突然闯入阵中,他们三人莫名其妙,不及细想便跟着冲了进去,施展浑身解数将砍落的兵器一一架开,等挡完之后,三人一起看向李莲花,都是一脸疑惑。

李莲花挡在泥土中露出的那块异物前面,在众目睽睽之下,他将异物旁的黄土剥了一块下来,随后又是一块。

那埋在土里的东西渐渐显了形状,火光之下光芒闪烁,却并不是口棺材,而是一根铁条。

铁条?

众人面面相觑,李莲花从地上拾了把刀起来,在铁条旁挖了两下,"当"的一声,刀尖碰到硬物,居然在铁条之旁还有一块铁板。

"这是……"傅衡阳抄起另一把刀,快速刮去铁板旁的黄泥,在明亮的火光之中,众人眼前赫然出现的是一块巨大的铁板,铁板之外十二铁棍整齐罗列,那阵势宛若铁板之中封住了什么妖魔邪兽。

白珩茫然地看着这被人从深达十数丈的地下挖出来的钢板:"这是什么东西?"

傅衡阳笑道:"不论它是什么,总之它不是龙王棺。"他盯着李莲花,从容地微笑，仿佛方才李莲花闯入的时候大吃一惊的不是他一样，"李先生如何知晓这黄土中的并不是龙王棺，又是为何砍不得？"他问得轻松，那眼中的神色便如逮了老鼠的猫儿，那老鼠已万万不能逃脱。

李莲花缩了缩脖子，众目睽睽之下，他要抵赖也无从赖起，只得干笑一声："因为……龙王棺不在这里。"

白玚变了脸色，厉声道："你知道龙王棺在哪里？你——"

他一句话还没说完，那铁板之内"砰"的一声骤然响起，那坚若磐石的钢板上居然出现一块拳头大小的凸起，一阵如狮吼虎啸的声音从钢板内传来，沙哑阴邪的嘶吼，仿佛自地狱中传来。白玚的话顿住，众人从头到脚起了一阵鸡皮疙瘩，这钢板里面竟然有活物，是什么东西？妖……妖魔鬼怪吗？

"砰"的一声之后，那钢板上砰砰之声不断，很快便凸起一片。众人茫然相顾，照这样下去，这钢板再坚韧也会被打穿，怎么办？

"贾兄！"白玚忍不住叫道，"这里面是什么东西？"

傅衡阳怔了一怔，答不出来，他怎知这地下挖出来的是什么东西？但见嘶吼之声越来越强，他素来胆大，此时眼见情势已经岌岌可危，钢板后不知要钻出什么怪物，一股寒气自心底涌出，头脑竟有些乱了。

李莲花从钢板前远远逃开，溜到他身后低声道："贾兄！上坑顶，拉铁链！快！"

傅衡阳悚然一惊，方寸已乱之下，不假思索纵身而起，李莲花随他跃起。两人奔上坑顶，那铁链还在移动，李莲花抓住铁链，向着它移去的方向用力扯动。傅衡阳学他拉住，两人发力一扯，只听辘轳之声大作，几块沙砾自远方滚来，"咯啦咯啦"，一个巨物自一处通道滚了出来，来势甚快，轰然落下坑中！

巨物落下，疾风刮过，傅衡阳大吃一惊，坑下许多人命，这东西如此巨大，落了下去，下面还有人活命吗？低头一看，却见一个宽达丈许的铁球被铁链系着，摇摇晃晃地悬在半空。坑底的少年面无人色，毕竟骤然看到一个巨大的铁球从天而降，对谁都是莫大的冲击。

傅衡阳全身汗出如浆，心跳异常快，抓着铁链的双手都在颤抖，李莲花却对着坑底大喊："贾兄有令，底下的铁笼再有动静，马上将它埋了！"

埋了？包括"贾兄"在内，坑上坑下数十人都很茫然，这从天而降的是一颗铁球，如何能把那钢板"埋了"？

却听铁笼中"咯咯咯"传来一阵沙哑遥远的怪笑："哈哈哈哈……哈哈哈哈……'琵公子'，算你又赢了一次，老子落在你手里，不辱'炎帝白王'之名……哈哈哈哈……不过总有一天我会出去，亲手剥你的皮断你的骨，将你的人头放在火中慢慢地烤……"

这话声之狂妄魔邪，让人闻之色变。白珩一听"炎帝白王"之名，脸上的血色褪了个干净，全身竟忍不住瑟瑟发抖。方多病大吃一惊，展云飞足尖一挑，自地上挑了柄剑握在手中，全身戒备。

"炎帝白王"是金鸳盟座下三王之一，武功之高据传不在笛飞声之下，只是他在四顾门攻破金鸳盟的第一战中就败于李相夷与肖紫衿联手，很快销声匿迹，却不知竟然是被禁锢在此。这人乃是一代魔头，若是让他脱困而出，大家势必一起死在他手下。但他口中所称的"琵公子"大家却都不知是谁，这位"琵公子"竟能将"炎帝白王"困在地底十来年，不知又是怎样了不得的人物。

傅衡阳全身衣裳为冷汗湿透，"炎帝白王"……这十数丈土坑之中的钢板之后，竟然是"炎帝白王"，方才若不是李莲花阻拦，众人将钢板砍断，后果不堪设想。他看了李莲花一眼，却见李莲花趴在坑边看那大铁球，对着坑下喊："开铁球，开铁球！"

坑底众人惊魂未定，虽见一个大铁球在头顶摇晃，却不知要如何"开"。"炎帝白王"纵声狂笑，"当"的一声巨响，那钢板裂了条缝隙，已隐约可见钢板内有灯火。

危急之时，展云飞拔剑而起，在半空对着铁球一剑斩落，只听剑开铁器铮然一声，铁球中的黄土轰然落下，又将钢板严严实实地埋了起来。展云飞落身黄泥之上，方多病抢身上去，大叫："夯实，压住！别让他出来了！"

坑里众人一拥而上，拾起兵器又拍又打又踩，把那黄土压得犹如石块一般，隐约还可听见底下撞击之声，但要撞破钢板挖开夯土出来，已很困难。

大家面面相觑，无不出了一身冷汗。

傅衡阳手里紧紧拽着铁链，眼见李莲花从坑边爬了起来，左拍右拍，忙着拍掉身上的尘土，他嘴角牵动了一下："你怎知底下埋的是'炎帝白王'？你又怎知拉动铁链会引出藏土铁球？你……"

李莲花转过身来微微一笑："我不知道。"

傅衡阳眉头耸动："你说什么？"

李莲花歉然道："我不知道这底下埋的是'炎帝白王'，也不知道拉动铁链会扯出一个大铁球，更不知道铁球里面藏着许多黄土……"

傅衡阳冷哼一声："胡说八道！你若不知道地下埋着'炎帝白王'，为何阻拦大家砍断钢板?"

李莲花温和地道:"阻拦大家砍断钢板,是因为我知道龙王棺并不在地下。"

傅衡阳沉默了一阵,脸上蓦地见了笑容:"李楼主果然非池中之物,傅衡阳甘拜下风,虚心求教。"

"不敢、不敢,惭愧、惭愧。"李莲花对傅衡阳的"甘拜下风,虚心求教"受宠若惊,"我只是不在局中,旁观者清而已。"

傅衡阳何等机敏:"局?角丽谯布了个局,莫非她发帖传信邀请各地少侠前来寻找龙王棺,用心不只在收服面首,亦不在令这些少年自相残杀,而在其他?"

李莲花咳了一声:"傅少……军师……"他想傅衡阳多半比较喜欢人家称呼他"军师",果然傅衡阳的脸色不自觉地缓了,他继续道:"近来应在忙碌'佛彼白石'座下一百八十八牢被破之事,传闻许多大奸大恶之徒重见天日,这事出自角大帮主手笔,让百川院最近很受非议。"

傅衡阳道:"不错。"这事他不但知道,还知晓其中许多细节,但不知李莲花突然扯到这件事上是什么道理。

李莲花道:"这事说明鱼龙牛马帮最近在针对百川院采取行动,顶风破牢的意图很明显。"

傅衡阳又道:"不错。但这和龙王棺有何关系?"

李莲花的语气越发温和:"角丽谯给诸位少侠发了信函,邀请他们到此地寻找龙王棺,画了地图,表示那宝藏就在此地。"

傅衡阳领首,李莲花却又道:"而我等三人却是因为迷路,从山林里兜兜转转,误入此地。"

傅衡阳皱起眉头:"不错。"

李莲花道:"那紫岚堂的主人见到你等英雄少年,只是避而不见,并没有下杀手;而见到我等三人,非但狠下杀手,还赶尽杀绝,这是为什么?"

傅衡阳道:"因为紫岚堂发生变故,他误以为你们和他的敌人是同伙。"

李莲花微笑:"嗯……这说明两件事。其一,紫岚堂的主人不在乎你们寻找龙王棺,但他不许你们自紫岚堂的入口进入溶洞;其二,你们另寻他法进入溶洞以后,他受人袭击,被逼出了紫岚堂。这是为什么?"

傅衡阳并不笨:"如果这两件事真有联系,那就是说——有人不希望他干扰我们寻宝。"

李莲花欣然道:"不错,紫岚堂是一处四处遍布机关的庭院,这里是荒山野岭,除了一个据说藏有龙王棺的溶洞什么都没有,那紫岚堂的主人住在这里干什么?他将房子建在溶洞之上,溶洞的入口在他家院子里,这不能说只是巧合,很可能——他在看守这个溶洞。"

傅衡阳却摇头:"这说不通,如果紫岚堂的主人是为了看守龙王棺而住在此地,那么我们为龙王棺而来,他为何却无动于衷?"

李莲花柔声道:"那是因为他看守的并不是龙王棺。"

此言一出,傅衡阳心中骤然如白昼雪亮,他已明白他误解了什么,他是在何处被角丽谯的局圈住,自此再也看不清真相!

"原来——"他突然纵声狂笑起来,"原来如此!角丽谯名不虚传,是我小看了她!是我的错!我错了!哈哈哈哈……"

李莲花有些敬畏地看着他狂笑。

"嗯……"傅衡阳狂笑一收,"但即使知道他只是看守溶洞,你又如何能猜到龙王棺不在地下?"

李莲花呛了口气,差点噎死,他听这位军师一番狂笑,只当他已经全盘想通,原来……原来其实他并没有想通,只得继续循循善诱:"这个……龙王棺的事和这个全然……那个不相干。你想,他看守的是溶洞,说明溶洞里应当有些东西,值得有人造了这么个庭院,并长年累月住在这里看守。而角丽谯画了地图请你们来找一副棺材,然后在这个时候,是鱼龙牛马帮和百川院争斗得很激烈的时候,一方要破牢,一方要守牢,百川院把鱼龙牛马帮的行踪盯得很死,说不定其中也有军师你的功劳,所以……嗯……所以了……"他很期待地看着傅衡阳。

傅衡阳想了好一会儿,反问:"所以?"

李莲花呆呆地看着他,傅衡阳等了一会儿,不见他继续,又问:"所以?"

李莲花"啊"了一声,如梦初醒,继续道:"她叫你们来寻宝挖棺材,自然是暗示你们在这溶洞里挖东西;紫岚堂的主人开始没有阻拦你们,是因为他对你们没有恶意,且他知道龙王棺在哪里,一旦他发现其实你们并不知道,他就会出手阻拦你们挖坑,这就是他遇袭的原因。龙王棺并不在地下,角丽谯却暗示你们到这里挖土,那土里的东西是什么?"他叹了口气,"鱼龙牛马帮现在想做的事是什么?是破那一百八十八牢,不是抛绣球出题目比武招亲啊……"

傅衡阳失声道:"你是说——这下面不是龙王棺,而是百川院的一百八十八牢之一?"

李莲花歉然看着他:"我本来只是这样猜,但既然下面有'炎帝白王',那可能真的是……"

傅衡阳越想越惊:"如此说来,紫岚堂主人是百川院的人,他和新四顾门是友非敌,和断壁一刀门也是盟友,难怪他不对我们下杀手;角丽谯挑拨大家在不知情的情况下破开牢房,放出'炎帝白王',事情一旦发生,纵然我们不死,百川院也无法苛责我们;而若是紫岚堂主人为守牢伤了我们,百川院就和江湖各路势力结下了梁子。角丽谯这是一石二鸟之计,甚至事情不成她也没有半点损失。"

李莲花欣然道:"军师真是聪明绝顶。"

傅衡阳一怔,脑中思路骤然打断,过了一会儿道:"纵然猜到紫岚堂主人守卫此地,你又怎知拉动铁链就能阻止'炎帝白王'破牢而出?"

"从昨夜开始,我一直听到辘轳声和铁链声。"李莲花道,"紫岚堂主人精于机关,他既然能一人守住一牢,必定倚仗机关之力。从昨天我们跳下溶洞到现在,他以为我们是死人的同道,是为了破牢而来,他却没有动静,唯一的动静就是这铁链之声。刚才事到临头,我只能冒险猜这唯一的铁链和辘轳之声,就是守牢的关键……"他干笑了一下,"我也不知道会扯出个大铁球来。"

傅衡阳皱眉:"那黄土呢,你怎知铁球里有黄土?"

李莲花指指地下:"这是个十几丈的深坑,就算十丈中有五丈是堆土堆出来的,实际挖下去的只有七八丈,但挖出来的全是黄土,只有黄土没有别的,甚至连石块都很少,没有虫蚁,泥土的质地也很均匀。既然'炎帝白王'在下面,这些黄土肯定不是天然生成,应该是后来推下去的,那么当年是用什么东西运土的?那铁链扯出来一个铁球,这铁球要是实心,掉下去必然砸坏钢板,可能压住'炎帝白王',也可能将钢板和铁条砸坏,反而放他出来。方才情况危急,我既然已经赌了一把没输,那不妨再赌一把——这铁球是个运送黄土的工具,球形是为了在弯曲的通道中滚动自如,它内有黄土可以埋住地牢,"他微微一笑,"结果赢了。"

傅衡阳很久没有说话,蓦地将手里的铁链往地下一掷,铁链发出"当"的一声巨响,他笑了起来:"你的运气真不错。"随即仰起头来,"'琵公子',你都听见了吧?出来吧!在下四顾门傅衡阳,对先生绝无恶意,此间还有许多事要先生解释,请现身一见!"

他这句话运了真气,坑底白玿等人又变了脸色,原来那风流倜傥的"贾迎风"竟是四顾门的军师,莫怪一路上大家能逢凶化吉,但傅衡阳既然接了信函,却为何要假冒他人身份?地下埋的是"炎帝白王",那龙王棺又在哪里?

铁链之声又轻轻地响了起来,挂住铁球的铁链慢慢移动,辘轳声响,随着铁链的移动,一座轮椅慢慢移了过来,轮椅上坐着一位黑衣书生,远远看去,眉目俊秀,年纪虽然不小,却仍有潇洒飘逸之态。只听他咳了两声,缓缓地道:"自古英雄出少年,年轻人,你很会猜,也确实……喀喀……运气很好……"

李莲花温和地看着他:"前辈伤得如何?"

"琵公子"笑了笑:"你知道我受了伤?"

李莲花道:"前辈用以撞破墙壁,攻击我们的铁器是咸日辇的残骸吧?那四个人拥有一座咸日辇,故而能攻入紫岚堂中。咸日辇的车轮受一式剑招所损,再难移动。那剑招为'剑走八方',挽起的剑气能将咸日辇的两个车轮一起削成八角之形,前辈剑气纵横开阔,非常惊人,那一场打斗必然激烈。"

"琵公子"微笑:"哦?"

李莲花又道:"前辈毁了咸日辇,却身受重伤,不得不撤出紫岚堂。恰逢外面大雾迷离,前辈伤后不忿,便在雾中下毒,将那四个恶徒困在屋内。结果在这个时候,我等三人误打误撞进了紫岚堂,前辈以为我们乃是援兵,于是下了杀手。"李莲花看着"琵公子","前辈启动机关,毒死了四名恶徒,但是我所住的客房却是为了掩饰溶洞入口而另外搭建的,墙壁无砖,只有一层泥灰,并没有毒气孔道,所以我们侥幸未死。前辈心急地牢安危,只当我们知道溶洞入口就在房中,于是推落院后假山上的咸日辇,打开它全部机关,让它撞墙而入,但咸日辇虽然暗器厉害,我们却依然未死,前辈只得以强弩射箭杀人,最终把我们逼入了溶洞之中。"他给"琵公子"行了一礼,"一切皆是误会,前辈孤身守牢,浴血尽责,可敬可佩。"

"琵公子"笑了笑,咳了两声:"后生可畏。"他看了傅衡阳一眼,"此地乃是天下第六牢,溶洞之中囚禁有九名绝顶高手,'炎帝白王'不过其中之一。喀喀……这些人武功太高,要关押住他们只能将他们封入铁牢,埋于土中,否则他们总能想出办法破牢而出。所有的地牢都埋在地下深达数丈之处,但留有递送食物和饮水的通风暗道,暗道极小,他们绝无可能爬出。十几年来,此牢平安无事,喀喀……你们是第一批差一点破牢的人。"

傅衡阳一笑:"何不封住他们的武功?任他们天大的本事也爬不出来。"

"琵公子"道:"地牢无事可做,日夜相同,实是练功的绝妙之地,他们被关进去的时候大都武功被封,或经脉全废,但经过十几年的修炼,早已复原或更胜从前。"他长长地吐出一口气,"一百八十八牢绝不可破,否则必将天下大乱。"他说得虽简单,却陡生浩然之气。

李莲花自然是连连点头,傅衡阳不禁也微微颔首,他想起一事:"此地为天下第六牢，只有先生一人看守，何等隐秘，角丽谯却怎么知道？"

"琵公子"道："这个……你若有心做一件事，那件事你必会做成，这并不奇怪。"

傅衡阳扬起眉头："何解？"

"如果角丽谯这十几年来一直暗中收集情报，她自然能知道江湖上哪些地方有古怪，就如我这里……十几年前我就知道此地必会泄露，在竹林中建这处房屋委实太不自然，我一个人居住，却消耗了十倍的粮食和什物……又如幕阜山那里……""琵公子"莞尔一笑，缓缓地道，"幕阜山那里虽然只有五人，但那'天外魔星'不吃米饭，他以红豆为主食，这也是个易查的线索。只要对被困地牢的人有足够的了解，寻找到地牢下落，并不是不可能的事。"

傅衡阳哈哈一笑："不错，但这也不能说明角丽谯没有得到一百八十八牢的地形图。"

"琵公子"颔首，抬头看了李莲花一眼："但在我心中，地形图是永远不会泄露的。"

李莲花报以微笑："在我心中，那地形图也是永远不会泄露的。"

"琵公子"莞尔："那些误中毒菇的少年，已在紫岚堂休息，一个时辰之后，你们可在山外接人。"言罢，也不知他用了什么机关，铁链一路牵动轮椅，慢慢地转身远去。

"'琵公子'，江湖上从不曾听过这个名字。"傅衡阳眯眼看着黑衣书生的背影，"这绝不是他的真名，他的脸上戴着人皮面具，他甚至不肯站立起来，让我们看见他的身形。"

李莲花温和地道："他孤身苦守在此十几年，若是碌碌无为也就罢了，他偏偏是惊才绝艳……那是何等寂寞。"

傅衡阳微微一怔，只听李莲花道："你不该怀疑他。"

此言入耳，他本觉自己该发怒，心头却陡然苍凉。

"琵公子"的声音听来并不苍老，遥想十几年前，他以青春之年，惊世之才，就此自闭青竹山，只为江湖固守这九名囚徒。十几年光阴似水，天下不知有"琵公子"，不知深山碧水中的精妙机关、绝世剑招，不知有人为江湖之义，可将一生轻掷之。

赴汤蹈火易，而苦守很难。

李莲花望着"琵公子"离去的背影，目中充满敬意。

六　龙王棺

"炎帝白王"又被埋回了地下。

傅衡阳指挥众人将挖出的黄土重新填了回去，将那魔头严严实实地压在下面。白珩自从知晓他并非贾迎风，而是傅衡阳，那张脸就阴沉得宛若傅衡阳欠了他几十万两银子。其他各人见识了傅军师的聪明绝顶之后，对角丽谯已是断了大半念想，更是噤若寒蝉，不敢有半点不满。一群人中，只有方多病问道："既然地下埋的是江湖魔头，那藏着宝藏的龙王棺在哪里？"

此言一出，众人的目光又亮了，炯炯地看着傅衡阳。

傅衡阳一怔，他从来就不知道龙王棺究竟在哪里，李莲花不住地说龙王棺不在地下，又说龙王棺与地牢并没有什么关系，那龙王棺究竟在哪里？

幸好李莲花正是傅衡阳知己，只见他温文尔雅地微笑："龙王棺啊，龙王棺不在地下，它在那里。"他指了指头顶。

众人一起抬头，却不见任何棺材的影子，方多病大怒："龙王棺不在地下，难道还在天上？上面什么都没有，你耍猪啊？"

李莲花慢吞吞地咳嗽一声："你可曾去过巫山？"

方多病莫名其妙："什么？"

李莲花耐心地道："镇边大将军萧政，他是巫山人氏。"

方多病道："放……"他蓦地想起自己现在是"方氏"儒雅俊美的方公子，硬生生把那个"屁"字吞入肚中，"本公子去巫山的时候，你也在旁，你难道忘了？"

李莲花"啊"了一声，歉然道："原来如此……我最近记性不大好。萧政是巫山人氏，他的棺材用的是黄杨木，黄杨木是种生长极慢的木材，要用黄杨木做一具棺木，能把一个大活……哦不，一个死人放进去，那几乎是不可能的。所以——"他露出微笑，"所以萧将军的棺材并不是大家想象中那种雕刻精美棺外套椁的巨大棺木，而是一个盒子。"

"盒子？"众人异口同声地问，"什么盒子？"

李莲花比画了一个一尺来宽、两尺来长的形状："巫山有一种习俗，名门望族去世之后，以悬棺葬之。"

方多病蓦然想起，失声道："悬棺！"

李莲花微笑："不错，这种小小的盒子样的棺材，是一种特殊的悬棺，以黄杨制成，可保尸骨千年不坏。"他抬起头来，"既然是悬棺，那么自然不会在土里。"

　　这就是为什么他三番两次说龙王棺不在地下。傅衡阳恨得牙痒痒，这人分明早就想到龙王棺乃是悬棺，却偏偏不说，害得大家无头苍蝇一般在地下乱挖，可谓可恶至极！

　　众人一听说龙王棺应该悬在空中，不由得轰然一声，又分头寻觅去了。

　　李莲花施施然看着方多病："你可也要去寻宝？"

　　方多病"呸"了一声："宝贝老子家里多得很，现在老子只想出去换件衣服，叫你把这身死人的衣服早早领回去，谁管那死人棺材到底藏在哪里。"

　　李莲花在他耳边悄悄地道："你若想和角大帮主有夜宴之缘，那'琵公子'绝对知道龙王棺在哪里，我可以介绍你认识……"

　　方多病大惊："老子还没活够，你少来触我霉头，女妖退散，晦气、晦气！"

　　展云飞站在一旁，仰头望了望顶上璀璨的晶石，耳听众人寻宝议论之声，长长吐出一口气之后，觉得自己还是颇为想念在蕲家花园里所见的星光和花草。

　　江湖风波恶，庆幸的是，他虽孤身一人，却从不寂寞。

　　从溶洞里钻出来之后，三人连夜赶路前往幕阜山，然而幕阜山下纪汉佛却已寻到"天外魔星"，两人大战一场，据说纪汉佛砍了"天外魔星"的鼻子，重又将其关入地牢。这等精彩大事方多病竟没赶上，不由得大恨。

第十二章　食狩村

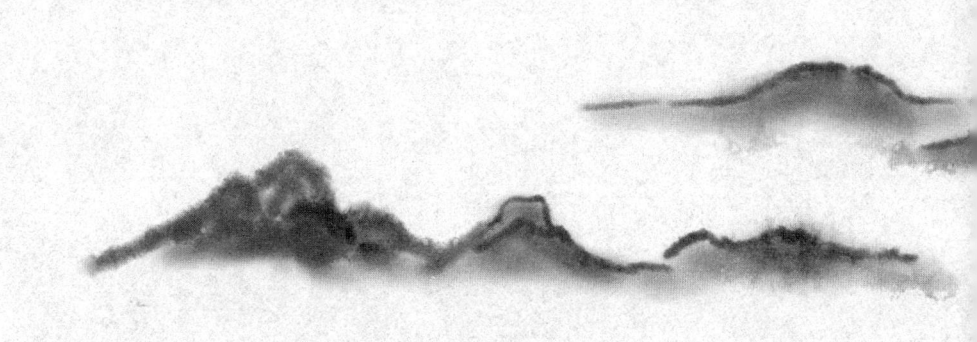

一　骷髅湖

晚霞如醉，天空浓蓝，乱石如林，花如美人。菊花山山高数百丈，山顶在冬季有雪，此时却是初夏，景致艳丽，若是到了秋季，满山金菊，煞是灿烂华美，世所罕见，可惜这地儿前不着村后不着店，说出名字十个人有九个没听说过，虽有美景，却是无人欣赏。

陆剑池青衫佩剑，正在菊花山上信步而行，他是武当白木道人的二弟子，苦修十余年方才下山，如今行走江湖不过数月，因为师父的名声，他在江湖上已小有名气。明日他与昆仑派"乾坤如意手"金有道约战八荒混元湖，以他的脚程，徐徐看过这片美景，明日午时到八荒混元湖不成问题，于是陆剑池走得很随意，步履轻快。

山上草木青翠，菊花山顶上有个清澈澄净的湖泊，湖边紧邻悬崖，若非几块大石挡住，或许这湖泊早已成了瀑布。陆剑池行至池边，只见湖水清澈至极，水汽氤氲，颇见清凉，他伸手探入水中，湖水之凉远在他意料之外，忍不住一掬而起，便想饮用。

"咯啦"一声微响，一颗石子自他身后滚过，陆剑池微微一惊，蓦然回身，只见身后乱石丛中，有人探出头来，见他目光凌厉，似乎是有些畏惧，又往里缩了缩头。

"那个……这位大侠……"

陆剑池见那人灰袍布履，相貌文雅，似乎是个穷困潦倒的读书人，心气一缓，道："在下陆剑池，敢问阁下何人？可也是同观此片山水的有缘人？"

那人摇了摇头，忽而忙又连连点头："正是正是，正是同观山水的有缘人，这位大侠，那水最好别喝……"

陆剑池一怔，情不自禁又看了那湖水一眼，湖水实在清凉动人，不由得问："怎么？这水中有……"

那人自乱石丛中站了起来，陆剑池但见其人衣裳破而皆补，灰袍旧而不脏，虽然衣冠并非楚楚，却也是斯文之人，只听他道："那个……那个水中有好多……骷髅……"

"骷髅？"陆剑池讶然，这里杳无人烟，哪里来的骷髅？他定睛往水中望去，只见清波之下，一片卵石，何处来的骷髅？

那人见他疑惑，又指指水中："许许多多死人……成百上千的死人……"

陆剑池越发惊讶，走近湖边，越发努力去看那湖底，但见水清无鱼，的的确确没有什么骷髅，蓦地想起莫非他说的并非指湖底——他目光一掠湖面，顿时大吃一惊，只见不大的一片湖面之上，倒映着不计其数的骷髅头像，成百上千双黑黝黝的骷髅眼睛在水面飘荡，随着波光闪烁着诡异的光彩，如纷纷张口呼呐一般。

"这……哪里来的倒影？"陆剑池抬头四望，只见湖边耸立的块块巨石之上，隐隐约约有许多凹凸不平的花纹，众多大大小小的窟窿眼儿遍布石上，正是这些窟窿倒映在水面，产生了千百骷髅头倒影的奇景。

"原来如此，此种天生奇景，倒真让人吓了一跳。"他顿时释然，"这位兄弟如何称呼？这些倒影只是石壁阴影之幻景，并非真实，切莫害怕，乃是天生奇景，世所罕见。"

那灰袍人长长吐出一口气，也不知是松了口气，还是越发紧张："我姓李……那个……"

陆剑池欣然道："原来是李那哥李兄，幸会、幸会。"

那灰衣人呛了口气，咳嗽了几声："好说好说，那……"他顿了顿，不知突然想到了些什么，硬生生把到嘴边的一句话改为"那太阳快要下山了"。

陆剑池微笑道："不错，天色已晚，李兄似乎并非武林中人？暮色已浓，为何在此停驻？"

灰衣人"李那哥"的目光仍在那山壁和湖水中打量，他惭愧地道："我本想拔几棵蕹菜下面条，结果不小心迷路了……"

陆剑池道："不妨事，我带你下山。"

"李那哥"欣然同意。两人在天色全黑之前下了山，"李那哥"言道他刚刚搬来此地，房子就在山下不远处的一处村庄之内，陆剑池也正想找个地方落脚打尖，于是二人同往那村庄而去。

菊花山下的村庄只有寥寥十几户人家，山坳处坡缓草密，纵然是晚上也见长满了野菊花，几棵苍劲大树之下搭着几间房屋，村庄之外并无田地。这个地方地处山峦深处，土质不宜耕作，故而村里村外全是一派天然景象，十分怡人。

陆剑池和"李那哥"步入村庄，村里日落而眠，极少有人走动，只有两个皮肤黝黑的顽童蹲在家门口摸黑玩泥巴，惊奇地看了两人一眼，躲回家中。

在泥巴土墙搭起的房屋之旁，一幢两层高的木楼赫然与众不同。陆剑池凝目望去，只见此楼遍体刻有莲花图案，为风吹摇曳之形，心中一凛，这楼……

"李那哥"眼见他盯着自己的房子，忙道："这屋子不是我的。"

陆剑池走到门前，轻抚木楼之上的花纹："这楼好大的名气，吉祥纹莲花楼，武林第一神医李莲花之住所，李兄，你与那李神医同姓，莫非你就是……"

"李那哥"连连摇头："我对医术一窍不通，万万不是什么神医，这屋子也不是我的。我是……呃……那个李神医的亲戚，我是他同村的表房的邻居。李神医在附近山头寻到了一种稀世奇药，正在炼丹，你也知道李神医的医术天下闻名，听说他白天为人、夜里为鬼，有时候认识些蛇妖、女鬼，还有木石精怪……"

陆剑池洒脱一笑："传言未免言过其实，原来李神医山中炼丹，现在你暂住此屋，这可是武林中人人人只盼一见的奇楼。你和李莲花是旧识？"

"李那哥"仍是连连摇头："我和李神医也不大熟……只是住在这里而已。"他指指木楼之中，"可要进去坐坐？"

陆剑池微笑道："主人不在，还是免了，这里何处可以打尖？"

"李那哥"四处张望："我搬来这里不过几天，一向都在楼里做饭，客栈……好像村东有一家，不过这村里的人从来不去客栈吃饭，而且山里也很少有人来。"

陆剑池道："无妨，李兄如果不介意，和在下一同前去如何？"

"李那哥"欣然答允。

【 二　无尸客栈 】

小村的东面，是一处池塘，池塘之畔有一幢黑色小屋，和泥巴土墙屋并不相同，此屋却是以黑色砖块造就，绿色琉璃虎头瓦，红木大门，门上刻着八卦图。

天色虽暗，但在陆剑池眼中，那门上沉积数寸的尘土清晰可见。

"看来这里关门已久。"陆剑池道，"不过这客栈倒是奇怪。"他行走江湖虽不甚久，却从未见过门上雕八卦的客栈，何况黑色砖墙，绿色琉璃虎头瓦，这客栈建得坚固豪华，却为何落得关门谢客的地步？如果是因为客人太少，此地偏僻至极，人丁稀少，有谁会在这里投下许多金钱，建起这样一座坚固豪华的客栈？

"这里好像很久没有人住了。""李那哥"伸手叩门，只听"笃笃"两声，大门微微一晃，却是未锁。

"门内有动静。"陆剑池伸手轻推，大门缓缓打开，月光之下，只见门内老鼠"吱吱"叫着四处乱窜。黑暗之中，张张木质浑厚的桌椅仍旧摆在厅堂之中，桌椅的影子投在地上，依稀可以想象当年热闹的景象。

突然传来几声清脆的竹板敲击之声，陆剑池一抬头，只见客栈顶上悬挂着十来条三寸长的竹板，正随开门的微风轻轻相击，竹板上雕刻着笔画各异的同一个字，那就是"鬼"字。

夜风清凉，客栈大门洞开，风吹入门内，客栈桌椅上积尘飘散，扬起了一股尘雾，"李那哥"和陆剑池面面相觑，心中不免都是一股寒意悄悄涌了上来。

正在寂静之际，客栈破旧的门帘略略一飘，隐约可见门后墙上的斑点印记。

黑色的斑点印记，莫非是干涸的血迹？陆剑池按剑在手，潜运真力，缓缓往里踏入一步。

"李那哥"在他背后低低地道："陆大侠……何不白天再来……"

陆剑池轻轻"嘘"了一声，凝神静听，偌大的客栈之中一直有动静，却听不出来是不是人，好像有个沉重的东西在里面某处移动，移动得很轻微，也可能是衣橱、床铺因年久发出"咯啦"一声。他握剑在手，步履轻健，如猫儿般掠过大堂，以剑柄轻轻挑开那扇在风中轻飘的门帘。

"李那哥"本不欲进门，见他如此，犹豫半响，叹了口气，还是跟了进来。

两人凝目望去，只见通向客栈后院的那条走廊墙上，溅着数十点暗色斑点，形似血迹，仿佛曾有什么带血的东西对着墙壁挥过。

陆剑池是刀剑的大行家，心中忖道：这痕迹短而零乱，并非刀剑所留，但溅上的速度快极，如果真是血迹，这受伤的人恐怕难以活命。这古怪的客栈之中，究竟发生过什么离奇的故事？

"李那哥"凑近那墙壁看了一眼："这是什么？"

陆剑池闻声细看："这是……"只见墙上斑点之中黏着一小块褐色的硬物，陆剑池看了半响，不知所以。

"李那哥"喃喃地道："这好像是一块碎片。"

陆剑池点了点头："却不知是何物？"

"李那哥"瞧了他一眼，似乎觉得他甚是奇怪，欲言又止，又复叹了口气："不管这是什么斑点，总而言之……走廊里什么都没有。"

这走廊之中的确是空空荡荡，除了墙上数十处斑点，什么都没有。

陆剑池当先而行，通过走廊后是一个甚大的庭院，阴影迎面而来，却是院中两棵甚大的枯树，几丝微露的光线透过树杈而来，映在人身上就如一张巨大的蛛网。枯树之旁有一口水井，井上的吊桶完好无损。院中八扇大门，楼上四扇大门，一共十二个房间，楼上的第四扇门半开，仿佛已经这样开了很久。

"奇怪……这个地方人烟稀少，为什么会有这样一处客栈？十二个房间、花木庭院都是青砖碧瓦，绝非偶然能成。"陆剑池不得其解。

"李那哥"顺口道："说不定几年前这里住着很多人，比现在热闹十倍。"

陆剑池摇了摇头："若真是如此，这许多人哪里去了？而且既然是客栈，必然是人来人往，这里是大山深处，怎会有诸多行人？"

"李那哥"道："说不定许多年前这里就有许多行人……"

陆剑池又摇了摇头，仍旧觉得这客栈处处透着诡异："明日倒要寻些村民问问。"

他在院中绕行一周，未见异常，缓步走到第一扇门前，剑柄一推，门缓缓打开，一股浓重的霉味扑面而来，只见门内窗户半掩，纱幔垂地，桌椅板凳俱在，都积满了厚厚的灰尘。

"李那哥"往房中一探，顿时一呆，陆剑池大步走入房中，看着房中奇异的景象，饶是他一身武功，也有些寒毛直立。

房内床榻之前倒着一条板凳，屋梁上悬着一条灰色布条，布条上打着个死结。陆剑池伸手一扯那布条，虽然经过多年，布条仍很结实。"李那哥"跟在他身后，仰看那屋梁，陆剑池一纵而上，轻轻一拨那布条，只见梁上一道印痕——这条灰色布条吊过重物。难道在这房中，竟真的吊死过一人？他跃身下来，呆呆地出神，脑中千百疑惑，不知如何解答。

"李那哥"凝视那灰色布条，那布条虽然尽是灰尘，却并未生虫，原本的颜色似乎是白色，约莫是一条白绫，但看边缘剪刀之痕，却又似乎是从女子裙上剪下。如果这房中确实吊死过一个人，那尸体何在？如果是有人收殓了尸体，那为何不收这条白绫和地上这条板凳呢？

他转目看去，桌上镇纸尚压着一张碎纸。陆剑池取出火折子一晃，只见纸上留着几个字：夜……鬼出于四房，又窥妾窗……惊恐悚厉……仅……君……为盼……

"这似乎是一封遗书，或者是一页随记。"陆剑池眉头深蹙，这客栈中的情状大大出乎他意料之外，"看来吊死的是一个女子，并且她的夫君并未回来。"

"李那哥"颔首:"好像这客栈发生过什么非常可怕的事,逼得她不得不上吊自杀。"

陆剑池沉吟道:"她提到了'鬼',外面大堂上也吊着许多'鬼'字的竹牌,不知这客栈里所说的'鬼'究竟是一种怎样的东西。"

"李那哥"瞪眼道:"鬼就是鬼,还能变成其他东西?"

陆剑池顿了一顿:"虽是如此说,但总是令人难以相信……"

"李那哥"叹了口气:"说不定看完十二个房间,就会知道那是什么。"

陆剑池一点头,往第二个房间走去。

第二个房间一片空阔,比之第一个房间,少了一张大床,地上床的痕迹还在,床却不知去向。门边的梳妆铜镜之下,放着一个铜质脸盆。房内摆设简单整齐,虽然积尘却不凌乱,唯有铜盆之中,沉积着一圈黑色的杂质。

"李那哥"瞧了一眼,喃喃地道:"这……这难道又是血?"

陆剑池摇了摇头:"时过已久,无法辨识了。"

房中再无他物,两人离开第二个房间,进入第三个房间。第三个房间却是四壁素然,可见当年并未住人,纸窗上破了一个洞,质地良好的窗纸往外翻出,风自高处的缝隙吹入,这房间灰尘积得比其他房间都多,也更荒凉。

第四个房间位处庭院正中,房门半开半闭,两人尚未走到门口,已看见房门处斑斑点点,又是那形似血迹的黑色污迹。

陆剑池胆气虽豪,此时也不禁有些毛骨悚然,推门看去。

"李那哥""啊"的一声叫了出来,缩头躲在他背后:"那是什么东西?"

陆剑池呆了一阵,只觉自己手心冷汗直冒,几乎握不牢剑柄,过了好一阵,才勉强道:"那是一个人影……"

"李那哥"仍自躲在他背后:"人影怎会是白的?"

陆剑池道:"他本来靠在墙上,黑色污迹泼上墙壁,这人离开之后,墙上就留下了一个人影。"

原来第四间房间桌翻椅倒,一片凌乱,就如遭遇过一场大战,对门的墙壁上一个倚墙而坐的白色人影异常醒目,周围是一片飞溅上去的黑色污迹,笼罩了大半墙壁。

陆剑池踏入房中,地上满是碎裂的木屑,纠缠在两件黑色斗篷之上,就如地上匍匐着两只怪兽,其中一件特别长,撕裂了许多口子。他心中一动,要将木头弄成这般模样,实在需要相当强烈的冲劲,若非此房的主人拳脚功夫了得,便是闯入的人劲道惊人。这屋子主人不知是谁。

游目四顾,只见"李那哥"弯腰自地上拾起了一样东西,陆剑池燃起火折子,两人在火光下仔细端详,那是一个薰香炉,炉上有一道深深的痕迹,凹痕又直又窄,绝非裂痕。

"这是刀痕还是剑痕?""李那哥"问。

陆剑池略一沉吟:"这应是剑痕,能在铜炉之上斩出这一剑,出手之人武功不弱,如果连此人也死在这里,这客栈所隐藏的秘密,恐怕十分惊人。"

"李那哥"微微一笑:"如果是陆大侠出手,能在炉上斩出怎样的一剑?"

陆剑池哈哈一笑,凝神定气,"唰"的一声,长剑出鞘,白光闪动,直往"李那哥"手中铜炉落下,"李那哥"吓了一跳,"啊"的一声铜炉脱手跌落,陆剑池剑势加快,"叮"的一声斩在铜炉之上,随后袖袍一扬,在铜炉落地之前快逾闪电地抄了回来。只见铜炉之上另一道剑痕,与原先的剑痕平行而留,比之原先那道凹痕略微深了半分,长了三寸。

"看来此地主人的武功与我相差无几。"陆剑池轻轻一叹,他觉得已尽全力,剑下铜炉韧性极强,若是石炉,他这一剑已将其劈为两半。

"李那哥"摇了摇头:"他的剑痕比你短,说明入剑的角度比你小,他挥剑去砍的时候,铜炉多半不是在半空中,有处借力,既然出剑的手法全然不同,结果自然也不一样。"

陆剑池点了点头,心中一凛——这位"李那哥"谈及剑理,一派自然,只怕并非寻常漂泊江湖的读书人,李莲花的亲戚,难道竟是另一位隐世侠客?

"李那哥"一回头,乍见陆剑池目光炯炯地盯着自己。他在自己身上东张西望,茫然地回望陆剑池:"看什么?"

陆剑池敛去目中光华,微微一笑:"没什么。"

目光刚自"李那哥"脸上移开,蓦地窗外有白影一闪,他乍然大喝:"什么人在外面?"

"李那哥"急急探头,只见窗外确有白影飘忽,有声音尖声道:"哩——"

陆剑池剑光爆起,如莲花盛放,倏地破窗而出,将窗外白影罩了个通透。

"李那哥"连忙奔到窗口去看,只见门外庭院中一道白影乍然遇袭,哀号一声,挥起一道白影招架,只听"当"的一声,是剑击玉石之声,那白影大吼:"哩啸——"

尚未怪叫完,陆剑池剑势再到,白影的声音受制戛然而止。陆剑池这一剑挽起三个剑花,其中尚有十来招后招,但听"叮叮当当"一阵脆响,那白影竟然能和他连对十来下后招，一一拆解，毫不逊色。

陆剑池心中一奇，这"白衣妖怪"施展的分明是武功，难道鬼也是练武功的？这鬼手上的兵器，分明是一支玉笛。正在他迟疑之时，那"白衣妖怪"已经缓过一口气来，破口大骂："该死的李小花！李疯子！李妖怪！……"

陆剑池心中大奇，倏然收剑，问道："你——"

只见门外那"白衣妖怪"身材瘦削如骷髅，锦衣玉带，手中握着一支玉笛，满面黑气地指着站在窗口看的"李那哥"，破口大骂："千里迢迢叫我到这种鬼地方来，就安排了武当高手要我的命！你谋财害命啊？！"

窗口的"李那哥"歉然道："那个……我以为是白衣吊死鬼……"

那"白衣妖怪"勃然大怒："你说谁是吊死鬼？本公子英俊潇洒、玉树临风，为江湖美男子前十，你竟然说我是白衣吊死鬼！你才是王八大头鬼！"

话说到这份儿上，陆剑池恍然大悟："原来阁下是方氏的大少，'多愁公子'方多病！怪不得……"下一句及时刹住，他心道怪不得瘦得如此稀奇古怪，方才真的将他当成了妖怪。

眼见方多病怒目瞪着"李那哥"："你躲在这种鬼地方做什么？这人是谁？你新招的……"

"李那哥"忙道："误会，误会。这位是武当派的高手，我们在道上遇见，志同道合，一见如故，所以一起在此，绝非事先安排下杀你的杀手。"

方多病闻言一怔，瞄了陆剑池一眼："你是……"

陆剑池抱拳道："在下陆剑池，武当白木道长是在下师尊。"

方多病点了点头："你是白木的徒弟？武当弟子果然名不虚传。"

陆剑池知他是名门之后，语言客气："方少也是'李那哥'李兄的好友？"

方多病道："'李那哥'？李……啊……正是正是，李莲花不知道跑到哪里去了，我本是要来找那一代神医李莲花的，结果莲花没有找到，楼里只有他……那个啥？"

他瞪了"李那哥"一眼，"李那哥"道："李莲花的同村的表房的邻居。"

方多病连连点头："正是，我和这位李兄也并不怎么熟。"

"李那哥"连连点头："正是，正是。"

陆剑池道："不知方少如何找到此地？"

方多病凉凉地道："这破村来来去去不过二十几家，每家都找过一遍，待到半夜三更，自然就寻到这里来了。"他瞪了"李那哥"一眼，"你们两个，半夜三更在这里找女鬼吗？"

"我们本是要来吃饭的，""李那哥"道，"结果客栈关门，房内有许多奇奇怪怪的痕迹，好像有鬼。"

方多病道："这里本来没鬼，有你这个大头鬼在，自然就有鬼了，本公子一路进来，什么也没看见。"

"李那哥"正色道："鬼这种东西，自然不是凡夫俗子随随便便就可以看见……"

方多病"哦"了一声："莫非你看见了？"

"李那哥"道："这个……自然也没有。"

陆剑池道："方少刚刚进来可能不曾细看，这客栈留有许多古怪痕迹，好像曾经发生过惨事。"

方多病东张西望："什么惨事？"

陆剑池托起手中的铜炉："这里发生过一场武斗，而似乎每个房间的人都突然不见了。"

方多病道："打架不管是输是赢，自然打完就走，难道打完还留下吃饭？又不是李莲花……"

"李那哥"道："但这里是客栈，如果不是客栈中所有人突然搬走，怎会将所有痕迹留下？要不然就是在某年某月某日，这客栈里所有的人，不论男女老少，是武林高手还是江湖百姓，突然之间统统死了。"

方多病张大嘴巴："这个……有谁能在短短时间内杀死这么多人，尸体呢？你说人死了，尸体呢？"

"没有尸体。""李那哥"道。

陆剑池点了点头："或许等我们看完所有的房间，就能知晓发生了何事。"

方多病道："呃……一定要看？"

"李那哥"看了他一眼，小心翼翼地问："你也怕鬼？"

方多病呛了一口："咳咳……陆剑池，当先开路，我们这就去搜查房间。"

陆剑池微微一笑，手持剑柄走在前头，此地虽然阴森可怖，说不出的诡异，但他堂堂武当弟子，自幼受道门熏陶，心清气正，并不畏惧。

方多病和"李那哥"走在他背后，待陆剑池走出三五步，方多病悄悄撞了"李那哥"一下，低声道："死莲花，好端端的天下第一神医不做，装什么'李那哥'？"

"李那哥"低咳一声："那个……我名字还未说完，陆大侠要把我当作'李那哥'，我也没有办法。何况他想象中的那位李神医我本也不大熟。"

方多病瞪他一眼:"原来你是怕他发现你是个不通医术的伪神医。"

李莲花叹了口气,目光自身周看了一遍,悄声道:"你信不信这世上有恶鬼?"

方多病摇头:"不信。"

李莲花喃喃地道:"我本也不信,不过……不过看这客栈如此离奇古怪,所有本该留有尸体的地方,尸体全都不见了,也许……"

方多病为之一抖,全身寒毛直立:"你说这里本该留有尸体?"

"我只是有种直觉,"李莲花摇了摇头,"这里有死过人的气味。"

"死过人的气味?"方多病呆了一呆,他和李莲花相识这么久,这个人还从来没有说过这种不着边际的话。

李莲花的目光不住往四周看去:"嗯……死过许多人的气味……并且——"他的脚步微微一停,从东边走廊上的空隙往外看了一眼,"要凝神小心,这客栈里好像还有什么东西,在跟着我们走。"

方多病脸色顿时变了:"有什么东西?"

李莲花仍是摇了摇头:"我不知道,一个脚步很轻体积却不小的东西,不知道'它'是个子很高还是飘在半空,总而言之,要比我们高上两个头。"

方多病干笑一声,心中一股寒气冒了出来:"那会是人吗?被你越说越像鬼了。你怎会知道?"

李莲花叹了口气,喃喃地道:"如你和那位陆大侠这般勇气可嘉、专心致志、毫不防备,自然留意不到房间以外的其他动静,你听到外面树上的风声没有?"

方多病点头:"自然。"

李莲花瞪眼看他:"那现在我们在树对面,这么大的风声,那棵树不生树叶,中间也没有什么阻隔,为何没有什么风吹到走廊里来?"

方多病张口结舌:"这个……"

李莲花道:"什么'这个那个'?"

方多病苦笑:"那自然是有东西挡住了风。"

李莲花又叹了口气:"那就是了,自外面那棵不生树叶的树到这里,树上、转角、走廊的缝隙、窗户,总之这一条直线上必定有什么东西挡住了风,我不知道那是什么,但必定不是什么好东西。"

两人正在悄悄谈话,前边的陆剑池已走到二楼第一间房门口,房门挂着一把大锁。陆剑池出指捏住大锁,指上运劲,只听"咔吧"一声碎响,腐朽的锁芯断裂,他伸手去推,竟然还是推不开,不禁心中奇怪。

方多病一晃身溜到窗户旁，伸出玉笛，"哗啦"一声，捣碎一扇窗户，往里一看："里面有床顶住了门，过来这边瞧。"

陆剑池用剑柄一撞，门边窗户打开了，三人一起往房中看去。

二楼的第一间房中飘满了破碎残落的符咒，床铺被推到门边，顶住了大门，所有的窗户都以木板钉死，屋梁上悬挂着七八个八卦，屋里有两个佛龛，佛龛上供着许多尊佛像，有些佛像竟是三人见也未曾见过的。然而纵然房间受如此多神佛保佑，封闭得如此严密，房中依旧无人，不知原来的房主是如何自这房间里出去的，徒留一屋无法解释的秘密。

三人翻窗而入，陆剑池道："屋主也好像在防备什么东西进来。"

李莲花自地上拾起一张残破的符咒："这里也有许多'鬼'字。"

方多病点起火折子一看，那半张符咒上大大小小写了十几个"鬼"字，奇形怪状，不知是哪门哪派的道符。

陆剑池在房中转了一圈，轻轻跺了跺脚下，只听脚下地板发出空空之声："下面恐怕有暗道。"

李莲花和方多病将地上符咒扫去，地上露出一个四方暗格，正好容一人进出。两人合力提起暗格上的木板，木板一提，底下一片黝黑。方多病将火折子掷下，顿时"呼"的一声，火焰熊熊燃起，三人同时"啊"了一声，连退三步。

【 三 鬼影幢幢 】

那地下暗格之中，仍旧贴满符咒，火折子掷下之后立即起火，然而骇人的不是起火的符咒，而是这地下暗格并非大家所想象的是一条暗道，而只是一个仅容一人的狭窄密室。密室中一具干尸仰天而坐，手臂脚趾都已干燥地贴在骨上，却未腐烂。干尸无头，那颈上的伤口层层片片，竟似有什么力大无穷的东西一把将他的头拽了下来。

方多病张大了嘴巴："他……他……"

陆剑池亦是吃了一惊："怎会如此？"

李莲花轻咳一声："有人把他的头拽了下来，你看那些撕裂的口子，好大的力气。"

方多病牙齿打战："什么人有这样的力气？谁可以穿过木板拽掉他的头？"

"这具尸体似乎有些奇怪。"陆剑池凝视那无头干尸，那干尸衣裳整齐，虽然落满灰尘,却并未有多少血迹,断头之处撕裂的形状清清楚楚,他沉吟道,"好像是……死后断头。"

李莲花道:"死后断头……哎呀,死后断头,胸口怎会如此一片一片像撕破的纸片一样?"

陆剑池被他一言提醒,恍然大悟:"对了,他不是死后断头,他是化为干尸之后,才被人拽下头颅,所以断口处犹如碎纸。但是谁把一具无头干尸藏在这里?这具干尸又究竟是谁?"

李莲花道:"说不定他和楼下那女子一样,受不了这里的恶鬼,所以藏在这里自杀了事,而山上气候干燥,要是他服毒自杀,而服下的毒药能令尸体不腐,变成干尸也是理所当然。"

方多病摇头道:"胡说,胡说!你怎知他服毒自杀?自杀有千万种,难道他不能上吊、不能跳河、不能刎颈、不能绝食饿死,也不能吞老鼠恶心死?"

李莲花干笑一声:"这个……"

陆剑池在那干尸身上一摸,沉吟道:"身上无伤,但就算一个人已经变成干尸,要把他的头从身上这般拽下来,也要相当的腕力。是谁把他的头拽了下来,身体却仍然留在密室里?这人又是怎么进来、怎么出去的?"

"莫非……真的是鬼?"方多病喃喃地道,"走吧,这里阴风阵阵——嗯?"

话说到一半,方多病霍然转身,看向身旁刚才被他打破的窗户。陆剑池跟着看去,此时的窗外一片漆黑,月轮已偏,枯树影下,光线越发幽暗,什么都没有。方多病依稀觉得刚才眼角瞟到了一件什么东西在窗口一晃,但究竟是什么东西他却说不上来。

李莲花走到窗口,看着地上,本以为地上应当只有三人的脚印,结果走廊尘土虽厚,所留脚印却是七零八落,新旧皆有,竟好像夜夜都有人在走廊奔跑,根本辨认不出方才是否有人经过。

"快走快走,这里太不吉利。"方多病催道,"快些将房间看完,好早早回去睡觉。"

三人自房间窗户翻出,隔壁三间房间均是桌翻椅倒,墙上地上四处溅满黑色污迹,若是血迹,必是经过一场惨绝人寰的大屠杀,但并无尸体留下。

几人下了楼,绕到底下左边的四间房,第一个房间堆满了空酒坛子,第二个房间地上也有床铺桌椅的痕迹,却不见床铺桌椅,地上弃着一大堆布缦绫罗,却似是原先的被褥和床幔。

夜黑星暗，似有若无的光线照在每一扇紧闭的房门上，那本是平静的木色宛若正在无声无息地扭曲、盘旋，人影映在墙上，比之往日平添七分诡异之气。落足之声越走越轻，越走越是恍惚，有时竟怀疑起究竟谁才是这客栈里的鬼来——如他们这般夜行，和鬼又有什么区别？

正在异样的安静之中，陆剑池推开第三间房的房门，"嗒"的一声，一件东西自门上跌落，几乎落在陆剑池鞋上。三人心中一跳，方多病"哎呀"一声叫了起来："手，断手！"

掉在地上的东西，是一只撕裂的断手，和之前的黑色斑点和干枯死尸不同，这只断手尚未腐烂，伤口处血肉模糊，乃真是被活生生扯断。

陆剑池心中一寒，蓦然抬头，只见门框上一片血污，这只手在门框上牢牢抠出了四个窟窿，若不是他这一推，这断手还抠在门上。

李莲花踏入房中，只见血迹斑斑，地上如同被什么东西擦过，一片浓郁的血液擦痕，点点凌乱的血滴印记，片片撕裂的布块，悚然骇人。

方多病一只脚踩在门口，另一只脚尚未打定主意要不要踩进去，见了房内的情景，骇然变色，这一回他是真的变了颜色，绝非作伪："这……这是……"

李莲花半蹲下身，手按在地，缓缓翻过那断手来，那断手未腐，地上的血迹已干。

方多病缓过一口气来，失声道："这和我小时候老爹带我去打猎看到的猛兽吃人的痕迹差不多，那野豹子……"他蓦地停住，没说下去。

陆剑池忍不住问道："野豹子如何？"

方多病呆了半晌："那野豹子叼了个五六岁的小孩子，在树下吃了，那大树下……都是被蹭来蹭去的血痕，我记得狐狸、野狼什么的都在那块地方徘徊，许许多多的乌鸦落在那附近，景象真是……真是……"

"或许这客栈里的'鬼'，就是一头吃人的野兽。"李莲花对着地上的血痕看了许久，转目再看房中仅剩的少许东西，不过两个包裹、几件衣裳，半晌缓缓地道，"这绝非游戏，这断手的主人既然能在门框上抠出四道指印，显然是武林中人，指上功夫不弱，连这种人都不及闪避，运劲的手掌竟被扯断，可见那东西的危险。"

陆剑池听他如此说，再也忍耐不住："李兄见识不凡，为李莲花之友，果然是非凡人物。"

李莲花听他由衷恭维，听过便算，漫不经心"啊"了一声："我想这客栈里死人的事可能延续了很长一段时间，不是同时死光死绝。"

陆剑池道："不错，方才那房间里的干尸，必定已经死去很久，而这只断手离体的时间只怕不超过五日。"

李莲花道："这只断手说明那'鬼'还在杀人，而你我进来客栈这许久，只怕……"他叹了口气，"已是落入鬼眼许久了。如果它一直都在杀人，你我自然也不能幸免。"

方多病毛骨悚然："它好像可以穿墙杀人，而且无声无息，力大无穷，就算武功盖世也奈何不了它，我们怎么办？"

"逃之夭夭，明天再来。"李莲花道，"我怕鬼，我还怕死。"

他这句话说出来，放在平日方多病必定嗤之以鼻，此时却是深得他心，欣然赞成。陆剑池也是同意，当下三人自房间里退出，原路返回往客栈大门而去。

"你们有没有听过一个故事？"李莲花忽道，"一个男人和另一个男人半夜去了一家店喝酒，喝了半天，店掌柜说起唐太宗前些日子赐死杨玉环，那两个男人笑话他，说那已经是几百年前的事了。喝完酒出来，第二天那个男人发现根本没有那家店，昨天他们去喝酒的地方是一片废墟。"

方多病"呸"了一声："陈腔滥调，那又如何？不过半夜见鬼而已。"

李莲花道："然后那个男人非常害怕，急忙去找另一个男人，结果去到他家，到处找不到他，他只得回头往昨天来的路上找。找啊找，突然看见一群人围在昨夜他们走过的那条偏僻小径上，他探头去看，地上躺着一个脑袋被打穿了一个洞的死人，正是昨天和他喝酒的朋友。旁边的人说这人是昨天黄昏被强盗砸死的。"

陆剑池微微一哂，不以为意。方多病问道："后来呢？"

李莲花道："然后那路人又说，前面还有一人死得更加凄惨，头都被强盗用刀砍了。那男人赶到前面去看，只见那断头的死人，正是他自己。"

"你想说我们三个都是鬼吗？"方多病"哎呀"一声，怒目瞪着李莲花，还没有从鬼屋出来，这人就故意说鬼故事吓人。

"没有没有，"李莲花忙道，"我只是突然想到，随便说说。"

陆剑池并不在意，仍旧持剑走在最前面，一步踏入通向大堂的那条走廊。走廊中一片漆黑，黑暗之中突然有一双眼睛睁开，眼瞳小而诡异，精光闪烁。陆剑池浑身寒毛竖起，大喝一声一剑劈了出去，剑光之中，竟未劈中任何东西，而一只手自头顶伸下，摸到了他颈项之中！

"啪"的一声震响，那只手蓦地收了回去。陆剑池死里逃生，冷汗涔涔，一颗心几乎要跳了出来，背后之人将他扶住，一连后退七八步。

方多病叫道："那是什么？"

陆剑池一连换了好几口气，心神未定，听方多病一叫，知在自己身后的人自是

"李那哥"，他颤声道："你……你竟和它对了一掌……"

扶住他的李莲花微微一笑，在如此情状之下，陆剑池竟觉这呆头呆脑满脸茫然的读书人给人一种从容的安慰，仿佛纵然见了千万只鬼，也并不怎么可怕。

只听李莲花道："啊……我只看到了一只手，那是什么玩意儿？"他看着陆剑池，"你瞧到了它的脸，是吗？"

"脸？"陆剑池摇了摇头，"我只看到一双眼睛，没有脸，走廊里是空的，什么……什么也没有。"

李莲花眼望那漆黑的走廊，略一沉吟："眼睛？空的……难道这东西是倒挂在我们头顶，攀缘在上面？"

陆剑池本来心神大乱，只觉方才之事简直不可理解，听到这句"倒挂"，恍然大悟——方才他看见的是倒挂的一双眼睛，那东西本来攀在头顶，他挥剑往前砍去，自然什么也没有，而那只手自然是从头顶下来了。

方多病摸了摸脸："前面乌漆麻黑，本公子什么也没看见，只看见你们两个晃了几晃，突然间就退回来了。"

"走廊里有东西。"李莲花道，"谁身上还有火折子？"

陆剑池取出火折子一晃，李莲花自怀里摸出块汗巾，引燃了火，往走廊中掷了过去。三人只见黑暗的走廊之中空空如也，竟是什么都没有。陆剑池与李莲花面面相觑，两人目光一起看向走廊上头，走廊上头留有透光通风的小窗，那窗户不大不小，足可供人出入。

"要是从窗口逃脱，向外可以爬树爬墙，往里可以钻进客房，总而言之，无处追查。"李莲花叹了口气，"要是它伏在屋顶上，等我们通过时突然钻出，那也是麻烦，怎么办？"

陆剑池握剑在手，本想跃上房去，但想及方才那只冰冷柔软的手掌，背脊一片发寒，手心皆是冷汗。他一身武艺，从小循规蹈矩，从未想过世上还有如此离奇诡异的东西，不知是人是鬼是兽。

方多病干笑一声："难道你我三个大活人就在这里等到天亮？"

李莲花瞪眼道："那自然是武艺高强的人先上去看看，你去。"

方多病连连摇头："我小时候练功偷懒，武艺差得很，这么高的屋梁我一看就头晕，哎呀，好晕啊好晕啊。"

李莲花叹气道："我虽然看着不晕，但是……"

他话还未说完，陆剑池"啊"的一声惊呼，两人一起闭嘴，往走廊看去，只见大堂之中亮起一团火光，渐渐靠近。三人面面相觑，不知这回出现的又是什么妖怪，但听脚步声沉重，来人应不会武功。未过多时，一位老人持杖高举火把走近，沙哑地道："你们是谁，在这鬼屋做什么？"

"那个……"李莲花道，"我们本是想来吃饭，谁知道这里头一片漆黑，遍地老鼠，早已关门多时。"

那老人深深叹了口气："这里是本村谁也不想踏入的鬼屋，在这里无端死了不少人，你们还是快些出来，远来是客，几位如果肚饿，请到我家用些食水。"

李莲花欣然同意。三人跟在老人身后，穿过走廊，那大堂之中尚有两名年轻人手持火把，看到三人出来，目光不住往三人身上打量。

"这边请。"那老人当先领路。

方多病留意到那老人右手缺了两节手指，又对那两个年轻人扫了两眼，只觉这两人身体瘦小、皮肤黝黑，看样貌年纪已在二十三四，身材却如十三四岁的小童，发育不良，心里暗暗称奇。

陆剑池走在老人身后，仍自暗中留心屋顶那怪物的动静，却是无声无息，宛若方才看到的一双眼睛全是幻景，思及那双眼睛，他忍不住看了"李那哥"一眼，却见他茫然看着地上乱窜的老鼠，不知在想些什么。方才真是他接了那怪物一掌吗？那怪物力大无穷，他真的接了它一掌却若无其事，他究竟是什么人？

三人跟着那老人，离开客栈，进入村东一家较为高大的蓬屋。屋里家徒四壁，没有什么像样的家具，几张椅子却是上好的杉木所制，雕着几个吉利的图形。老人请三人坐下，闲谈了几句，三人才知这老者是村中村长，姓石，祖辈都在这石寿村居住，今夜听到那客栈中有动静，特地前去查看。

方多病忍不住问："石老，既然石寿村几百年来都是这模样，怎会开着偌大一家客栈？会有人住吗？怪不得早早关门大吉。"

石老叹了一声，一捋白须："多年以前，石寿村人口虽少，在后面山头却出产一种冷泉，那泉水既凉且冷，味道甘甜，是做酒的上好材料。不知你等可有听说过'柔肠玉酿'？"

方多病点头，李莲花摇头，陆剑池道："'柔肠玉酿'是千金难买的好酒，盛名远扬，居然是出于此地？"

石老颔首："正是正是。十年前数不尽的外地人到我们村酿酒，砍伐我们的树林改种其他谷物水果，我们这里又是高山，种上谷物水果大都不能成活，毁了我们许多山林。"

李莲花道："那个……外面漫山遍野的菊花……"

石老脸现怒色："我们山上本来不生那种黄色菊花，都是外地人从中原带来的，结果树木被伐，那些菊花到处疯长，从此我们的山上再也长不出树木来。树木消失，野兽也不见了，石寿村向来以打猎为生，十年前却饿死了两人，统统都是外地人的错。"

李莲花和方多病面面相觑，方多病轻咳一声："这个……在下表示抱歉，虽非我等之过，却也甚感惭愧，当年来自中原的人那等野蛮行径，给村里带来如此大的灾祸，真是不该。"

石老摇了摇头："幸好那些人种植果树谷物不成，大都离开了。有些人从泉眼里带水下山，谁也不知他们运到哪里去，渐渐地不知道为什么，也没有人来泉眼运水了。我祖祖辈辈住在山中，从不出去，外面发生了些什么事，我们也不知道。"

陆剑池欣然道："想必是'柔肠玉酿'的秘方失传，故而谁也不知如何制作此酒了。幸亏如此，才保得石寿村平静至今。"

方多病连连点头，李莲花也欣然道："原来如此。"

此时有人端上几碗热腾腾的饭菜，有肉有菜，竟然极是丰富，只是肉是红烧肉，菜却不知是什么菜，形状卷曲，十分青翠。

方多病走遍大江南北，吃过多少酒楼，却没见过这种古怪青菜："这是什么菜？生得如此稀奇。"

石老持筷吃了一口："这是高山常见的野菜，中原也许难得一见，滋味却很鲜美。"

方多病跟着吃了一口，的确口味独特，爽脆可口，本就饿了，顿时胃口大开。陆剑池跟着吃了一口，亦觉不错。

李莲花持筷在几盘菜之间犹豫，不知该先吃哪盘，石老指着那红烧肉："这是高山野驴的肉，几位尝尝，在本山也是难得一见。"

李莲花"啊"了一声，持筷去夹，突又收回："嗯……想那高山野驴难得一见，本在千里之外，迷路误入此地，何等可怜，我怎忍心又吃它的肉？还是不吃为妙……阿弥陀佛……"他嘴里念念有词，"我近来信佛，接连去了几间寺庙念经……"

方多病"喀喀"几声，呛了一口气，死莲花简直是胡说八道妄言胡扯，最近他们去了间寺庙不错，不过是偷了人家寺庙里养的兔子来下酒，他什么时候拜佛念经了？

陆剑池本要吃肉，忽听"李那哥"不吃，犹豫片刻，还是改吃青菜，既然他人心存仁厚，他若吃肉，岂非显得残忍？

方多病一心想尝那"高山野驴"的肉，但一则李莲花不吃，二则陆剑池也不吃，他一个人大嚼不免显得有些……那个……只得悻悻停筷。

石老叹了口气，自己夹肉慢慢地吃。有人送上主食和酒，主食却是些粗糙的面条。此地果然远离尘世，连白米也没有一粒。酒却是好酒，敢情这里泉水特异，不管酿成何种酒水，都是滋味绝美。

方多病大吃大赞，山里人颇为热情好客，石老不住劝酒，不久他便已有些醺醺然，未过多时三人已经吃饱，石老安排三人到不远处的客房暂住，命人明日带他们出山。

四 惊魂

夜色已深，月已西垂，渐渐看不到光芒，三人在石老奉承下都喝了许多酒，躺在客房中均有睡意。

方多病不过多时已经打鼾睡去，陆剑池虽然困倦，却是无论如何也睡不着，那客栈中无头的干尸、走廊里的眼睛、从头顶伸下的手历历在目，方才若是"李那哥"慢了一步，那只手是不是就会将自己的头一把撕下，就如它撕裂那干尸头颅一般？石寿村的村民难道不知那客栈里的异物？

躺了一会儿，他实在睡不着，睁开眼睛，只见李莲花躺在床上，睡得酣然，半点没有担忧惊诧的表情。长长吐出一口气，陆剑池闭上眼睛，难道心中种种怪异的感觉、强烈的不安都是自己江湖经验不足所致？但要他像李莲花、方多病那般安然睡去，实是万万不能。

光线越来越暗，仿佛房外起了一场浓雾，浓雾越盛，外面草木所聚的露水越重，重到最后，"嗒"的一声落了下来。陆剑池默默听着门外一切响动，再远处有虫鸣鼠窜之声，更远之处，似乎有人走动，不知是早起的猎户，还是其他的什么东西。

正在他神志越来越清明，超然物外，一切注意力均在屋外之时，突觉一只手掌自床沿伸了出来，轻轻按到了他的胸膛之上。刹那间，陆剑池骇得魂飞魄散，蓦然睁开眼睛，心跳得几乎要从口中冲出来，眼前所见让他瞬间停住呼吸，张大嘴巴，竟是一时呆若木鸡，半点声音也发不出来。

眼前什么也没有，只有一只手自床底伸了出来，按在他胸口，但……但正常人的手岂有这么长，也绝不可能弯曲成这样的形状。陆剑池一生自认胆气豪迈，此时惊恐之心，和那碌碌市井小民也没有什么区别，一时之间惊骇欲死。正在此时，一物自他床底翻出，陆剑池大叫一声，竟是昏了过去。

方多病蓦地坐起，他已经睡着，被陆剑池一声大叫惊醒，睁眼依稀只见一个五花斑斓、似人非人的东西伏在陆剑池床上，见他坐起，倏地向他扑去，快逾闪电，而竟然悄然无声。方多病一时只觉自己在做梦，大叫一声，挥笛招架，只听"啪"的一声闷响，一股巨力当胸而来，刹那间他头昏眼花，窒息欲死。正当他自觉快要死了的时候，眼角似乎看到一阵白影飘荡，心中居然还骂了一句：要死的时候还有人装那白衣剑客……接着天昏地暗，他结结实实地昏了过去。

凄凉黑暗的客房之中，一人揭去一层外袍，露出袍下白衣如雪，静静看那扑在方多病身上的东西。那东西手长脚长，雪白皮肤上生满一块一块血肉模糊的斑点，若非浑身龟裂般的血斑，和一个身材高瘦的赤裸男人也没太大区别。"它"的头颅甚大，见白衣人静立一旁，"它"也回过头来。只见"它"除了眼睛略小，嘴巴宽大，尚称五官端正，眼下正低低嚎叫，蓦地往白衣人身上扑来。

白衣人身形略闪，避开一扑，那东西行动奇快，转折自如，竟如蜘蛛行网一般灵活诡变，一折之后，手掌往白衣人头上抓来。白衣人足下轻点，颀长的身影轻捷超然，从那东西腋下掠过，反掌轻轻在它背后一拍，竟然是往外直掠而去。那东西怪叫一声，追向他身后，尽管"它"行动如电，却是追之不及，一前一后，两"人"一同奔入了石老房中。

黑夜渐去，晨曦初起，只听石老那屋中一声惊天动地的轰然震响，枯枝石屑横飞，剑气破空而出，蓬屋倾颓崩塌，烟尘弥漫，随后一片寂寥，仿佛一切都失去了生命，一切诡异莫测、奇幻妖邪的怪物都在那倏然的安静中，突然失去了行踪。

过了不知多久，方多病缓缓睁开眼睛，只觉胸口气滞，头痛欲裂，浑身上下说不出的难受，好不容易坐起身来，只见陆剑池脸色憔悴地坐在身边，神情恍惚。

方多病咳嗽了几声，喑哑地道："发生了什么事？李莲花呢？"

陆剑池悚然一惊，呆呆地看着方多病："李莲花？"

方多病嗓子干极，再无心情帮李莲花做戏，不耐地怒道："自然是李莲花，住在吉祥纹莲花楼中的人不是李莲花难道是鬼？他人呢？"

陆剑池茫然转头往一边看去，只见李莲花灰袍布衣，仍昏在一旁，一动不动："他就是李莲花？"

看来死莲花还没被那怪物掐死，方多病松了口气："他当然是李莲花，你真的信他是李莲花同村的表房的邻居？'同村的表房的邻居'怎么可能是亲戚？世上也只有你这种呆头，才会相信他的鬼话！"方多病瞪眼骂道，"姓李的满口胡说八道，你要是信了他半句，一定倒霉十年！"

陆剑池呆在一旁，自从见那妖怪之后，这又是一件令他颇受打击之事，住在吉祥纹莲花楼中之人自然是李莲花，为何自己会相信根本不合情理的胡言乱语？难道自己真有如此差劲，不但怕死怕鬼，甚至连高人在旁都辨认不出？再看昏死一旁的李莲花，可是这人如此唯唯诺诺，如此胆小怕死，又有哪里像那前辈高人了？他心中一片混乱，江湖武林，与他在武当山上所想全然不同。

"死莲花！"方多病自床上跳下，到李莲花床边踢了他一脚，"你要装到什么时候，还不起来？"

李莲花仍自躺在床上一动不动，闻言突然睁开眼睛，歉然道："我怕那妖怪还没走……"

方多病骂道："青天白日，太阳都照到屁股，妖怪早就跑了，哪里还有什么妖怪？昨夜那妖怪突然钻出来的时候，你在哪里，怎不见你冲出来救我？"

李莲花正色道："昨夜你昏过去之后，正是我大仁大勇，仗义相救，施展出一记惊天地泣鬼神的绝世剑招，于五丈之外将那妖怪的头颅斩于剑下，救了你们两条小命。"

方多病嗤之以鼻："是是是，你老武功盖世，那本公子就是天下第一！我要是信你，我就是一头白痴的死瘟猪！"

李莲花慢吞吞地道："既然是死瘟猪，哪里还会白痴？不是早就死了吗……"

方多病大怒："李莲花！"

李莲花道："什么事？"随即对陆剑池微笑，"昨夜那妖怪真是恐怖至极，我被吓昏了，什么也不知道，不知它后来是如何走的？"

陆剑池顿时满脸尴尬："我……"

他昨夜真是被吓昏过去，至今心神未定，幸好方多病接口道："昨夜它打昏了陆大侠就向我扑过来，我被它一掌拍昏之后也什么都不知道了，不过好像看到白色衣裳的影子。"他凉凉地补了一句，"说不定真有什么白衣大侠突然之间冒出来救命，你可有看见白衣剑客的影子？"

李莲花连连摇头："我看到一只手从陆大侠床铺底下伸出来的时候就昏倒了，什么也不知道。"

此时房门一开，石老带着那两位年轻人端着清水走了进来，三人脸色都很苍白，也似经过了一场极大的惊吓："三位好些了吗？"

方多病奇道："是你救了我们？"

石老沙哑地道："昨天晚上……真是吓得快去了半条命。昨天晚上突然有一头怪物冲进我的屋子，然后一个穿着白衣、脸上戴着面纱的年轻人追了进来，我只听见'轰隆'一声，整间屋子就垮了，也不知道到底是怎么回事。今天早晨到你们房里一看，你们三个都昏死在床上，窗户破了一个大洞，可能那怪物和白衣人也来过你们这里。"他咳嗽了几声，"我们石寿村长年有长臂怪人的传说，据说附近山林之中，生有一种行动奇快、力大无穷的怪物，它的巢本在深山，最近也许是没有野兽可吃，所以经常到我们村里活动。"

"你是说我们运气太差，撞上了这种妖怪？"方多病"呸"了一声，"老头，既然有这种古怪故事，昨晚吃饭你却不说？而且我十分怀疑，村里那稀奇古怪阴森恐怖的客栈里死了多少人，身为石寿村村长，你怎能不知道？老实说，你知道那怪物在村里横行，也知道它在客栈杀人是吗？可你却故意不告诉我们。"

石老老泪纵横："村里有这种怪物，实在是本村的丑事，这都是因为村里供奉神明不力，苍天降罪，怎么可以对外人讲……"

方多病本待再骂，看如此一把年纪的老头哭成这般模样，有些于心不忍，哼了一声作罢。

陆剑池关心的却是他提到的那"白衣剑客"，失声问道："昨夜真有白衣剑客出手相救？他人在何处？"

"那年轻人和那头怪物在屋子崩塌以后往树林里跑去了。"石老叹了口气，"真是天降奇人，不知是哪里来的神仙一样的人，竟然能和怪物动手。那怪物全身长甲，刀枪不入，动作快若闪电，能和它动手，真非寻常人。"

方多病胸口仍然疼痛，他叹了口气，以那怪物的力道，若非内功超凡绝世的高手，难以抗衡其力，心中不免有些气馁，暗想：我就是练上一辈子，也未必比得上这怪物的天生神力，武功练来何用？而昨夜他瞟到的一角白影，以及石老说的蒙面白衣人是谁？不是一流高手中的一流高手，怎能和那东西动手？

李莲花慢慢自床上爬了起来，叹了口气："昨夜被吓得半死，不过有白衣大侠追那妖怪去了，想必不要紧，我……我想到处走走，散散心。"

方多病连连点头："我也想到处走走。"他心里想的更是过几个时辰等胸口伤势好些，公子他便要逃之夭夭，从这鬼地方远走高飞，死也不再回头。

陆剑池此时毫无主见，随之点了点头。

石老手指东方："下山的路在那里，往东走十里路，进入牛头山，穿过菜头谷，就可以见到阿兹河，沿着河水就可出去。"

李莲花欣然点头，三人用过些清水糙面，洗漱干净，便缓步出门。

石老看着三人的背影，长长叹了口气。那两位年轻人目露凶光："村长，这就让他们走了？"

石老摇了摇头："他们有人暗中保护，只怕是不成了，让他们去吧，反正那……那事，他们也不知情，不过是三个什么也不知道的外乡人。"

两个年轻人自喉底发出一声低低的号叫，犹如兽嘶："村里好久没有……"

石老冷冷地道："总是会有的。"

五　无墓之地

李莲花三人缓步往石寿村旁的山林走去。方多病只想寻个僻静角落运气调息，陆剑池却仍不忘那白衣剑客，想了半晌，忍不住道："江湖之中，似乎并没有这样一位白纱遮面、武功高强的年轻人，昨夜那白衣剑客究竟是谁，难道他一直跟在我们身后？"

方多病嗤之以鼻："江湖中白衣大侠多如牛毛，只要穿着白衣，戴着面纱，人人都是白衣剑客，天知道他究竟是前辈高人还是九流混混？"

李莲花东张西望，要说他在欣赏风景，不如说更像在寻什么宝贝，但见四面八方大都是绿油油还没开的菊花，杂草一蓬蓬，树都没几棵。沿着山路走出去老远，他喃喃自语："奇怪……"

方多病随口问道："奇怪什么，奇怪那白衣剑客哪里去了？"

李莲花往东南西北各看了一眼，慢吞吞地道："这山头四面八方都是菊花、杂草、不生果子的老树，村里人既不种田，也不养猪，怪哉……"

"他们不是打猎吗？"方多病皱眉，"你在想什么？"

李莲花道："你我走出这么远，除了老鼠什么也没看见，难道他们打猎打的就是老鼠？"

方多病一呆："或许只是你我运气太差，没看见而已。"

李莲花叹了口气："会有什么猎物是吃菊花的？况且这菊花枝干既粗且硬，生有绒毛，牛啊羊啊，只怕都是不吃的。这里又是高山，黄牛自然爬不上来，而如果有山羊群，必然也会留下痕迹和气味，我却什么也没闻到。这里的树不生果子，自然也不会有猴子，更没有野猪。"

陆剑池深深呼吸，的确风中只嗅得到青草之气："这种地方多半没有什么猎物。"

李莲花点了点头："那他们吃什么？"

方多病和陆剑池面面相觑，陆剑池道："他们不是吃那种野菜，粗劣的面粉，还有什么高山野驴？"

李莲花叹了口气："我早已说过，那高山能生野驴之处远在千里之外，就算它长了翅膀会飞，自千里之外飞来，也必在半路饿死。"

方多病失声道："你说石老骗了我们？那若不是野驴肉，那是什么肉？"

李莲花瞪眼道："我不知道，总而言之，我既没看见村里养什么牛羊肥猪，也没看见山林里有什么野猪野驴。满地菊花，野菜寥寥无几，这里如此贫瘠，却住着几十号大活人，岂非很奇怪？"

陆剑池茫然道："或许他们有外出购买些粮食，所以能在这里生活。"

李莲花慢吞吞地道："但是村长却说，他们从不出去。而且有件事也很奇怪……"

方多病问道："什么？"

李莲花道："他们对'中原人'有偌大仇恨，却为什么对你我这么好，难道你我生得不像中原人？"

方多病一呆，李莲花喃喃地道："无事献殷勤……正如你所说，石老明知村里有那妖怪，却故意不说；半夜三更，你我在客栈行动何等隐秘，他如何知道？数碟菜肴，有菜有肉有酒，难道这里的村民家家户户半夜三更都准备做菜待客不成？"

这番话一说，陆剑池睁大了眼睛，这就是他一直感觉怪异和不安的源头，只是他却想不出来，听李莲花一说，心里顿时安然："正是，这石老十分奇怪。"

方多病皱眉："本公子对那老头也很疑心，不过这和那碗肉有什么关系？"

李莲花叹了口气："还记得客栈里那只断手吗？"

陆剑池和方多病皆点头，李莲花道："那客栈里本该有许多尸体，却不见踪影，只有只断手，还算新鲜，不是吗？"

方多病毛骨悚然："你想说什么？"

李莲花喃喃地道："我想说……我想说在这里我唯一看到的能吃的肉，若不是老鼠，就是死人……"

此言一出，方多病张大了嘴巴，陆剑池只觉一阵恶心，几乎吐了出来，失声道："什么——"

李莲花很遗憾地看着他们："如果你们吃了那肉，说不定就知道人肉是什么滋味。"

方多病道："呸呸呸！大白天的胡说八道，你怎知那是死人肉？"

陆剑池呆了半晌，缓缓地道："除非找到放在锅里煮的尸体……我……我实是难以相信。"

李莲花叹了口气："你得了一头死猪，除了放进锅里煮的那些肉之外，难道连渣都没有？"

方多病牙齿打战："你你你……你难道要去找吃剩下的骨头和煮剩下来的……死人……"

李莲花正色道："不是，吃死人的事过会儿再说。"

方多病一呆："那你要找什么？"

"房子。"李莲花道，"这村里应当还有许多房子。"

陆剑池奇道："房子，什么房子？"

李莲花眺望四周，看遍地野菊："若多年前真的有许多中原人到此开山种树、种植谷物酿酒，自然要盖房子，只有来往贩酒的商人才会住在客栈里。而要将一片山林弄成现在这副模样，必定也不是几个月之间就能做到的事，需要许多人力，所以我想……村里应该还有许多中原人盖的房子。"

方多病东张西望，陆剑池极目远眺，只见杂草菊花，连树都寥寥无几，哪里有什么房子？"没有什么'中原人盖的房子'，就是那老头又在胡扯！"方多病喃喃地道，"该死！本公子竟然让个老头骗了这么久！"

陆剑池满心疑惑，这里虽然没有房子，但山林的确都被夷为平地，生满了本不该生在高山上的菊花。

李莲花凝视菊花丛："这些菊花，想必是当年中原人种在自己房前屋后的……"他大步往菊花丛最盛之处走去，弯腰撩开花丛，对着地面细细察看。不过多时，他以足轻轻在地上擦开一条痕迹，菊花丛下的土壤被擦去一层细沙和浮泥，露出了黑色的炭土。

"纵火……"陆剑池喃喃地道，"他们放火烧光了中原人在这里盖的房子，包括那些不结果实的果树和谷物，所以山头变成了一片荒地。"

李莲花足下加劲，擦去炭土之后，地下露出了几块青砖，正是当年房屋所留。

"石寿村并不开化，搭建房屋不会使用青砖。高山之上，树木生长缓慢，要等此地再长成山林，不知要等到何年何月，结果土地被菊花所占。"李莲花叹了口气，"看来本来的确有许多中原人在这里开荒，后来'制酒的秘方失传，所以人渐渐都离开了'"他顿了顿，喃喃地道，"这种说辞，我实在不怎么相信。"

他突然说出这句话来，陆剑池和方多病都是一呆，齐道："为什么？"

李莲花喃喃地道："想我堂堂中原人士，何等精于计算，既然有人能想到上山开荒就地取材酿酒致富，其头脑何等聪明灵活，这秘方岂是如此容易就失传的？必定要当作宝贝……而就算酿造'柔肠玉酿'的秘方失传，这石寿村冰泉泉水运下山去，用以酿造其他美酒，还不是一样挣钱？所谓奇货可居，既然发现此地，岂有轻易放弃之理？"

他沿着地上菊花的走向，走到三十步以外，那地上依稀也露出青砖的痕迹，房屋乃是并排而造，数目看来远不止一间两间。李莲花在青砖之旁站定，轻轻叹了口气："何况以那客栈中各种古怪痕迹看来，包括这被火烧去的房子，分明是经历了一场惨绝人寰的屠杀，之后中原人的房屋被拆毁焚烧……所以……"他抬起头来，看向方多病。

方多病为之毛骨悚然，失声道："你想说……什么……"

李莲花幽幽地道："我想说当年只怕不是什么'酿酒的秘方失传，人渐渐都离开不再回来'，而是石寿村村民对中原人开荒种树造田掠夺冰泉的行径极度不满，展开了一场灭口灭门的大屠杀，所以'柔肠玉酿'的秘方就此失传。"他奇异的目光瞟了远处的村庄一眼，"就像两头老虎打架，一只咬死了另一只。"

"可是客栈中那砍入铜炉的一剑和抠在门上的那只手，分明表示死者之中有武林中人，并且武功不弱。"陆剑池脸色苍白，"石寿村村民如此之少，又不会武功，怎能杀得死这许多人？又怎能保证一个不漏或是一定能杀死对方？"

李莲花道："因为石寿村村民有一种非常可怖又邪恶的动手的法子……"

"什么法子？"方多病立刻问，随即醒悟，"你是说那只五花斑点妖怪吗？难道村长能操纵那只妖怪，叫它杀人？"

李莲花摇头："不是，石老如果能操纵那东西，他的房子就不会被拆，至少在白衣剑客剑气斩向屋梁的时候，那东西就该阻止。但那东西逃走之时，把他蓬屋的另一面墙撞塌，房子这才彻底倒了，所以那东西并不受谁操纵。"

他顺口说来，方多病心里大奇——他怎么知道白衣剑客是如此弄塌村长的蓬屋？又怎能知道整个屋子倒塌的经过？"你怎知……"方多病一句话还没说完，李莲花又道："斑点妖怪的事以后再说。菊花山是附近最高的山头，上去瞧瞧。"

陆剑池此时对李莲花信服至极，闻言点头，三人放步往菊花山山头奔去。

菊花山山头依然景致艳丽，那些本不属此地的菊花生长得十分茂盛，偶尔可见昨夜石老请客的野菜，但数目稀少。地上大都是生有绒毛、半木半草的菊丛，高山甚寒，艳阳高照，有些菊花已提早开放，花朵比几人平常所见大了许多，颜色白了许多。

三人奔到山顶，陆剑池心中一动："李神医，昨日你守在这湖畔，想必并非偶然，你可是早就发现了此地有什么隐秘？"

李莲花连连摇头："昨天我本要拔野菜煮面条，结果一直爬上山顶也没看见什么眼熟的野菜，到山顶之后只见许多老鹰在天上飞，看着看着我就睡着了。"

三人在那湖畔东张西望了一阵，只见到处是菊花，除了远处的石寿村寥寥几处房屋，到处是又荒芜又艳丽的景色。方多病、陆剑池两人茫然地看着李莲花，不知他在山上看些什么，只见李莲花目不转睛地看了半天。

"果然没有……"他自言自语。

方多病也朝着他看的各个方向乱看一气，跟着摇头晃脑："果然什么都没有……"

陆剑池奇道："没有什么？"

方多病对天翻了个大白眼："什么都没有就是什么都没有，你可有看出什么东西来？"

陆剑池摇头，方多病瞪眼道："那便是了，你什么也没看出来，我什么也没看出来，死莲花说'果然没有'，那就是什么都没有了。"

陆剑池哭笑不得，眼望李莲花："李神医……"

"停，停，停——"李莲花连连摇头，"我不是李神医，你可以叫我'李兄''李大哥''李贤弟''兄台''这位朋友'，或者客气点叫'足下''阁下''先生'，或者不客气点叫'李仔''阿李''阿莲''阿花'都可以，只万万不要叫我神医。"

陆剑池汗颜，暗道：我怎可叫他"阿李""阿莲""阿花"？成何体统……这位前辈高人果然脾性与常人不同。

方多病咳嗽一声，一本正经地问："死莲花，你到底爬上山来看什么？"

李莲花道："你们有没有觉得石寿村少了点什么？"

"什么？"方多病皱眉，"钱？"

李莲花道："那个……钱……也是少的，不过……"

方多病怒道："这么十几二十户人家一个破村，什么都少，美人也少，美酒也少，要什么山珍海味更是没有，要什么没什么，谁知道你说的是哪一样？"

陆剑池蓦地沉声道："墓地！"

墓地？方多病一凛，凝目望去，只见石寿村方圆数座山丘满是野菊，的确没有半块墓地。

"如果石寿村村民世世代代都住在此地，那长年累月积累下来的坟冢必定不少，这村子却没有半块墓地，连个墓碑都没有见着，岂非很奇怪？"李莲花道，"没有坟墓，理由有两个，要么从来没有人死，要么不往土里埋死人。"

方多病道："怎么可能没有人死？人都是要死的。"

陆剑池点头："何况那客栈里许多尸体不见，如果是收殓了，就算石寿村本村村民有奇异的下葬习俗，中原人却必定是要入土为安的。"

李莲花道："那这么多死人哪里去了？"

方多病和陆剑池面面相觑，半晌之后，方多病迟疑地道："难道你想说……你想说他们……吃掉了？"

李莲花不答，陆剑池突然道："我听说在西北大山之中，有这种传闻……因为土地贫瘠、食物稀少，有些村庄中人祖祖辈辈不出大山，而父母死后，就被子孙所食。"

方多病浑身发寒："真的？"

李莲花轻轻叹了口气："你看见那湖面的倒影了吗？"

方多病道："早就看见了，许许多多好像骷髅的倒影，古怪得很。"

李莲花绕到湖水临崖的一面，轻敲那阻拦流水的岩石，岩石上凹凹凸凸，许多窝槽，手上用劲一敲，只听"啪"的一声脆响，那岩石裂开三分。

李莲花目不转睛地看着那三分裂口，方多病倒抽了一口凉气，只见那裂开的岩石下露出一块颅骨。难道这偌大的岩石之中竟然到处都藏着骷髅？这怎么可能？李莲花以手指轻敲那"岩石"，"岩石"发出空空之声，他低声道："这是一层陶土。"

陶土……这就表示有人把骷髅头埋在黏土之中，拿去焚烧，为什么？那些失踪的尸体，究竟是被吃掉了还是被烧掉了？或是被天葬还是被水葬了？方多病头脑中霎时浮现各种各样古怪的情景，不知不觉长叹一声，仰首看天，天空果然有许多老鹰在盘旋："听说老鹰落下的地方一定有尸骨，要不要去看看？"

陆剑池还在怔忡那陶土中的骷髅，闻言抬头："走吧。"

三人跟随老鹰的影子追下山头，进入石寿村下一处幽谷，只见潺潺流水之畔落着不少鹰隼，或大或小，见有人靠近，"呼啦"一声满天飞起，不住盘旋。

方多病嫌恶地挥了挥袖子，平生第一次觉得老鹰也如苍蝇般惹人讨厌。

陆剑池走到水边，刹那间倒抽了一口凉气，浅浅的水底布满各种各样的骨节，而无论原先骨头是粗是细，全都被截为一两寸长短的一截。整个溪流底下全都是白骨，映着清澈见底的溪水和不住乱飞的苍蝇蚊虫，实是说不出的诡异古怪。

"这是人骨吗？"陆剑池脸色苍白。

这若是人骨,只怕不下百人之多。李莲花探手入水,自水中拾起一块骨头,凝视半晌:"这不就是指骨?"

方多病毛骨悚然:"你怎能伸手去摸……"凑过来一看,只见那是一截两节长短的手指骨,以那长短和关节看来,的确是人手。

李莲花抬头向刚才老鹰盘踞的地方望去,轻轻叹了口气。陆剑池心中一动,跃过溪流,只见老鹰盘踞之地果然遗留有几块血肉未腐尽的碎骨,散发着一股恶臭。

"肉里有那种野菜。"方多病跃过去,低声道,"而且这些都是煮熟的……"

陆剑池背后寒毛为之竖起。李莲花静静地立在溪对岸,既没有过去,也并未看那堆碎骨,他扬起头看满天盘旋的老鹰,又是轻轻叹了口气。

"死莲花!你昨天爬上山的时候就看见了是吗?"方多病突然大骂起来,"今天你是故意让我们来看这些东西,你是故意的!你故意恶整老子!你让老子来看这……这些……"

陆剑池看着那煮熟的残肉,不知为何一股沧桑凄凉之意充盈心头,回头看流水无情,白骨节节沉底,眼圈微酸,心中竟是酸楚难受至极。

李莲花的视线回落到方多病身上,微微一笑,笑意淡泊也平静:"人都要死的……"

"人怎么能死得这样……被糟蹋……"方多病大声道,"人死了就该受他儿子孙子供奉,给他烧香烧纸钱,怎么能这样?他们怎么可以吃掉……吃掉自己老爹老娘?"

"一个地方有一个地方的规矩,若死者心甘情愿,你何不看成是一种伟大至极的父母之爱?吃人之事古已有之,可怕的不是吃死人,而是若对吃人之事当作平常,杀人取肉,那便与野兽无异。"李莲花缓缓地道,"石寿村少有人迹,贫瘠至极,他们吃惯人肉,假如当年屠杀中原人之后,把他们的尸体也当作食物吃尽,那自你我三人踏入石寿村之时,已成为他们眼中的猎物,所以你我踏进客栈,他们当然知晓。"

"所以那村长故意对你我这么好,特地拿出美酒招待,就是想灌醉你我,然后把你我安排到有五花斑点妖怪的房间送死,他们好等着吃肉?"方多病嫌恶地道,"你可是这个意思?"

李莲花点了点头:"这只是原因之一,更重要的原因是你我误闯客栈,他要杀人灭口。"

陆剑池动容道:"那客栈中人应当都是死于斑点怪物之手,你既然说石老不能操纵那怪物,客栈死人之事就非石老所为,为何他还要杀人灭口?"

李莲花道:"这个……是因为他以为我们看清楚了那斑点妖怪的样子。他放弃杀人灭口的念头,是因为一则他以为我们有'神仙一样的白衣剑客'暗中保护,二则他后来明白,其实我们并没有看清楚那斑点妖怪的模样。"

六 斑点妖怪

"斑点妖怪的模样?"方多病皱眉,"我看见了,是一个浑身血一样斑点的,四肢很长,可以随便扭转,像人又不是人的东西,行动如飞,力气极大。"

李莲花瞪眼道:"你看到了他的脸吗?"

方多病张大嘴巴:"我……我应当是看到了,只是不记得了。"

李莲花看向陆剑池,陆剑池脸色苍白,摇了摇头,虽然他和那东西打过两次照面,但因过度紧张,他其实没有看清楚他的脸。

"所以——那老村长知道我们最多只是猜到客栈里发生过惨案,而其实不知道其中实情。"李莲花的眼神很遗憾,慢吞吞地道,"石老真正要掩盖的不是他石寿村屠杀中原人这档子事,这事在他而言,说不定是一项重大的功绩,他想要掩盖的……是斑点妖怪的真相。"

"斑点妖怪……还有真相?"方多病奇道,"难道不是深山老林里天然长出来的怪物?"

李莲花瞪眼道:"自然不是。"

陆剑池茫然道:"不是天然生成的怪物,那会是什么?"

方多病斜眼看李莲花:"难道那真的是鬼,还是僵尸?或者修炼多年的蜘蛛变成的精怪?"

李莲花喃喃地道:"你要说是僵尸……那也……勉强说得过去……"

陆剑池毛骨悚然,想及和那东西两次几乎是面对面的照面:"僵尸?"他从不知自己如此怕鬼,竟然浑身寒毛直立。

"胡说八道!本公子在江湖中出生入死,坟墓抄过不知多少,连皇陵都进去过,如果世上真有僵尸,本公子早已死了几十次了。"方多病嗤之以鼻,"那东西分明是活的,是只长得很像人的怪物,说不定是什么猿猴、猩猩之类的异种。"

李莲花咳嗽一声:"原来你在坟墓中出生入死几十次,失敬、失敬……"

方多病也咳嗽一声:"没有几十次,几次总是有的。"

李莲花继续道:"姑且不提那东西究竟是死是活或是半死不活,首先,那东西在客栈中跟踪你我很久了,第一次在走廊里,'它'找上陆大侠;第二次在客房里,'它'又找上陆大侠……"他看着陆剑池,"你身上难道有什么吸引'它'的宝贝?"

"宝贝?"陆剑池一挥衣袖,"在下身无长物,只有一口青钢剑。"

李莲花凝视着他的脸:"但'它'确是跟踪你而来……"

陆剑池张大了嘴巴,连连摇头:"这怎么可能?我长年不下武当山,行走江湖不过数月,武当山上决计没有这种怪物。"

李莲花对右轻轻一指,方多病和陆剑池蓦然回首,只见遥遥树丛之中有个影子目不转睛地看着三人,那双小眼睛炯炯生光,正是客栈中的斑点妖怪,不知何时'它'竟跟在三人身后。'它'行动无声,方多病与陆剑池都未察觉。李莲花对着'它'轻轻挥了挥手,那东西并不动。

方多病眼见光天化日之下,朗朗乾坤,就算是妖魔鬼怪出来,妖力必定也大打折扣,他大着胆子也举起手对着'它'挥了挥,那东西依然不动。

陆剑池慢慢举起手,轻轻对着那东西挥了一下,那东西蓦地自树梢上站起身来,本来树梢柔软,"它"低伏在上头,树梢被压弯了,这下突然站起,那树梢反弹而起,斑点妖怪仰后栽倒,"砰"的一声摔在地上。

陆剑池目瞪口呆,李莲花微微一笑,方多病又是好笑又是骇然:"'它'……'它'要干什么?哪有……哪有如此笨的妖怪?"

李莲花站在陆剑池之侧,突地反掌擒拿,一把扣住陆剑池的手腕脉门,缓步往那斑点妖怪摔下之处走去。陆剑池猝不及防,顿时半身麻痹,身不由己跟着他走。方多病追在二人身后叫道:"喂,喂,干什么?那妖怪力大无穷……"

走出十余步,李莲花扣着陆剑池的手腕,走到那"斑点妖怪"摔下之处。陆剑池情不自禁地往后便躲,但见那斑点妖怪摔在树下,这一下估计摔得不轻,它尚未爬起身来,阳光耀目,那浑身血斑在日光下看来越发恐怖。

那东西蓦地转过头来,陆剑池浑身一颤,李莲花牢牢将他扣住,不让他退却分毫,这等强迫之下,陆剑池勉强看了那东西的脸一眼,突然一怔,大叫一声,脸色惨白:"你……你……"

李莲花放开他的手,方多病好奇地跟在陆剑池身后:"怎么了?"

那东西目不转睛地看着陆剑池,蓦地一声咆哮,快如闪电地冲了上来,一掌往陆剑池胸口掏去。这下要是中了,陆剑池必定开膛破肚而死。

李莲花、方多病双双出手,劈空掌出,合二人之力抵住"它"这一冲。

那东西一扑不成，转身往树林中蹿去，刹那间无影无踪。

"死莲花，你不要告诉我你带着我们满山乱转，除了骗我们去看那死人骨头之外，就是要引出这只妖怪！"方多病胸口伤处又在隐隐作痛，呻吟一声，"那……那是张人脸吗？"

原来方才那东西一转头，方多病正巧盯了"它"一眼，将"它"那张脸看得清清楚楚。

李莲花微微一笑，眼望陆剑池："'它'是谁？"

陆剑池脸色苍白至极，身子一晃，几乎瘫倒。方多病连忙将他扶住，心道这位武当大侠胆子甚小，昨夜被五花斑点怪吓得昏倒，今天看见又要昏倒，想他师兄杨秋岳盗卖掌门金剑、大做寡妇姘头而能面不改色，何等奸贼气魄！陆剑池真是逊色多多，真不知武当白木老道怎么教的。

他正在胡思乱想，突听陆剑池颤声道："金有道……是金有道……他怎会……怎会变成了斑点……斑点怪物……"

方多病大吃一惊，刹那间牙齿打战，全身发寒，失声道："你说那斑点妖怪是'乾坤如意手'昆仑金有道？"

陆剑池点了点头："他……他和我约战八荒混元湖，但……但怎会在这里变成了斑点怪物？难怪……难怪他的手、他的手……"

"难怪他的手如此之长，并且宛如无骨一般转折自如。"李莲花惋惜地道，"听说'乾坤如意手'金有道少年时，双手骨骼不幸折断为数截，后经名医施救，不但双手痊愈，并且自此转折自如，练就他驰名江湖的'乾坤如意手'。"

陆剑池点头："不过他……他掉光了头发，不穿衣服，连眉毛也不见了。"

"但好端端的'乾坤如意手'怎会变成斑点妖怪？"方多病失声道，"他几乎变成了野兽，除了隐约认得陆剑池之外，什么都不知道了。"

李莲花喃喃地道："我想……这是一种病。"

陆剑池茫然道："一种病？"

"这就是石寿村村民用以屠杀那些'中原人'的方法，也是山顶上那块陶土骷髅石的来由。"李莲花道。

他经历过许多离奇古怪的凶案，每当真相大白之际，他的心情都很愉快，但这一次他的脸上并没有见到微笑，毕竟所发生的事太过残忍可怖，令人实在笑不出来。

"我想许多年前，或许只是十年二十年前，有人发现了石寿村的冰泉能酿美酒，于是返回中原之后，邀请了许多人前来山中开荒种果树、谷物酿酒。"李莲花叹息，

"前来开荒之时，或许中原人和村中订有协议，等待美酒大卖之际，如何平分利润，所以开始之时，石寿村村民并未反对，让他们在村中修建房屋，建造客栈。但开荒之后，高山果树却不能结果，谷物更是无法生长，树林毁去，野兽消失，菊花如野草般蔓延，石寿村村民的日子反而越来越难过，于是他们和中原人之间的冲突越来越剧烈，直至无可收拾的地步。"他一边说，一边缓步往回走。方多病和陆剑池情不自禁跟在他身旁，边走边听。

"酿酒不成，中原人反而把冰泉源源不断地运出去，终于导致石寿村村民起了杀机。"李莲花眼望蔓延而生的野菊，缓缓地道，"而杀机导致了一个阴谋……阴谋导致了……非常惨烈的后果。"

他缓步徐行，迎向日光而来的方向，方多病和陆剑池一派沉默，谁也不想说话，静静地听着。

"我想……阴谋是从那闹鬼客栈第四个房间开始的。"李莲花缓缓地道，"还记得吗？那房间里有两件黑色斗篷，我想没有人出门会带两件模样相同的斗篷，所以，那房间住的应有两个人。而两件相同的黑色斗篷，不管穿的人是谁，必然身份相当，而既然身份相当，多半属于同一门派或组织。在这种地方，我可以姑且一猜——他们是中原人请来的保镖。"

陆剑池点了点头："那门内之人剑术了得，在铜炉上斩下的一剑甚见功力，作为保镖那是绰绰有余。"

李莲花慢慢往前走："如果石寿村村民要将入侵家园的中原人屠杀殆尽，武功高强的保镖必然要先被除去。还记得第一个房间里，那上吊的女子留下的遗书吗？她说'鬼出于四房'，所以这桩恐怖至极的阴谋，是从那两名保镖的房间开始的。而石寿村村民显然不会武功，他们住在高山，从未见过世面，食物缺乏，身体瘦弱，无法与习武多年的武林中人相抗，所以要除去保镖，必须采用非常的办法。"

陆剑池想了半晌，茫然摇头："什么办法？"

方多病心道：杀人可以下毒，可以栽赃嫁祸，甚至造谣都可杀人，以你这般既呆且笨，自然想不出来。

只听李莲花继续道："第四间房里住着两个人，房中留下一个血影，桌椅碎裂，可见是力气极大的人在房中动手，导致桌椅碎裂，而村民显然并无这种能耐。"

陆剑池点了点头："要将木块震得片片碎裂，必是内家高手。"

李莲花道："不错，唯有两人旗鼓相当，掌力震荡冲击，才会造成如此后果。而原来房中有两人，如果是外人入侵，既然房内一人就能和他旗鼓相当，两人一道，绝无大败亏输的道理，无论如何，不致血溅满屋。"

"所以？"方多病瞪眼。

李莲花道："所以……就是屋里两人相互动手，一人杀了另一人。"

陆剑池骇然道："怎会如此？"

李莲花轻轻叹了口气："姑且不提原因……我们只知道那房中的一人杀了另一人，提走了杀人的剑。紧邻四房的第三个房间窗户上有一个破口，窗纸外翻，不能说那必定是被人从外面撕开，但的确很像有人从外面对房内窥探，而从纸破的高度来看，撕窗纸的人身材很高，这和四房里那件长得出奇的斗篷相符。然后，二房里脸盆中有血沉积，或许是那人杀人之后在那里洗了手。之后房间——受到扫荡，第一个房间的女子上吊而死，二楼的房间血溅三尺，所有尸体消失不见，一切事情大致如此。"

他微微一顿，继续缓缓地道："且不论为什么那人要杀死同伴，血洗客栈，你们有没有发现他的行动很奇怪——并不是每一个房间都住着人，但他每一间房间都进去了。更奇怪的是，那上吊的女子并没有写下他的姓名，而把他写成了'鬼'。她写下'……夜……鬼出于四房，又窥妾窗……惊恐悚厉'，显然那个人到处张望，并没有什么明显的目的，并且相貌非常奇怪，奇怪到同样自中原而来的女子会把他当成'鬼'，说到这里……"李莲花看了陆剑池一眼，"你没有想到一些什么？"

陆剑池脸色苍白："金有道……"

李莲花叹了口气："不错，金有道。"

方多病莫名其妙："什么金有道？"

李莲花道："当一个人变得如金有道那般神志不清、浑身斑点的时候，见人就杀并不奇怪，而如果他个子既高得出奇又全身血斑，在不穿衣服的时候，被人当作鬼也是顺理成章。一个柔弱女子见到如此恐怖的杀人怪物，既逃无可逃，鬼已在她门外，除了上吊自尽，她还能如何？"

方多病骇然失色，陆剑池的脸色越发惨白，的确如李莲花所言，正能一一解释在那客栈中看到的一切恐怖痕迹。

"但……但好端端一个人怎么会突然变成金有道那般模样？"

李莲花道："暂且也不论为何他会变成那般模样，那客栈中还有些事一样奇怪，比如说，屠杀过后，那上吊女子的丈夫为何没有回来？那些尸体何处去了？为什么客栈没有像中原人所住的房屋那般被焚毁？还有——为何石寿村村民要将那些头颅包裹在黏土中焚烧？"

他说到这里，石寿村已在眼前，那客栈在白日看来依旧华丽，然而在方多病和陆剑池眼里却充满寒意。三人走到村口，几个村民自窗口探出头来，目不转睛地看着他们。

李莲花径直往客栈走去，推开大门，踏入大堂，他举目上望："还有这些写着'鬼'字的竹牌，那间贴满符咒的奇怪房间，那具死去很久的无头干尸，斑点妖怪的谜团，绝非只是一时将客栈中的住客屠杀殆尽如此而已。这些'鬼'字，必定是中原人的保镖变成了金有道那样，血洗客栈之后有人挂上去的，所以在凶手血洗客栈之后，还有人活着。"

方多病道："难道这写下许多'鬼'字的人，就是二楼那间贴满符咒的房间的主人？"

李莲花摇了摇头："那个房间没有主人。"

"那房间分明有人在里头贴了许多符咒，桌椅板凳床榻被褥样样俱全，怎么可能没人？"方多病失声道，"要是没人住，贴那些东西干什么？"

李莲花站在大堂中眼望那条血迹斑斑的走廊："记得吗？那扇门被人从外面锁住，窗户钉死，门后床榻挡路，根本不能打开，比起阻止人进来，更像是……锁住房里的人，不让他出去。"

方多病瞠目结舌，陆剑池心头大震，只听李莲花缓缓地道："符咒……一般不是用来驱鬼镇邪的吗？贴在屋里的符咒，镇的岂不是屋里的邪？"

"你说那些符镇的是屋里的鬼——那岂不是……岂不是镇的是地板底下那具无头的……"方多病张口结舌。

李莲花奇异地看了他一眼，慢吞吞地为他接了一句："干尸。"

陆剑池越听越是清醒，也越听越是糊涂："那具无头干尸和有人血洗客栈，有什么关系？"

李莲花一步一步穿过走廊，踏入庭院，抬头凝视二楼那间贴满符咒的房间，慢慢地道："那个房间……就在四房上面，这并不是巧合，不是吗？"

"死莲花！你究竟想说什么？"方多病呆呆地看了那房间许久，蓦地大发脾气，"想说就说，本公子就算看那房间十年也想不出所以然来，你知道些什么就直说，省得老子费脑筋！快说！"

李莲花歉然看了他一眼："我猜……"他手指那二楼发现干尸的房间，"我猜他们把什么东西通过那个房间放进了四房里……"

陆剑池问道："他们？"

李莲花点头："村民把一种东西通过那个房间放进了四房里，然后两个保镖之中的一个受那东西影响，突然发疯，理智全失，将当日客栈中住的所有人一起杀死。"

方多病皱眉："一种东西？什么东西？"

李莲花道："我不知道那是什么东西，但很可能是一种病，一种会让人失去理智，浑身血斑，让人变得犹如野兽，富有攻击性的病。"

陆剑池恍然大悟："若是一种病，金有道变成那般模样，也是情有可原，他必是路过此地的时候，不幸感染上那种恐怖的疾病。"

李莲花点了点头，又摇了摇头："事情绝非如此简单，我想他们把能致病的东西悄悄放进四房，也许只是希望中原人自相残杀，那是他们毁坏村民家园的代价，但事情的发展却和他们的预期大不相同。"他叹了口气，"那得了怪病的武林高手从客栈里闯了出去，在周围大肆杀戮，剩余的中原人或逃亡或被村民屠戮殆尽。之后石寿村村民故意放火，焚烧中原人的房屋和果树，将一切痕迹掩盖得一干二净。如此结束，也算大幸，但显然并未就此结束，如果一切就此完结，这客栈一样会被焚烧推倒，而二楼房间里决计不会留下符咒和干尸。"

"后来发生了什么事？"陆剑池忍不住问。

方多病却道："那怪病一定流传了下来，否则金有道不可能变成斑点妖怪。"

李莲花点了点头："我猜那感染怪病的武林高手回到了客栈，也许是因为他修为不俗，得病之后一时不死，所以村民无法将客栈拆毁焚烧，客栈就此保留下来。"

方多病斜眼看那间房："就算他回到客栈，总不会自己写了许多'鬼'字，自己弄了个干尸放在二楼的房间里，贴上许多符咒玩鬼驱鬼的把戏吧？"

"此后……我猜那人在客栈里死了，"李莲花缓缓地道，"但村民不知道他究竟死了没有，或许有人曾经进来窥探，但不知为何又感染了那种怪病。客栈里死人之事并非一时而止，既然连续多年，变成'斑点妖怪'的人必定不止一个。石老说'供奉神明不力，苍天降罪'，或许也不是全然不着边际，他们也许觉得触怒了鬼怪，害怕那'斑点妖怪'总有一天轮到自己头上，所以才有了二楼房间里那具干尸。"

"那具干尸是什么玩意儿？"方多病伸手自身边枯树上折下一截树枝，远远往二楼那房间掷去，"那就是石寿村的神明？"

"不，那就是'鬼'……"李莲花慢慢往四房走去，"只要知道他们把什么东西通过二楼放进四房之中，就能明白为什么他们要把那具干尸封在二楼的房间里。"

"你确定真的会有东西？"方多病倒抽一口凉气，"那怪病会传染，你真的要再进房去？"

七　陶土骷髅

李莲花向前走出十六步，再度踏入第四个房间。

陆剑池默默跟在他身后，所谓鬼神之事，原来都有道理可言，江湖中事原来并非他所想象的那样简单，也并非他所想象的那样神秘，若不是遇上了李莲花，经历过石寿村一役之后，他或许心中会永远地烙下世上有鬼的烙痕，从此变成一个胆小如鼠的庸人。身前的灰衣书生既无令人敬仰的武功造诣，也没有见识到他那传闻中惊艳于天下的医术，更没有什么超凡脱俗的谈吐和出尘出世的风度，然而一言一行表现出的智慧与勇气，令人折服。

四房之中，依旧是遍地血痕，李莲花抬起头来直视木制的屋顶，在房中踏了几步，指着头顶的木板："哪位暗器准头好些，把它撬开。"

陆剑池摇了摇头，他是武当名门弟子，从不学暗器之术。

方多病哼了一声："本公子光明正大，暗器功夫也不怎么好。"

嘴上是如此说，他一挥衣袖，一块碎银高掠半空，撞上木板，只听"咔吧"一声脆响，轰然一团黑乎乎的东西从天而降，尘土飞扬，三人纷纷掩鼻，夺门避出老远。

过了好一阵子，李莲花小心翼翼地自门边探头进来，方多病随后探头，陆剑池也忍不住伸出脖子看去，只见满地皆是碎陶，碎陶片中有一团黑乎乎的东西，一时看不出来是什么。

过了半晌，方多病"哎呀"一声："人头！"

那团黑色的东西，是一团已全然变色腐败的药草，药草上还有鸟兽的毛发，这两样东西包裹着一个褐色干枯的光溜溜的人头。这一团稀奇古怪的东西上还插了一把骨刀，似乎本来装在陶罐之中，陶罐却已摔碎。

"这……这是什么妖法邪术？"方多病骇然，"这就是能令人变成斑点妖怪的东西？"

李莲花轻咳一声："大概是了。"

陆剑池抬头看那天花板上的窟窿："那上面就是藏着干尸的密室，这个头，莫非就是那干尸的头？"

"嗯……"李莲花目不转睛地看着天花板，"旁边的木板还有一些渗水的暗色痕迹，这泡着古怪药草的人头被盛在陶罐里，放在天花板上，人头所泡出来的水自上面滴下……"

方多病自怀里取出两三条丝巾堵住鼻孔、耳朵，哼哼地道："妖法邪术，果然是妖法邪术……"

"不是妖法邪术。"李莲花指着那人头，"这人头也是光头，没有眉毛，这也是一个'斑点妖怪'。"

"难道怪病是借由人头传染？"陆剑池凝目望去，那人头果然没有半根头发，也没有眉毛，牙齿外露，虽然人头变黑看不出什么斑点，但世上绝少有人是这等样貌。

李莲花连连点头："所以山顶上那个湖旁边，有一块陶土裹人头筑起的巨石，我猜……只要将人头裹在黏土中烧掉，便没有危害。"

方多病奇道："那剩下的呢，为何不把整个人裹在黏土中烧掉？这样还留个全尸。"

李莲花慢吞吞地看了他一眼，半晌道："你的记性不太好……"

方多病怒道："什么……"

陆剑池忙道："李兄的意思是，你忘了石寿村的村民会吃人……"

方多病一呆，悻悻地道："说不定这种怪病，就是他们祖祖辈辈吃人吃出来的。"

李莲花道："也许吧。客栈里不少中原人的桌椅板凳床铺出现在石寿村村民家中，而许多尸体不见，显然，他们把尸体搬走，当作食物。为防斑点怪病的危害，吃人的时候都把头颅砍下，裹在黏土中焚烧，然后把身体吃了。因为当年那得了怪病的武林高手杀了太多人，他们无暇将人头一个一个包裹焚烧，就把许多人的头颅一起掷在黏土坑里焚烧，结果烧成了一块巨大的骷髅陶土，当作胜利的标志，就放在那湖边。"

"我明白了，灭门事件过后，虽然他们把人头封在陶土中烧过再吃人肉，却仍然有人得了怪病，他们以为是这具干尸不满意人头和躯干分离，所以急急忙忙把他的身体找来，放在距离他头颅最近的地方。"方多病恍然道，"但他们又害怕他继续变成鬼爬出来害人，所以在屋里写满了古怪的符咒用来镇鬼。"

李莲花终于微微一笑："但这种方法并不管用，进入这客栈的人仍然会受斑点怪病的威胁。而这是石寿村中的隐秘，石老为了掩盖斑点怪病仍在流传的真相，不惜要杀死进入客栈的所有人，不管他得病也好，不得病也好，他都要杀人灭口。"

"但我不明白，金有道如何得病，为何你我在客栈里进进出出，却不曾得病？"陆剑池茫然不解。

"那就是运气了。"李莲花微笑，"还记得客栈走廊里有一小片斑斑点点的血迹吗？"

"如何？"陆剑池点头，他曾对那血迹看过许久。

李莲花道："那墙上粘着一小块褐色的碎片，那是一块头骨，所以有人头颅在走廊里受到重击。我不知道那人究竟是自碎天灵还是被人用硬物砸到，总之必定是脑浆迸裂，如果他便是斑点妖怪，既然人头能传染怪病，那收拾尸体的人必然沾到脑浆，多半他就要生病。而你我来的时候那痕迹早就干了，就像这人头一样，早就没有什么脑浆，也没有尸水，不过就是骷髅而已。"

"金有道呢？"陆剑池越听越心定，心既定，头脑也渐渐灵活起来，"他却为何得病？"

李莲花缓缓地道："他吗？他和另外一人住在二楼第三个房间里，我猜他必定也是见这客栈离奇诡异，发了豪侠脾气，非要住在这客栈里不可。然后——"

"然后？"方多病追问。

"然后发生了什么，就要请石老告诉我们了。"李莲花转过身，望着庭院旁的走廊。

陆剑池转过身来，目光所聚，正是庭院走廊。方多病手掌一翻，一支玉笛握在手中，凉凉地看着走廊："老头，出来吧，鬼鬼祟祟躲在走廊里会得怪病的哦！"

一群人突然从走廊里拥了出来，饶是三人早已知道背后有人跟踪，但突然见了这许多人，还是有些出乎意料。只见一群皮肤黝黑、个子瘦小的村民，手里提着尺余长的小小弓箭对准三人，那小箭弯弯曲曲，不知是以什么东西制成，箭头黑黝黝的，决计不是什么好东西。那满面皱纹的石老在村民的簇拥之下，拄着拐杖慢慢地走到前面来，他手中提着一个小小的陶罐，这陶罐在众人眼中皆是恐怖至极，连他身侧的村民都后退了几步，目光充满敬畏之色，远远避开那陶罐。石老高高举起那陶罐，村民一起对那陶罐拜了下去，犹如拜祭神明。

"石老，别来无恙？"李莲花踏步上前，对着石老微笑。他相貌文雅，如此含蓄一笑，虽然穿的并非白衣，衣袂亦不飘飘，风度却是翩翩。

方多病在心里赞了一声，死莲花就是会装模作样。

石老目光转动，看了四房里掉下的人头一眼，拐杖重重一顿："你们竟惊动了'人头神'！人头神必定要你们不得好死！阿米托拉斯寿也呜呀哩……"他将拐杖一顿一顿，大声念起咒来。

身周的村民同时跳动，绕着他一起念咒："……阿米托拉斯寿也呜呀哩……咿唔求纳纳也，乌拉哩……"念咒之时，身体转动，但手握弓箭的人不论转到何处，都不忘以箭尖对准三人。

方多病又是骇然，又是好笑："这演的是哪一出？"

李莲花伸出手指在耳边晃了晃，轻声道："听。"

陆剑池凝神静听，只听咒声之外，有鸟雀振翅之声凌空而来。

三人抬起头来，只见鹰隼漫天盘旋，这咒声居然能召唤鹰隼。

这地方虽然荒蛮，却着实有不少老鼠，猎物没有，老鹰却有不少，村民与老鹰长年相处，有召唤老鹰之法并不奇怪。

李莲花凝视老鹰半晌："只怕他想召唤的不只是这些鹰，而是——"

他话未说完，屋顶骤然传来"呼啦"一声，一个东西翻上屋顶，目光炯炯地看着众人，正是金有道。

方多病苦笑，金有道被老鹰的动静吸引，跟踪而来，这人正常的时候已不好惹，如今力气大增，神志混乱，更是难以收拾。

眼见金有道来到，石老改变咒音，乌拉乌拉不住手舞足蹈，村民改变舞蹈之法，挥舞弓箭，齐声呐喊。金有道充耳不闻，一双小眼睛牢牢盯着陆剑池。

方多病心里叫苦连天，这人到了这种地步，仍是念念不忘与陆剑池的比武之约，就算一边的村民不在那里鬼吼鬼叫，这人一样会找上门来，不知陆剑池那傻小子有没有和金有道动手的本事，要是没有，哪里逃走最快？

陆剑池沉默不语，手按剑柄，金有道四肢伏地趴在屋顶，似乎正在寻找进攻的机会。

方多病东张西望，四处找寻逃走的捷径，李莲花在他耳边悄声道："你去砸烂那老头手里的陶罐。"

方多病"哎呀"一声，怒道："那罐里明明有古怪东西，说不定装了什么斑点妖怪的脑浆，我才不去送死！"

李莲花悄声道："那罐里如果真有脑浆，他怎敢握在手里手舞足蹈，又唱又跳？我和你打赌他又在骗人。"

方多病心中一动："你说他凭着这一小瓶东西震慑他的村民，而瓶子里的东西却是假的？"

李莲花越发悄声道："未必真是假的，但他现在拿出来的多半是假的，否则那东西何等恐怖，一个不小心岂非连自己都赔进去？你去砸烂他的陶罐，大家一看那东西是假的，自然就不听他的话了。万一那东西是真的，打烂他的陶罐，这老头恶贯满盈，也就算自作自受了。"

方多病探手入怀，握住一块金锭，咬牙切齿："死莲花，你让本公子大大地破财，拿你莲花楼来赔！"

李莲花欣然道："那楼下雨漏水冬天漏风，木板咯吱咯吱响，窗户破了两个，过几天我又要大修，你若肯要，再好不过。"

方多病呛了一口："放屁！"

此时金有道发出一声怪啸，自屋顶扑下。陆剑池拔剑出鞘，只见人影疾转，"砰"的一声巨响，陆剑池被金有道一扑之势震退三步。

同时，"当"的一声脆响，方多病借机金锭出手，石老手中的陶罐应声碎裂。

众人的目光急急从金有道身上转回，只见陶罐落下，溅出少许无色清水模样的液体，石寿村村民一阵怪叫，纷纷倒退，有些人竟夺门而出。

石老满脸震愕，呆在当场，过了一会儿，石寿村村民慢慢站定，望着石老的目中皆露出不解之色，再过片刻，方才逃出去的几人又自走廊探头进来，望着石老，目光中满是惊奇和疑惑。

陆剑池长剑挥舞，堪堪抵住金有道扑袭之势，抽空看了身旁局势一眼，突然石寿村村民一声低吼，许多人围了上去，对着石老不住地指指点点。他心中大奇，心神一分，金有道手臂暴长，直对他肩头抓去。陆剑池长剑在外，已无法及时回挡，一时打不定注意是否弃剑，一呆之下，一阵剧痛——金有道五指已插入他肩头半寸，鲜血泉涌而出。

金有道出手如风，右手合拢，便要将他脖子扭断。方多病一声叫苦，玉笛挥出，架开金有道右手一扭。陆剑池趁机收剑，将金有道逼开三步，只觉右肩剧痛，只怕已无挥剑之能，却又不能让方多病一人御敌，只得咬牙忍痛，浴血再战。

这武当傻小子真是傻得可以，方多病心中大骂这呆头临阵犹豫，伤得毫无价值，如今还要拖拖拉拉做他的绊脚石。

再过三招，陆剑池长剑脱手，左肩再度受伤，脸色苍白，兀自不知是否应当退下。

"陆剑池，"方多病咬牙切齿地道，"你没有看见你背后那位高人在干什么吗？"

"他……"陆剑池百忙中回头一看，只见李莲花已趁乱远远逃开，一只脚已经踏上庭院另一边的门槛，顿时一片迷蒙。

方多病怒道："行走江湖这么久，你小子还不知道打不过要逃吗？一只病猫在这里给老子碍手碍脚，你想送死老子还没空给你放鞭炮！还不快走！"嘴上说得忙碌，他手中玉笛也是连连挥舞，勉力挡住金有道的手爪。

陆剑池大声道："我岂可留下方少一人！要死大家一起……"

方多病气得几乎吐血，破口大骂："谁要和你一起死了？！还不快逃！"

陆剑池眼见李莲花已逃得无影无踪，心中满是疑惑——李莲花武功如何他不清楚，但他曾经接过金有道一掌，并不是手无缚鸡之力，为何丢下朋友，转身就逃，这岂不是临阵脱逃？但方多病竟然叫他也走，这和师父的教导全然不合……他一阵糊涂，往李莲花逃走的方向而去，冲出庭院，眼前却不见李莲花的人影，他心中越发大奇："李兄，李兄？"短短时间，他能躲到哪里去？

方多病把陆剑池赶走之后，越发感觉金有道攻势沉重，他自己本来练功就不认真，此刻满头大汗，已是险象环生，心里叫苦连天。金有道行动如此迅速，他就算要逃，只怕跑得还没有金有道快，又如何是好？难道方大公子竟然要因为该死的李莲花和傻到极处的陆大呆，把一条宝贵至极的小命送在这里，这怎么可以？

他眼角看着石寿村村民将石老围在中间，不知在搞些什么鬼，也无心去想到底发生了什么事，只道阿弥陀佛观音菩萨如来佛祖文殊普贤太上老君天大圣天蓬元帅什么都好，苍天显灵，让他逃过此劫吧。他日后必定潜心向佛，决计不再与李莲花那死鬼偷吃寺庙里的小兔子……

白影飘拂，烦躁的空气中掠过一阵清淡的凉风。

方多病蓦然回首，只见背后一人卓然而立，白衣如雪，轻纱罩面，那衣裳如冰如玉，鞋子有淡雅绣纹，非但人卓然而立，连衣袂穿着也是一样卓然出尘。方多病一时呆住，半晌想道：原来白日真的会见鬼……

金有道一声怪叫，转身向白衣人扑去。白衣人衣袖轻摆，一柄长剑自袖中而露，露剑身半截，只这一摆一抬，剑尖所指，已逼得金有道不得不落向别处，伺机再来。

方多病趁机退出战局，站在一旁不住喘气，心中又想：原来世上真有这种白衣飘飘的劳什子大侠，他分明早就在一旁偷看，却偏偏要等到老子快死的一刻才出手救人，想要老子感激，老子却偏偏感激不起来。

看了片刻，方多病突然想起，这似乎不是他第二次遇见这位白衣大侠，除了昨夜看见他一片衣角，去年冬天，他和李莲花在熙陵外树林中遇到古辛风袭击，李莲花逃进树林，也是在快死的时候，树林里有白衣人踏"婆娑步"击败古辛风，救了他们两条小命，难道眼前这个衣袂飘飘、十分惹人讨厌的白衣人，就是那人？

方多病心中一凛——当年那人足踏"婆娑步"，那是"相夷太剑"李相夷的成名轻功，若眼前这人真是当年的白衣人，他和名震天下、传闻已在十年前落海而死的李相夷李大侠是什么关系？想及此处，他不得不打起十二分精神，全神贯注地注意起白衣人和金有道一战。

金有道非常谨慎，不知是失去神志之后多了一种野兽般的直觉，还是身为武林高手的敏锐犹在，对付白衣人他非常小心，只见他目光炯炯地盯了白衣人许久，方才轻轻移动了一下位置。

白衣人站住不动，持剑之手稳定至极，那长剑一炫如秋水，冷冷映着方多病的左眉，如此长的时间，剑刃不动不移，半分不差！这是什么样的剑上功力！方多病为之咋舌。要说他是李相夷的弟子，李相夷就算活到今天也不过二十八，只怕养不出这样的弟子，当然说不定人家十八岁纵横江湖时便已收了十几岁的徒弟，算到如今自然也就这么大了。但若是真的曾经收徒，以李相夷天大的名气，怎会无人知晓？要说这人是李相夷本人，李相夷早在十年前就坠海死了，那事千真万确，证人众多，绝不可能掺假。何况要真是李相夷，早一剑把金有道宰了，根本不会僵持如此之久。若要说这人是李相夷的师兄师弟之流，年龄上倒是比较有可能，但听说"相夷太剑"是李相夷自创，如此似乎也说不通——莫非这是李相夷的鬼魂？

方多病正在胡思乱想，骤然间金有道伏低身子，如离弦之箭一般往白衣人双腿冲去。白衣人露在袖外的半截长剑一振，方多病只觉眼前一亮一暗，一片光华大盛，泉涌般乍开乍敛，竟令人忍不住想再看一次。那是剑招吗，是剑光还是只是一种幻象？

他瞬间迷茫起来，一颗心仿佛刹那间悬空跌落，只见那柄炫如秋水的长剑不知如何拧了一个弧度，对着金有道当头斩下！

"啪"的一声轻响，他眨了眨眼睛，只当必定看到脑浆迸裂、血流满地的情景，但白衣人这一剑斩下，只见金有道头顶流血，顿时软倒在地，却不见什么脑浆迸裂。

方多病又眨了眨眼睛，才知这人竟用锋锐如斯的剑刃把金有道砸昏了！这……这又是什么神奇至极的功夫？就在方多病瞠目结舌之际，那白衣人似是转头看了他一眼，持剑飘然而去。

方多病又呆了半晌，目光方才落到金有道身上，金有道头顶被那一剑斩出一道又直又长的剑伤，却只是皮肉轻伤，原来是被真力震动头脑，方才昏去。但那白衣人的内力着实并不了得，若是内力深厚的高手，要以剑刃砸人头，决计不会砸出剑伤和血来，如此说来，这人既不是李相夷，也不是李相夷的鬼魂，那究竟是谁？

方多病一回头，却见两人在后门探头探脑，正是李莲花和陆剑池。

"你打昏了金有道？"李莲花遥遥地悄声问。

方多病本能地点了点头，随即猛然摇头："不不不，刚才那人你瞧见了没有？那个白衣人，使剑的。"

李莲花摇头："我到院子外的草垛里躲起来了，突然这里头没了声音，我便回来了。"

陆剑池却是点了点头，声音仍有些发颤："好剑法，我看见了，好剑法！惊才绝艳的剑！"

方多病的声音也在发颤："这人虽然内功练得不好，单凭那一手剑招也可纵横江湖了，那人究竟是谁？"

陆剑池摇了摇头："我从未见过这种剑招，也不是武林各大门派常见的剑术，多半乃是自创。"

方多病的声音慢慢低沉下来："我怀疑……那人和李相夷有关，只是想不出究竟怎么个有关法。"

陆剑池大吃一惊："'相夷太剑'？若是'相夷太剑'，自然有一剑退敌的本事，不过……"

方多病叹气道："这事也只有等你回武当山找你师父商量，看究竟如何处理，我们后生晚辈，想出主意也不作数。"

李莲花连连点头，欣然道："如今新四顾门如日中天，李相夷若是死而复生，自是好极，必定普天同庆、日月生辉、人间万福、四海太平。"

方多病"呸"了一声："死而复生，妖鬼难辨，有什么好的？什么普天同庆……"

三人嘴上说话，眼睛却都看着石寿村村民围着石老。这些人并不理睬什么突然而来、突然而去的白衣剑客，未过多久，只见众人围成的圈子里渐渐流出鲜血。

方多病越说越小声，脸色越来越骇然，等到众人慢慢退开，他们看到圈子里的石老遍体鳞伤，满地鲜血，一颗头已经不见了，石老不知被谁砍了头去，竟然死在当场。

陆剑池目瞪口呆，方多病瞠目结舌，李莲花满脸茫然，三人面面相觑，浑然不知为何事情会演变至此。

正在三人茫然之际，石寿村村民有一人对昏死在地的金有道狂奔而来，自腰间拔出一把弯刀，对准金有道的脖子用力砍下。方多病挥笛架开："干什么？！"

"乌古咿呀路也……"那人咿呀作语，三人再度面面相觑，不想石老言辞流畅，谈吐尚称文雅，石寿村村民居然不通中原语言。

另一位年迈的秃头老者叹息一声，缓步上前："我来说明吧……这是石寿村的规矩……"

李莲花三人静听那老人解释，原来石寿村村民久在大山之中，自成一族，很少和外界人士交往，族中学会中原语言者不多。而族长掌管全族生死拜祭大事，享受全族最好的待遇，手握大权，族里推选族长的唯一方法，是谁敢保管"人头神"的脑髓，谁就是族长。方才尸横当地的石老其实不是本族中人，只是他敢于掌管"人头神"的脑髓，所以村民向他称臣。"人头神"的脑髓附有恶灵，十分恐怖，一旦附上人身，活人就会变成厉鬼，那是本族的守护灵，也是族里蒙受的诅咒，世世代代相传。

十几年前，中原人入侵石寿村，"人头神"帮助他们杀死中原人，但"人头神"的诅咒并没有回到石老掌管的陶罐中去，这几年来不断有人变成"人头神"。族人早就怀疑石老是不是亵渎神灵，没有按照规矩拜祭，所以石老被迫在"人头神"出没的地方挂上鬼牌和符咒，将"人头神"的尸身放在他头颅附近。

今天幸亏方多病一击打碎陶罐，才让族人发现那脑髓早已失落，陶罐里装的只是清水。

"如果说石老掌管'人头神'的尸身和脑髓，他是一族之长，那要在客栈里放人头自然容易至极，但在那之后，他掌管的那一部分脑髓哪里去了？为什么客栈里会不断地出现'人头神'？"方多病沉吟，"这个死老头到底想隐瞒什么？"

"脑髓失落，族长就要受族人斩首之刑，他必定是在掩饰脑髓遗失这件事。"那白发老人道，"族人都在怀疑族长把'人头神'的脑髓遗失在客栈里，但谁也找不到它，并且许多踏进客栈的人都无缘无故地变成了'人头神'，恶灵的诅咒真是可怕得很。"

"那个……"李莲花插口道，"在那里。"

三人同时一呆，一齐向李莲花看去，之后，又一齐看向他所指的方向，疑惑、不信、讶异、诡秘，各种感觉充斥心底。

李莲花所指的方向，是庭院中的那一口水井。

"井……井里？"方多病张大了嘴巴，"你怎知在井里？"

李莲花微微一笑："我一直在想……就算许多年前是石老把那人头放在了客栈里，导致有人得病，或者是有人在客栈中砸烂了'斑点妖怪'的脑袋，又导致了更多的人得病，但那都是十几年前的事了，为什么金有道也会得病？"他指了指二楼第三个房间，"他和同路的朋友住在三房之中，结果他得了怪病杀了他的朋友，而他朋友的尸身又被石寿村村民吃了——既然是吃了，说明他的同路朋友并没有得病，否则也不会有人去吃他——所以会不会得病变成斑点妖怪，和房间无关？既然发生在客栈之中，起因又与房间无关，那只能与水源有关了。进入客栈里的人，有些用了客栈里的水，有些却没有用。"

那白发老人十分激动，双手颤抖："天……这很有道理，它就在水井之中！"他转身对方才要砍金有道头的那人说了一番话。那人奔回村民之中，指手画脚，咿咿呜呜不断说话，料想正在转达李莲花方才的说辞。

四人一起往井边走去，只见阳光恰好直射井底，清朗的井水中，一个碎裂的陶罐清晰可见，除了碎裂的陶罐，井底的枯枝和沉泥之中，隐隐约约有两截短短的白骨。此外陶罐底下尚有一块黑黝黝的凸起，不知是什么东西。

陆剑池突道："石老手上少了两根指头……"

李莲花慢慢地道："不错……不过里面还有件东西……那该是个剑柄。"他指着井底那个黑黝黝的凸起，"有人挥剑抢了石老的陶罐，掷在水井之中，石老既死，我们永远也不知道这人是谁……也许就是当年染病的中原保镖，也许不是。"

"碎在井里的陶罐，这么多年为什么还能让人得怪病？"方多病盯着那井底，"这水看起来很清。"

李莲花探手入井口："这水寒气很盛，比山顶的湖水更胜三分，我想不管什么东西坠入这井中，必定很不容易变坏……"

方多病恍然："这是一口寒泉井，甚至是冰泉井。"

李莲花点头："这不就是石寿村最出名的东西吗？"

至此，陆剑池长长地呼出口气，石寿村"斑点妖怪"之谜已解，但压在心头窒闷的沉重之感未去。莽莽荒山、灿烂开放的野菊花、景色宜人的恬静村庄、质朴单纯的村民，其中所隐藏的竟是这样一个骇人听闻的秘密，纵然谜团已解，却不令人感到欣慰愉快。

"武当山的陆大侠，虽然你剑法练得很好，但对这江湖来说，你还差得远了。"方多病重重拍了下他的肩膀。

身边石寿村的村民已围聚过来，议论一番之后，突地拾起井边的石块往井里掷去。白发老人解释道他们要填了这口井，李莲花连连点头，但金有道却不能留下让村民砍头取脑髓。

正当不知如何是好时，陆剑池开口道要将他带上武当山去给白木道长医治。李莲花欣然同意。方多病点头之余，暗暗担心，若是陆剑池看管不力，整座武当山同门都变成了斑点妖怪，个个死不瞑目要出江湖来惩奸除恶，岂非生灵涂炭、日月无光？不妙，日后路过武当山必要绕道，见武当弟子避退三舍，走为上计。

正在盘算，突见李莲花皱眉沉思，方多病眨了眨眼睛，李莲花连连点头。方多病心中大笑，抱拳对陆剑池道："如此此间事了，在下和李楼主尚有要事，这就告辞了。"

陆剑池奇道："什么事如此着急？"

李莲花已经倒退遥遥走出去了三四丈："呃……我和一文山庄的二钱老板约好了三日后在四岭比武……"

陆剑池拱手道别，心中仍是不解：一文山庄的二钱老板，江湖上为何从未听说有这号人物？

方多病溜得也不比李莲花慢，两人一溜烟奔回莲花楼，他瞪眼道："不妙不妙，武当道士日后和斑点妖怪纠缠不清，惹不起、惹不起，快逃快逃！"

李莲花叹气道："我写信给你叫你带来的山羊呢？"

方多病怒道："是你自己迷路，无端端把那破楼搬到这种鬼地方来，自己又舍不得那几头牛在山上吃苦，是你把牛放跑了，问我要什么山羊？"

李莲花喃喃地道："没有山羊，你来干什么？"

方多病勃然大怒："本公子救了你的命，难道还比不上两三头山羊？"

李莲花叹了口气："你又不能帮我把房子从这鬼地方拉出去……"

方多病怒道："谁说我不能？"

李莲花欣然道："你若能，那再好不过了。"

第十三章

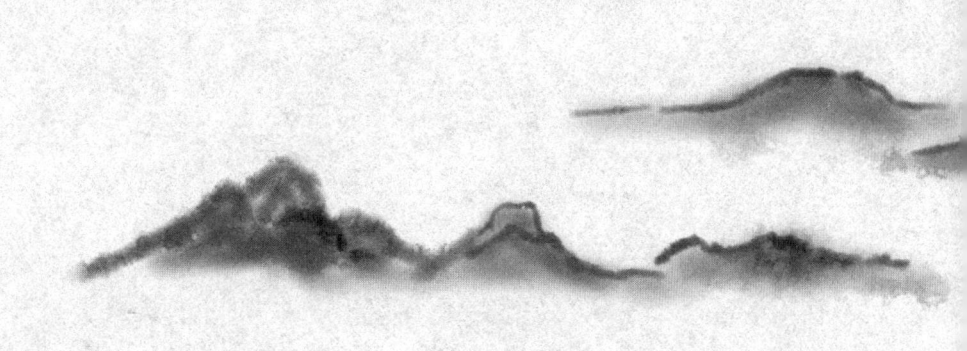

饕餮街首金簪

静夜啼鸦，月照西厢。

一只蛾子在月光之下飞舞，它飞进了彩华楼的走廊，那地上有个闪闪发光的东西吸引了它，它很快扑了下来。

走廊上反射月光的是一支金簪，金簪上花纹繁复，虽不过一寸有余，却雕有饕餮之形，饕餮口中尚叼着一颗极小的明珠。

蛾子在金簪上停了一下，扑打着翅膀又要飞起，却飞不起来了，它不住地扑打翅膀，最终渐渐无力地静了下来，只偶尔触角一动，过了良久，再微微一动。

它被粘在了地面上。

粘住它的，是金簪下的一摊半凝的血。

金簪后有一具被挖了眼睛、砍去双手的鲜血淋漓的尸体。

【 一 镜中的女人的手 】

"我实在想不通，为什么本公子和别人出门吃饭，总是能遇见美女，而和你出门吃饭，总是会遇到死人？"青天白日之下，彩华楼中，一位骨瘦如柴、衣裳华丽的白衣公子瞪眼看着另一位衣裳朴素、袖角打着补丁的灰衣书生，"你身上带瘟神是吗？还是在拜观音的时候心里想着如来，拜如来的时候心里想着关公，拜关公的时候心里想着土地公……"

那灰衣书生叹了口气，喃喃地道："我只不过拜菩萨的时候想着你而已……"

白衣公子呛了口气，只听灰衣书生继续慢慢地道："何况我们也没有'出门'吃饭，这里明明是你家的家业。"灰衣书生瞪了白衣公子一眼，"你当我不知道你每次请客吃饭，都上的自己家的馆子？"

这骨瘦如柴的白衣公子，自是江湖"方氏"的大少爷"多愁公子"方多病，而这灰衣书生自是江湖中鼎鼎有名的神医，号称能令人起死回生的吉祥纹莲花楼楼主李莲花。

昨夜方多病约李莲花比赛喝酒，谁输了谁就在百里之内寻个美人来陪酒，结果酒还未喝，还未有人醉，彩华楼便凭空生出个死人来。

"大少爷，这人真不是本楼的手下。你看我彩华楼上上下下百来号人，都在我手里有底子，这人人都在，绝没有缺了哪个。所以走廊里那玩意儿，绝对不是楼里的人，肯定是不知道谁从外面弄来，扔咱们楼里的，定是想坏彩华楼的名声！"彩华楼的掌柜胡有槐苦着脸对着方多病点头哈腰，"这万万不是楼里的错，这是意外，还请大少爷在老爷那里多说说。"

"我怎么知道是不是你楼里的人将哪位客官谋财害命，杀死在彩华楼走廊之中？"方多病恶狠狠地瞪了他一眼，"最好不是，否则本公子告诉老爹，说你管理无方，保管你吃不了兜着走。"

胡有槐心中叫苦连天，脸上强装笑容，连连称是。

"出去吧，这个……有我。"方多病挥了挥衣袖，胡有槐如蒙大赦，急急地走了出去。方大少忖道：就连这等狗屁，十几年前都能在江湖上混出个什么"狂雷手"的名号出来，真是怪哉……

李莲花看着脚下死状奇惨的尸体呆呆地出神，方多病不耐地道："看看看，看了半天，看出什么门道来了吗？"

"这是一个女人……"李莲花喃喃地道，"不过我真没见过死得这么惨的女人……"

方多病长长叹了口气："这女人一定被折磨了很久，双目失明，双手被断，虽然我不想承认，但她原来被藏匿的地方，很可能就在彩华楼内。受这样的折磨，跑不远的。"

伏在地上的女子穿着一条裙子，除了染血之外，裙子很干净，上身却未穿衣，半身赤裸，身材高挑，她双手齐腕而断，双目被挖，后脑流血，此外胸前双乳也被人切去，手臂之上伤痕累累，不知受了多少伤。但双手、双乳和眼睛的伤势早已愈合，可见此女惨受折磨绝非一天两天，恐怕也有经年的时间。

李莲花折断一截树枝，伸入女子口中微微一撬，只见她的舌头也被剪去，牙齿却仍雪白，若非双目被挖，这女子容颜清秀，并不难看，但究竟是谁，将一位妙龄女子折磨到如此地步？这下手之人心肠狠毒，实是令人发指！

"一定有人妥善地处理过她的伤……"李莲花喃喃地道，"但如果给她治伤的是个好人，为何她还要逃出来？可见……"

"可见说不定给她治伤的不是菩萨，却是要命阎罗。"方多病道，"这下手的人不管是谁，真是恶毒残忍至极！死莲花，你定要把这恶魔揪出来，然后把这些零零碎碎统统移到他身上去试试滋味如何。"

李莲花道："胡有槐已将彩华楼里里外外都查过一遍，若非他是恶魔的同谋，就是这女人藏身的地方非常隐蔽，闲杂人难以发现。我看那胡有槐相貌堂堂，年方五十，前途无量，不像是什么喜欢割人肉挖人眼睛的人。"

方多病翻了个大白眼："这有谁知道？你和他很熟？"

李莲花连连摇头："不熟，不熟，只是凭看相而言……"

方多病嗤之以鼻："既然是你看的相，那定是错得不能再错了。"

两人一边闲扯，一边细看尸体。李莲花以手帕轻轻拾起血泊中的那只蛾子，方多病却拾起了那枚小小的金簪。

"这是什么玩意儿？饕餮？"

李莲花将蛾子轻轻放入草丛，回过身来，一同细看那金簪："这个……饕餮，真的是很罕见的图案，只有青铜铸具喜欢用这种恶兽的纹样，用在金簪上寓意必定奇怪至极。还有这粒珠子，你见过饕餮口里含珍珠吗？"

方多病凉凉地瞟了李莲花一眼："不幸本公子小时书虽读得不多，但也知道饕餮口中含的是人头……"话说了一半，他微微一震，"这珠子是代替了一颗人头？"

"我想……大概是……"李莲花皱眉看着方多病手中的金簪，"这东西古怪得很，我看你还是找个地方把它收了，万一其中有什么杀人割肉挖眼睛的鬼，晚上爬了出来，岂非恐怖至极？"

"这东西虽然稀奇古怪，却是价值不菲，绝对不是彩华楼之物，我看要么是凶手的，要么是这个死人的。"方多病将金簪高高提起，似乎丝毫不怕鬼，"这种古怪的东西，在金器行里想必很有名，是既有故事，又容易找的。"

李莲花钦佩地看着他，赞道："你真是聪明至极，那个……我对金器不熟……"

方多病笑得越发狂妄："哈哈哈，这件事包在我身上。我方大少对什么都不熟，就是对金器最熟，哈哈哈……"

李莲花叹了口气，喃喃地道："但当要你请客的时候，你却未必肯说和它很熟。"

之后彩华楼封楼歇业，方多病和李莲花被安排在彩华楼最好的房间里休息，方多病不久已和城中各家金器铺掌柜、老板约好明日午时在翠莹居见面。

夜里，明月当空，皎洁异常。

方多病刚刚吃过晚饭，吃下了他平生最满意的一只大虾。那虾全身透明，比寻常所见几乎大了五倍，彩华楼的厨子将它剥壳挑去背线，冰镇之后，佐以小葱、蒜蓉、辣椒末、橙肉和少许不知名的酱汁下酒，生吃。那滋味真是令他满意至极，若不是凭空出了件命案，他定会对彩华楼印象好极。

李莲花正在洗澡，水声不住响着。方多病有时候想不通，同样是男人，为什么李莲花洗个澡要洗这么久？记得几年前他还闯进过他澡房一次，想看清楚李莲花是不是女扮男装，可惜李莲花货真价实是个男人——非但是个男人，而且还是那种浑身上下有许多伤疤的很男人的男人。

"春风拂柳小桃园，谁家红装在花中间……"方多病哼着不知哪里听来的小调，躺在床上，跷着二郎腿。

李莲花的房间本安排在隔壁，可怜死莲花怕鬼成性，定要和他同住，幸好彩华楼的厢房既宽敞又华丽，加摆一张小床不成问题，否则——哼哼！

"嗒"的一声轻响，方多病蓦然坐起，看向左边——是左边传来的声音。

他的左边并没有什么，梳妆台一个，墙上挂有铜镜一个，梳妆台下黄铜脸盆一个，椅子一张，并没有什么会发出"嗒"的一声响的东西。方多病诧异地看着那梳妆台，台上空空如也，并没有什么东西。今夜住的不是女客，女子梳妆的器具，掌柜都收了起来，更没有什么好看的。他看了半天，不得甚解，躺下身去继续哼那小调："那个红菱唇啊手纤纤……"

"嗒"的又一声轻响，方多病整个人跳了起来，这不是什么风吹草动天然的声音，更不是什么机簧暗器转动的声音，这声音两次发出的地点不变，但强弱有别，就如是一个人，用手轻轻摸了摸梳妆台上什么东西一样。

方多病瞪着那梳妆台——依然什么也没有，连鬼影都没一个！正在他打算冲进澡房把李莲花揪出来一起查看的时候，目光突然一抬，霎时，他目瞪口呆，脸色青紫，一口气吊在咽喉中几乎昏死过去："鬼啊——"

挂在梳妆台上的那面铜镜之中，有一只手，正在镜中轻轻摸索，那手的动作就如手的主人，看不见这世上任何东西，也听不见这世上任何声音，却正在努力穿过那面薄薄的铜镜，自镜中穿到人间来一般。

镜中的世界，岂非就是无声的？

"当啷——"方多病惨叫一声，澡房中一声震响，好像摔碎了什么东西，李莲花略微打开澡房的门，迷惑地探出半个头来："那个……鬼在哪里……啊——"他猛然看见那只镜中的手，瞪目结舌，呆了半响，"那真不是你的手在动？"

方多病僵硬地站在镜前，浑身冷汗涔涔而下，竟然挤出一个极其难看的笑脸："你几时看见我的手有这么小？这是只女人的手。"他抬起手来对镜子挥了挥，那镜中也有影像晃动，但看得最清晰的，还是镜中那只白生生、纤美柔软的鬼手，在不断摸索、移动。

约莫过了一炷香时间，那只手渐渐隐去。

铜镜清晰地照着房中的一切，那诡异无比的一幕就如从来没有发生过，如烟一样轻轻消散。

第二天。

"饕餮衔首金簪……恶名鼎鼎的珠宝之一。"啸云庄的何老板拈起那金簪，"各位请看，这是真品，饕餮的两只角有一只缺了一角，口中珍珠乃是光泽明亮的夜明宝珠，不过时日久远，这颗珍珠已经很黄。"

望海楼的毕老板道："听说每次这枚金簪出现，都会出现离奇可怖的惨案，次次都事关人命，最多一次听说有三十三人同时毙命，所以珠宝行内人很少有人敢收藏此物。"

身边玩月台和数星堂的费老板和花老板不住点头。

方多病干笑一声："这饕餮金簪出现时死的可都是不穿衣服的女人？"

何老板奇道："不穿衣服的女人？当然不是，听说第一个因为这金簪死的是打造这金簪的金匠。传说这金簪本是九龙之形，取意龙生九子，结果簪子造成，金匠过于劳累猝死，簪子落入熔炉，熔去八龙，只余一只饕餮。"

"过于劳累而死，也不算什么惨案。"方多病道，"猝死乃是世上最美妙的死法。不过各位见多识广、博学多才，可曾听说因为这金簪而死的，有不穿衣服、被挖去眼睛、舌头的年轻女人吗？"

众人骇然相视，何老板当下脸色惨白："原……原来此次金簪出现，竟是要挖人眼睛、割人舌头……方公子，在下这就告辞，在下从未见过这支金簪，金簪之事还请方公子另请高明，另请高明……"

当下几位老板纷纷告辞，离去之势若逃狐之兔，又如避猫之鼠，甚至和那离弦之箭也有那么三两分相似。

方多病用筷子将那金簪远远夹起，嫌恶地将它放回八卦镇邪木匣之内。过了片刻，他瞪眼看着那金簪，长长叹了口气。

待他回到彩华楼，李莲花却不见了。方多病满楼上下到处找了一遍，又差遣胡有槐派人上下再找了三遍，也没看见李莲花的影子。方多病心中大奇，要说被鬼抓了去，现在可是青天白日，何况那见鬼的金簪在自己身上，为何鬼会找上他？要说不是被鬼抓了去，那死莲花哪里去了？

一直等到吃饭时间，方多病吩咐彩华楼的厨子做了一桌山珍海味，再开了一坛子美酒,点着炉子在旁边温酒,自己拿着扇子扇啊扇的,果然未过一炷香时间,就见李莲花一身灰衣,慢吞吞地自走廊那边出现,满脸喜悦地在酒桌边坐下。

"你这人真的很奇怪。"方多病叹了口气,"我记得我在醉星楼煮过一碗素面,你那狗鼻子也闻得到追来了;我在闻天阁吃百蛇大宴,发了请帖请你,你却不来,后来等我请客请完了,蛇都吃光了,醉也醉得差不多了,你非要我请喝茶;有一次我在牛头镇吃臭豆腐……"

李莲花连忙道:"吃饭时间只宜吃饭,不谈俗事。"

方多病瞪眼道:"我说了请客吗?你到哪里去了?半天不见人影。"

李莲花持筷文质彬彬地夹了一块鸡脖子:"我去……到处看看,彩华楼内这许多花花草草,的确是美丽至极。"

方多病"呸"了一声:"我去见了各家金铺的老板,听说那枚簪子上附着许许多多恶鬼,少说也有几十条人命。"

李莲花吓了一跳:"有这么多……"

方多病悻悻地道:"就是有这么多,如何?你在楼里看那具死人,看出什么名堂没有?"

"名堂……名堂就是彩华楼里没有人认得她,她却死在厨房外面……"李莲花喃喃地道,"挖去眼睛,割掉舌头,显然都是困住她的一种方法。如这世上真的有鬼,为何非要困住她一个人?"

方多病抓起一只鸡腿,咬了一口:"她明明死在走廊,哪里死在厨房外面?"

李莲花道:"那条走廊是从厨房出来,通向花园,我猜她是从厨房跑出来,沿着走廊往外跑,不知如何伤了后脑,就此死了。"

方多病道:"杀她的人多半不会武功,那后脑一击差劲至极,若不是她倒在地上流血不止,半夜三更没人救她,十有八九也不会死。"

李莲花叹了口气:"嗯……但你又怎知不是她看不见,摔了一跤把自己跌死的?"

方多病为之语塞,呆了一呆:"说得也是,不过厨房里怎会凭空多了一个活人出来?"

"厨房我方才已经看过。"李莲花一本正经地道,"厨房里灶台两个而已,架子不少,橱子太小,水缸太潮,米袋太脏,菜篮太矮……"

方多病忍不住道:"什么水缸太大菜篮太矮……"

李莲花眯起眼睛:"你那具死人既高又白,裙子如此干净,那些碗柜、水缸、米袋、菜篮什么的怎么装得下——"他突然一怔,喃喃地顺口接着道,"你那具死人……"

"'我'那具死人?"方多病勃然大怒,"本公子除了和你吃饭之外,从来没撞见过什么死人！分明是你命里带衰，瘟神罩顶，是'你'那具死人还差不多！"

李莲花却抬起头来，呆呆地看了方多病好一会儿，突然露出个羞涩的表情，小心翼翼地道："等一下，我突然想到一样……那个……重要的东西……昨晚你那具死人……哦不，那位凄凉可怜的小娘子的贵体，你差遣胡有槐把她藏到哪里去了？"

方多病被他那羞涩的表情吓得起了一身鸡皮疙瘩，怪叫一声："你想干什么？那个……那个万万不可！我断不会让胡有槐告诉你那死人在哪里！"

李莲花看了他一眼，一本正经地道："万万不是你想的那般，总而言之，我要尽快找到那个……小娘子的贵体，确认一件事。"

方多病浑身鸡皮还没消停，一口咬定那具女尸早已被胡有槐送进了棺材铺，如今已是板上钉钉，埋入了地下，墓碑都已竖了，便请李莲花不必妄想。

李莲花无奈，只得作罢，改口道："呃……厨房我刚才已经看过，绝无可能藏下那贵体，那贵体又……那个不穿衣服，四周又不见衣服的踪影，所以唯一的可能，就是从厨房东边的那条小路过来的，穿过厨房，跑进走廊，然后跌倒，流血而死。"他向着厨房东边指了指，悄声地道："那里。"

方多病顺着那方向一看，顿时寒毛直立——李莲花指的方向，正是彩华楼最好的客房，天字第一至第九号客房，而他和李莲花昨晚正是入住天字五号房，位居正中。

昨……昨夜镜子里的那只女人的手……莫非正是那具女尸的冤魂在招人为她申冤？

定了定神，方多病看着满桌的美酒佳肴，胃口全无，满脑子思索今夜要到何处去睡方才安全。

李莲花说完了"那具贵体"，倒似心神甚爽，举起筷子欣然开始吃饭，吃了两口嫩鸡，又为自己倒了一杯温酒，先对嫩鸡大加赞赏，从鸡头的两三根短毛到鸡爪的鳞片都赞道无一不美，又对酒水不吝辞色，从酒缸到酒缸上封的那块泥皮都赞是妙不可言。

二 天字四号房

那夜酒宴的结果自然是方多病大怒而去，李莲花醉倒酒席，总而言之，两人谁也没去住彩华楼天字第五号房。

第二日一早，李莲花头昏脑涨地爬起来，居然还回房洗了把脸，洗漱洗漱，换了身衣裳才出来，所以他面对一夜未归的方多病，姿态分外怡然，只恨身上不能生出二两仙气,以彰显他与方多病层次之高下、胆量之大小。

不过方多病上上下下打量着李莲花穿的衣裳,越看脸色越是奇异,接着便万分古怪起来:"死莲花,你这是……这是你的衣服?"

李莲花连连点头,这自是他刚从房里换出来的衣裳,童叟无欺,绝对不假。

方多病满脸古怪,指着他的衣角:"你……你什么时候穿起这种衣服来了?"

李莲花低头一看,只见身上一袭灰衣,衣上绣着几条金丝银线,也不知是什么花纹,顿时一呆。

方多病得意扬扬地道:"你向谁借了套衣服穿在身上,冒充昨晚回了见鬼的客房——可惜本公子目光如炬,明察秋毫,嘿嘿嘿嘿……"他拆穿了李莲花的西洋镜,等着看他尴尬,却见李莲花一副见了鬼的表情,不住拉扯身上的衣裳,顿时奇了:"你做什么?"

"天地良心,这衣裳真是我从屋里换的……"李莲花浑身不自在,酒醉醒来,昏昏沉沉,他匆匆换了件外衫,也没看得仔细,但这万万不是他的衣服。

方多病吓了一跳,失声道:"你从我们屋里穿了一件别人的衣服出来?"

若是如此,昨夜那屋里岂非有第三个人在?

李莲花忙忙地把那外衣脱了,也不在乎穿着白色中衣就站在厅堂里,舒了口气,拍着脑袋想来想去,轻咳一声,慢吞吞地道:"我可能是……误入了天字四号房。"

天字四号房在天字五号房的隔壁,门面一模一样,只是昨夜天字四号房内似乎并无住客,又怎会凭空生出一件灰色镶金银丝的长袍来?莫不是之前的客人遗下的?若是遗下的,彩华楼又怎会不加收拾,就让它搁在那里?方多病十分奇怪,摸了摸下巴:"天字四号房?去瞧瞧。"

彩华楼的天字四号房和天字五号房的确是一模一样,并且楼里并不挂门牌,极易认错。两人回到天字楼,光天化日之下,胆量也大了不少,方多病推开四号房房门,只见那房里的桌椅板凳和方位布置果然和五号房一模一样。床上被褥并不整齐,桌上一支蜡烛已经燃到尽头,蜡油凝了一桌,西边的衣柜半开着,里头空空如也,可见原先只挂了一件衣裳,和隔壁倒是一模一样。

但看这屋里的形状,原先想必是有人住的,只是这房客一时不归,竟连门也不锁,才让李莲花糊里糊涂地闯了进去。李莲花小心翼翼地把他刚脱下来的灰色长袍挂回了橱内,只见衣橱内有包袱一个,那包袱内透着长条之形,看起来就像一柄短剑,外头用红线密密绑住,不知是个什么玩意儿。

方多病"咦"了一声,把那包袱拿了起来:"传说'西北阎王'吕阳琴所用短剑名为'缚恶',剑鞘外惯用红线缠绕,传闻缚恶剑杀人放火无恶不作,披荆斩棘,吹毛断发，连他贴身婢女都死在那柄剑下。那吕阳琴不但短剑闻名，他最有名的是得了一份能去得九琼仙境的藏宝图……呃……"他正兴致盎然、口沫横飞地讲关于吕阳琴的种种传说，突然噎住，李莲花惋惜地看着他——包袱打开，里面的东西乌溜光亮，上薄下厚，左右平衡，却是一个乌木牌位。

只见那牌位上刻着"先室刘氏景儿之灵位"几个大字，以及生卒年月，牌位所刻银钩铁画，灵俊飞动，但笔画深处却依稀有一层浓郁的褐色，像是干涸的血迹。方多病拿着别人的牌位，毛骨悚然，连忙把那东西放了回去，老老实实缠上红线，合十拜了几拜，阿弥陀佛和观世音菩萨各念了几十遍，唯恐念之不均，佛祖菩萨与他这凡夫俗子计较，便不保佑了。

"等一下。"李莲花看过那牌位，往旁一指，"这位客官若是爱妻如此，随身带着她的牌位，怎会和其他女子同住？而……而那……那位夫人倒也心胸广大，竟能和这牌位共处一室……"

方多病一怔，往旁一看，只见一件女子绣花对襟落在床下，粉紫缎子，银线绣花，那显然是一件女子衣裳。

而这房里，除了这一件对襟，再不见任何女子衣物，既没有头梳，也没有绣鞋，更不必说胭脂花粉，唯见衣橱中灰色长袍一件，牌位一座，门口灰色男鞋一双，以及桌上一对点尽的红烛。

天字四号房中，一股说不出的古怪扑面而来。李莲花和方多病面面相觑，两人的视线一起集中在那绣花对襟上，抬起头来，两人不约而同道："难道——"

李莲花顿了一顿，方多病已失声道："难道那具女尸的衣服——就在这里？难道她竟是从这里跑出去的？"想起昨夜镜中的那双女手，方多病已不仅是害怕，而是阵阵发寒，冷汗顺着背脊流下。他自不真信世上有鬼，但这活生生的例子就在眼前——那惨死的女子就住在天字四号房中，天字四号房中昨夜并无人出入，那镜中的女手若不是鬼手，又会是什么呢？

李莲花在屋中四下一望，敲了敲桌上已干硬的烛泪："这蜡烛已冷很久，绝不是昨夜点的，至少也是前夜便已燃尽。"他在屋里踱了几步，转了两圈，绕过桌子，慢慢走到一幅画前。

那幅画在天字五号房中也有，四号房中挂的乃是梅花，五号房中挂的却是兰花。这幅图悬挂的位置，隔壁便是五号房的铜镜。

在梅花图旁边，墙上有一道极细的口子，深入墙内。李莲花对着那细缝看了好一阵子，居然还拔了根头发伸进去试了试，这裂口深入墙内有二寸来深，几要穿墙而过，边缘十分齐整，相当古怪。他收起那头发，轻轻卷起了梅图，梅图后露出的竟不是墙壁，而是一面半透明的琉璃镜。

方多病大为惊奇，凑过去对着琉璃镜一看——那镜中正对隔壁的大床，虽然不甚清晰，却仍旧依稀可辨，这若是隔壁住了对小夫妻，做了点什么赶乐子的事儿，墙这边的客人可就饱了眼福。

这分明是个专用于偷窥的设计，在墙中镶嵌一面琉璃镜，再盖上一幅画，因为镜后光线幽暗，对墙的人看不到镜后的东西，对墙屋内窗户正对床铺，即使灭了烛火，也会有月光投映，墙这边的人却可以通过琉璃镜偷窥隔壁的大床。这面琉璃质地算不上好，嵌在铜镜框内，不留心也难以发觉铜镜框中之物并非铜质，而是杂色琉璃。

方多病大怒："胡有槐这老色鬼！平日里冠冕堂皇，彩华楼是什么地方，竟用这等卑鄙手段招揽生意！"

李莲花敲了敲琉璃镜，摸了摸那质地，啧啧称奇："真是奇思妙想，天纵奇才……"

方多病怒道："这也算奇才？"

李莲花正色道："等你讨了老婆也就懂了。"

方多病一呆，脸都绿了："老子怎么不懂？"

李莲花正色道："我知你并非不懂，不过害羞而已。"

方多病的脸色由绿转黑，还没来得及想出什么话骂人，却见李莲花施施然转过身去，用手在琉璃镜上敲了几下。

那琉璃镜十分结实，的确是死死嵌在墙内，并无其他猫腻。

李莲花沉吟道："昨晚你我看到那只手的时候，这镜子后面是亮的。"正是因为镜子后面太亮，才让方多病看清了镜子里有一只手。

李莲花继续道："……而若住进来的是胡有槐自己，这镜子的妙处想必烂熟于心，是万万不会举着灯火来看的。"

方多病松了口气接下去："所以昨天晚上镜子里那双手不是女鬼，而是有个人发现了墙上奇怪的镜子，举灯过来查看了一下，从我们那边模糊地看过来，就只看到了一双手。"想到不是女鬼，方大少顿时来了精神，"但住在这屋里的女人前天晚上就死了，酒楼里传得沸沸扬扬，如果昨天晚上这屋里还有人住，这人怎么还有心情看墙上的洞？除非——将那女子挖眼断手的恶魔，就是昨晚住在这里的人！他根本不在乎那女人的死活，生怕暴露自己，所以即使那女人逃了出去死在外面，他也不关心。"

李莲花漫不经心地"嗯"了一声，放下那卷图画，方多病仍在咬牙切齿："这恶魔必定一早借机逃了，否则我定要亲手将他擒获！对女人下手算什么英雄好汉……"

　　李莲花又转过去敲了敲那块流了一桌的烛泪，突然"咦"了一声："这里面有东西。"

　　方多病低头一看，那块红色烛泪中间隐约凝着一块黑色的小东西，他伸手在烛泪上轻轻一拍，只听"咯"的一声微响，烛泪应手裂开，露出其中的黑色小物。

　　那是一枚不长的黑色发簪，方多病将它轻轻地拿了起来，似乎是犀角所制，款式简单，并无花巧。

　　"这东西落下之时，烛泪还未凝固，所以才会深陷其中——可见这东西很可能就是前天夜里出现在屋里的。"李莲花也皱着眉头看那犀角发簪——方多病将它拿出之后，桌上赫然出现了一个浅浅的小洞，可见发簪并非跌落在桌上的，而是斜斜射入桌面，钉在里面的。显而易见，那位被砍了双手的女子绝不可能自行将发簪射入桌面，那将这犀角簪子射入桌面的人是谁？

　　是已经逃走的主人吗？

　　方多病和李莲花相视一眼。举灯查看琉璃镜的手、惨受凌虐的女子、不见踪影的天字四号房主人、衣橱中爱妻的牌位，以及这枚射入桌面的犀角发簪——前天深夜，在天字四号房中，必然有过一场神秘的变故。

　　至少天字四号房的主人携带着一名惨受凌虐的女子，又随身带着爱妻的牌位，本身就充满了神秘感，而此时此人究竟身在何处？

　　"死莲花。"方多病看了这屋里种种诡异之处之后皱眉，"虽然那女子的外衣掉在这里，但……她当真是住在这里的？这屋里除了这件衣服，根本没有其他女用之物。会不会……会不会……呃……"他悄声道，"这件衣服是那……女鬼……来此显灵的时候，落下的？"

　　"那个……那个……其实……"李莲花看着那枚犀角发簪，嘴里喃喃自语，也不知在说些什么。

　　沿着犀角发簪射入的角度望去，除了木桌，就只有一张大床，也别无他物。床上空空如也，一床红色锦被盖在床褥上，就在红色锦被之上一点点，有一条极为细碎的小小血线，洒在灰白色墙壁之上。李莲花睁大眼睛细看，床上锦被虽为红色，但再无其他血迹，床下没有鞋子，窗户大开，床侧的垂幔却是一团混乱，转过身来，身前除了桌子衣橱，再无他物。

　　"咚咚咚——"有脚步声传来。

　　"少爷——少爷——"门外有人惊慌失措地呼唤，一人连滚带爬冲入天字五号房，凄厉地道，"少爷，在……在外面井里，又……又发现一个死人！又……又有一个死死死……死人啊！"

方多病破口大骂："死死死，这里住了个瘟神是不是？一天到头，哪来那么多死人？"一面说，他一面如旋风般冲了下去，直扑院外古井。

李莲花却拉住那吓得七魂散了六魄的店小二，温言问道："小二莫怕，敢问住在这间房里的，究竟是什么人？"他指了指身边一扇房门。

店小二瞟了一眼，惊慌失措地道："那……那就是古井里的那个死人……"

李莲花耐心地扯着店小二，温和地指着他方才所指的那扇门，正色道："你看错了，我问的是这一间。"

店小二一呆，才发现自己的确是看错了房门，李莲花指的是天字三号房。他想了好一会儿，才模糊想起："这间房里住的是位姑娘，叫什么名字，小的就不知道了。"彩华楼天字号房里住的多半都是熟客，但偶尔也有几个不是冲着那琉璃镜而来的客官，偏生三号房、四号房都是。

李莲花点了点头，拍了拍他的肩头，指了指天字三号房，正色道："你家少爷夜观天象，心有所感，算得三号房的姑娘已逃了房钱而去。你若有空，不如莫去看那死人，去看看这房里的姑娘可还会付钱否。"

店小二看了他半日，呆呆地去开三号房的锁。

打开房门，店小二尖叫一声，两眼翻白，竟直接在大门口昏死过去。

李莲花吓了一跳，赶到门口一看，只见一具女尸横倒在地，头发披散，两眼瞪得滚圆，脖子向上仰起，应是被人活生生捏断了颈骨，但见她全身扭得像条麻花，五指狰狞，双手俱做虎爪之形，身上穿的白色中衣凌乱，胸口有一片白布碎裂，可见临死前她曾拼死反抗，奈何不敌凶手巨力，被勒身亡。

又是一具尸体！

如今在彩华楼中，已出现了三具尸体。

底下院子中，方多病站在水井旁指手画脚。

李莲花不由得叹了口气，召唤道："这里还有一具女尸。"

方多病愕然抬头："什么？"

李莲花正色道："在你隔壁的隔壁，地上躺着一具女尸，我看那……那个贵体的模样，还很新鲜。"

方多病顿时全身一阵鸡皮疙瘩，失声道："什什……么？"

李莲花十分同情地看着他："这几天，你家酒楼里出的不是一条人命，是三条人命。"

三　金簪

方多病犹如一阵狂风，从院后水井旁又杀上了天字三号房，见了那被勒死的女尸，终于忍不住变了脸色，厉声道："这到底是怎么回事？光天化日，朗朗乾坤，我彩华楼里莫非出了杀人狂不成？怎会有人无缘无故连杀这么多人？到底是——到底是为了什么？"

李莲花将他拉住，悄声道："你出去问了关于饕餮衔首金簪的来历，有没有问清，上一次这金簪闹出人命后消失，是去了什么地方？"

方多病又惊又气，余怒未消，没耐烦地道："问了，忘了。你别尽问些不相干的，反正金簪总是突然出现……"

李莲花连连摇头："非也，非也，即使是说故事，也断不可能不说清坏人的下场，这金簪的去处，故事里一定是有的。"

方多病对他怒目而视，过了好一会儿，才道："听说好像是给被它克死的那个王爷还是皇帝做了陪葬。怎么了？"

李莲花上下看了他一阵，突然露齿一笑："你可知道，有个地方，叫作九琼仙境？"

"当然知道。"方多病理所当然地道，"江湖传说，极南蛮荒之地，有深山小国，名为大希。大希国矿脉丰富，盛产黄金珠宝，国君富甲一方。他们代代君王的墓地都修建在一个神秘的地方，据说那地方聚天地之灵气，盛产稀世药材，皇陵就修建在高山之上，富丽堂皇，内藏随葬珍宝无数，远望之宝光闪耀，金碧辉煌，称为九琼仙境。但传说归传说，到现在也没有人见过大希国的皇陵重地。"说起江湖逸事、武林传说，方多病自是如数家珍。

"大希国和我朝可有通婚？"李莲花微微一笑，看着方多病不假思索，随口而谈，他的神色颇为愉悦。

"有。"方多病大笑起来，一掌拍在李莲花肩上，"这种问题要考你方少爷，真是错了。大希国和我朝三十年前曾经互通婚姻，由大希国向我朝进贡黄金，而我朝指派一名公主下嫁大希国国君。那个时候，我爷爷已经生出我爹来了。"他对李莲花眨眨眼，得意非凡。

李莲花遗憾地道："若非公主下嫁之时，你爷爷已经生出你爹来了，说不定那位公主便要嫁给你爷爷，而日后生出来的既然不是你爹，自也不会有你了。"

方多病怒道："死莲花！你说什么？"

李莲花正色道："我没说。"

方多病大怒："你明明说了！"

李莲花越发正色道："那是你听错了。"随即微微一顿，变得一本正经，"你可知道，当年公主下嫁，有些什么嫁妆？"

方多病一怔，想了半日，恍然："是了，我想起来了，最后被那金簪克死的就是大希国国君和他的八个老婆，这支饕餮衔首金簪是大成公主下嫁大希国的嫁妆之一。"

"所以——"李莲花期待地看着方多病，眨了眨眼睛。

方多病瞪眼回去："所以什么？"

李莲花顿时噎住，十分失望地叹了口气："所以金簪是大希国国君的陪葬之物，而大希国的皇陵所在名为九琼仙境，是人间宝库，而现在——饕餮衔首金簪在这里。"他指了指那第一具"贵体"倒下的地方，"那说明——有人找到了九琼仙境，并从那里得到了东西。"

方多病听着，渐渐又变了脸色。"九琼仙境？"他失声道，"若是得了那里的财宝，岂非富可敌国？"

李莲花道："若是当真得了，自是富可敌国。"

方多病的目光在地上那具"贵体"与天字四号房房门之间扫来扫去，终于忍不住道："这些人……都是为那九琼仙境死的？有人得了那里的财宝，所以引来了其他人的追猎？"

"可能……也许大概是这样。"李莲花一本正经地道，"至少戴着金簪的人，一定和九琼仙境脱不了干系。"

方多病茫然道："但那前往九琼仙境的藏宝图不是在吕阳琴手上吗？吕阳琴得了藏宝图那么多年，也没听说他找到了宝藏，可也没听说他丢了藏宝图，怎么突然有人就找到了？"

李莲花慢吞吞地道："吕阳琴是找到了宝藏或是丢了藏宝图，为何要告诉你？莫非你和他很熟？况且听说那九琼仙境就在大希山峦之上，五颜六色，瑞气千条，日出有紫气东来，夜里有月华灌顶，显眼得很。若有人喜欢爬山，大希国域天既不冷，山又不高，爬个十年八年说不定也就找到了。"

方多病张口结舌，心里只觉九琼仙境若是如此轻易就让人找到，未免太令人失望，但一时也想不出什么新道理反驳。

"可是这些人都死了，那宝藏呢？"方多病东张西望，"宝藏在哪里？"

"既然这些人都死了，总而言之，必然有个凶手，而宝藏显而易见，就是凶手拿走了。"李莲花一本正经地道,仿若自己讲的是什么真言妙理。

方多病一张黑脸:"那凶手呢?"

李莲花摇了摇头,突然又露出小心翼翼的神色,看了看方多病:"我要见前夜那悲惨可怜的小娘子。"

方多病一张脸黑上加黑:"不准!"

李莲花正色道:"你让我见上一见,我便告诉你宝藏在哪里。"

方多病眼睛一亮:"你知道宝藏在哪里?"

李莲花连连点头:"当然,显而易见……"

方多病招了个人过来,问了几句,转头对李莲花道:"那具……尸体还在后堂,等着义庄的人来收。"他精神来了,神采奕奕地看着李莲花,"尸体你可以过会儿再看,先告诉我宝藏在哪里。"

李莲花正色道:"在凶手那里。"

方多病勃然大怒,李莲花摸了摸鼻子,转了个身:"我去看井里另一位的贵体……"

方多病只来得及咆哮两声:"死莲花!连老子你也敢骗——"

李莲花早已逃下楼去,去看那具塞在水井中的贵体。

显而易见,这具"贵体"是个男人,还是个体格魁梧、四肢修长的伟岸汉子,他之所以会被胡有槐在巡查时发现,便是因为他骨骼粗大,皮肉红肿,卡在了水井口,头顶距离井口不到二尺。这人穿着一身极简单朴素的褐色衣裳,全身湿淋淋的,肩头有一个血洞,似乎曾被利器刺穿。但他致命之处在于咽喉被人捏碎,倒与那利器无关。

他的身上没有任何东西,居然连铜钱都没一枚。

李莲花抬头望了望天字楼,所有的人都在抬头看天字楼——这人塞在水井之中,莫非是从天字楼上摔了下来?否则怎会如此?

从天字楼上掉下来,正好跌进井口,然后卡在里面。

真有如此刚好?

李莲花眨了眨眼,东张西望了一番,只见这处后院是天字楼的小花园,院内只有水井一个,以供打扫之用,地上铺的是一层鹅卵石,四下并无异样。

他拉了拉身边小二的衣裳:"后堂在哪里?"

店小二道:"后堂在酒窖旁边,那院子里只有柴房和酒窖,偏僻得很。"

李莲花越发满意,点了点头,背着手走了。

方多病在二楼大发了一顿雷霆,胡有槐显是掐指算过时辰,恰好有事不在,方大少身边尽是垂头丧气的店小二在唯唯诺诺。

方多病越看越是不耐："胡有槐呢？"

"掌柜的去报官了。"

也就在这个时候，门外一阵喧哗，胡有槐引着一位身着官服、圆腰的胖子走了进来。那胖子两眼朝天，左右各有一位粉衣女子为他打扇，一进来就瓮声瓮气地问："这是哪里啊？"

"禀知县大人，这里是彩华楼，您早上才刚用了酒菜从这儿出去的，不记得了？"胡有槐小声提醒。

方多病从二楼下来，狐疑地上下打量这位"知县大人"，这就是本地知县？望过去真是腰较水缸宽一尺，油比母猪多三斤。他心里骂完，又喜滋滋觉得自己文采风流、读书有术，竟作下如此佳句。

"哦，是你这儿啊。"知县站着喘得慌，胡有槐招呼人给他抬来一张椅子，肥如母猪的知县颤巍巍地坐了下去，那椅子"咯吱"一声，所有人的心为之一悬，幸而彩华楼物具坚固，倒也不会四分五裂。

"我听说你这儿死了人，死人呢？"知县又抬高两眼，望着天说话。

"死人……就在此处。"胡有槐指了指水井，"昨夜小民还曾发现一具断手目盲的女尸，但不知和那水井中的……有没有关联，一切待大人明察。"

"一男一女，死于此地，那就是与情有关了。"知县掐着嗓子说，"本县看来，定是痴情男女相约殉情，选中了你这享乐之地，唉，还真是可怜啊。"

"这……"胡有槐点头哈腰，"是是是……"

"本县是民之青天，这殉情男女真是可怜，明儿本县厚葬。还有什么事吗？"知县大人扶着椅子扶手便要起身，"若是无事，本县就——"

他还没说出"回衙门"三个字，身边有人冷笑一声："真是青天，一男一女死于此地便是殉情，那楼上还有另一位女子的尸首，难道她也是殉情不成？"

冷笑的自然是方多病。

"二楼还有？"知县又坐了下来，"又是何人啊？"

"还待大人明察。"方多病凉凉地道，"草民也不知是何人。"

"她是如何死的？"知县又问。

"被人捏碎了颈骨死的。"方多病冷冷地道，"就如水井里殉情的那位，要捏碎自己咽喉，等死透了再把自己塞进井里，这般殉情，倒是不易。"

知县两眼半睁半闭："如你这般说来，那就不是殉情了。既然二楼的女子和水井中的男子都死于咽喉之伤，那便是他们互相斗殴，失手将对方杀死。这般意外，本县也是十分惋惜。"

方多病为之气结,这两人难道会是互相掐着脖子,互把对方掐死之后,一个跑去跳井,一个回自己房里躺着,这样死法吗?他和这胖子知县语言不通,东张西望一番,却不见了李莲花的影子,不免大怒。

"既然这三人乃是互相斗殴,意外而死,本县就——"知县大人"回衙门"三字尚未说出口,又有人微笑道:"知县大人,请留步。"

知县一双细眼一直翻眼望天,这下好不容易往下瞄了一眼,只见拖着一个偌大布包,施施然从后院走来的灰衣人容色文雅,倒也不是很生气,掐声掐气地问:"什么事啊?"

"大人,彩华楼内有宝。"李莲花用力将身后拖着的那袋东西扯到院内众人面前。

"哦?什么宝?"知县听到"有宝",一双细眼略微眯了眯,似乎酒也醒了醒,"从实招来。"

李莲花正在努力把那袋东西摆正,道:"大人可曾听说过九琼仙境?"

"听说过。"知县又眯起了眼睛,"那是传说之物,和彩华楼的宝何干?"

"因为九琼仙境的秘密,那藏宝图的答案,现就在彩华楼内。"李莲花施施然回答。

"可有证据?"知县不动声色,那双细眼眯得更细了。

"有。"李莲花慢慢撕开他辛苦拖来的这团东西——这团东西人人都知是什么,方多病看得都变了脸色,不知为何,李莲花要把这东西拖来,这就是大前天发现的那具被断手挖眼的女尸啊!

尸体暴露在外,知县倒也冷静,并不惊慌失措:"这具女尸,如何能证明九琼仙境之所在?"

李莲花微笑道:"这具尸体,就是证明彩华楼有宝的最佳证据。"

众人皱眉,方多病莫名其妙地看着他,只见李莲花伸手向他,一个字:"刀。"

刀?方多病手边无刀,顺手从陪同知县大人来查案的衙役腰上拔了一柄,挥手掷了过去。白晃晃的刀光掠过半空,那衙役大吃一惊,吓得脸色惨白。李莲花伸手接刀却是浑若无事,一刀向那女尸的裙子划去。

"刺啦"一声,裙子被从中割开,方多病吓了一跳,却见李莲花将手中刀一抛,身边人一片惊呼。

方多病定睛一看,忍不住"咦"了一声——地上那具穿着裙子、绾着发髻且被断去双手、挖了眼睛又挖了双乳的"女子"居然不是女子。

他是个男人。

四　吕阳琴

"这并不是什么和情人相约殉情的小娘子的贵体，"李莲花施施然道，"只不过他刮了胡子、涂了胭脂，又被人挖了眼睛割了胸口断了手，我等忍不住关注在他的伤口之上，忘了细看他的喉结，这是个男人，还是个生前容貌俊俏、扮起女人来也挺像的男人。"

"他是谁？"方多病忍不住问，那竟然是个男人，他竟没看出来，真是奇耻大辱。

李莲花对他露齿一笑："你想知道？"

"当然。"方多病皱眉，"难道你知道他是谁？"

"我当然知道。"李莲花正色道，"他是吕阳琴。"

方多病张大了嘴巴，目瞪口呆："什么？"

李莲花指着地上那具惨不忍睹的尸体："我说，他便是吕阳琴。"

"听说那九琼仙境的藏宝图的确是在一个叫吕阳琴的人手里，但你又怎知，地上这具尸首就是吕阳琴呢？"知县大人尖声细气地问。

"因为这支金簪。"李莲花指了指地上吕阳琴头上戴的饕餮衔首金簪，"这支金簪出自九琼仙境，这世上除了吕阳琴，还有谁更能合情合理地拿到九琼仙境里的东西？"

"但世上并非只有一种合情合理。"知县居然说出了一句略有道理的话。

"不错。"李莲花微微一笑，"如果还有一件和九琼仙境相关，又与吕阳琴相关的证物，就越发能证明地上这具尸体便是吕阳琴。"他的目光流动，在周围所有人的脸上都看了一遍。

方多病瞪眼问道："有那样的东西？"他和李莲花一起看了这几具尸体，怎么从来没发现有这样的东西？

"有。"李莲花道，"那东西大大地有名，叫作缚恶剑。"

"缚恶剑？"方多病大为诧异，"你在哪里看到的缚恶剑？老……本公子怎么没有看到？"

李莲花歪头想了想，欣然道："我猜那东西现在在胡有槐房里，你和他比较熟，要不你去他房里找找？"

此言一出，众人哗然，连一直稳如泰山的肥猪知县也微微一震，胡有槐更是变了脸色，但脸色变得最多的还是方多病，只见他双眼圆睁："什么？"

李莲花对着胡有槐招了招手，胡有槐脸色铁青，哼了一声："枉了胡某奉公子为座上之宾，没想到竟是冤枉好人、信口开河之辈……"

李莲花也不生气，上下看了胡有槐几眼，突然道："你可知很久很久以前，有一种东西，叫作人彘？"

胡有槐脸色抽搐了一下，众店小二两眼茫然。

方多病忍不住道："西汉吕后因刘邦宠信戚夫人，将戚夫人剁去四肢、挖出眼睛、灌铜入耳、割去舌头，扔在厕所之中，称作人彘。"他看了看地上的尸体，恍然大悟，"这——"

"这也是一种人彘，只不过比起戚夫人，他还有脚。"李莲花道，"显而易见，若非恨之入骨，一般人做不出这种事。"

众人听说这等惨事，都是噤若寒蝉，遍体生凉。

只见李莲花又看了胡有槐一眼，突然又道："你可知吕阳琴几年前杀了他贴身婢女？"

胡有槐张口结舌，莫名其妙，一口气活活忍住，差点没把他自己憋死："胡某退出江湖多年……"

李莲花欣然打断他："没错，你已经退出江湖好多年了，所以不知道吕阳琴用缚恶剑亲手杀了他的婢女景儿。那是因为景儿既是他婢女，又是他禁脔，可景儿突然移情别恋，爱上了'泸州大侠'刘恒。这黑道中人拐带白道女侠，那便是作奸犯科；白道大侠拐带黑道妖女，那便是弃暗投明。总而言之，景儿弃暗投明的那日被吕阳琴发现，然后一剑杀了她。"他突然说起江湖逸事，没听过的听得倒还津津有味，早听过的面面相觑，不知什么玩意儿。

胡有槐倒是没听过，一直到故事听完方才醒悟，冷笑道："这和胡某有何关系？为何你要说缚恶剑竟在我房里？"

"大大有关。"李莲花正色道，"你若知道这段故事，便不会把那灵位留在屋里。你若不把灵位留在那屋里，我如何猜得出天字四号房内住的是谁？"他拍了拍身边一位店小二，吩咐他去把四号房里的牌位拿来。

那店小二似怕被冤魂索命，来去如风。李莲花解开红线，露出里面的牌位"先室刘氏景儿之灵位"。

"景儿自小卖身吕阳琴为婢，没有姓氏。她若嫁了刘恒，自要姓刘，这若是景儿的牌位，那在水井之中的大侠，自然便是刘恒。"他又指了指地上的尸体，"可想而知，吕阳琴杀了景儿，刘恒恨他入骨。于是刘恒不知用了什么法子，抓到了吕阳琴，废了吕阳琴的武功，夺了他的剑，又用他裹剑的红线来包裹刘景儿的牌位，再将他弄成人彘，绑到此处。"李莲花想了想，"此地是西北往南的必经之地，或许刘恒留下吕阳琴的脚，就是要吕阳琴带他找到九琼仙境。"

这倒是有道理，前提是，地上这具尸体真是吕阳琴。

"大前天夜里，"李莲花道，"刘恒将吕阳琴男扮女装，绑到此处，住进了天字四号房，那支金簪约莫便是刘恒从吕阳琴那儿所得，故意插在他头上的。只是不知刘恒知不知那玩意儿背后的渊源。这事本来天衣无缝，没有人发现吕阳琴变成了这模样，'西北阎王'的手下追兵也没有找到这里，但即使是大侠，下手过于毒辣，也是会遭天谴的。"他指了指楼上，"彩华楼的天字房内有机关，装着专供窥视之用的琉璃镜。那天夜里……住在天字三号房内的女客偶然发现了画轴后的琉璃镜，她看见了隔壁的刘恒和吕阳琴，或许她以为吕阳琴是个可怜的女子，或许她以为刘恒是个手段残酷的魔头，总而言之，她破门而入，向刘恒发出了暗器。"

方多病想起天字四号房桌上那枚犀角发簪，点了点头，那若是作为暗器，便可以解释它为何插入桌内。

只听李莲花又道："于是她和刘恒动起手来。"他又指了指楼上，"但天字四号房中，墙壁上有一道极细的口子，曾有东西贯墙而入，插入二寸之深。彩华楼乃方氏家业，楼宇以青砖搭建，除却利器，何物能贯墙二寸之深？而此种利器若是长剑，二寸不足以稳住剑身，必会跌落，墙上裂口却无翻翘痕迹；而裂口狭而深，并非刀刃形状，若非长剑，便是短剑匕首。世上能称利器的短剑匕首不过区区三柄：一者菩提慧剑，在峨眉派受香火久矣；二者'小桃红'，在百川院中；三者嘛，便是缚恶剑。"

众人恍然，以此说来，李莲花猜测地上那"女尸"乃是吕阳琴也并非信口胡言。

只听他又道："而刘恒若擒住了吕阳琴，吕阳琴的缚恶剑就落到了刘恒手上，若缚恶剑在刘恒手上，那女客自然不是对手。但三号房的女客身上没有剑伤，只有掌伤，我猜在女客和刘恒动手的时候，吕阳琴将缚恶剑踢到了墙上，导致刘恒无剑在手，和那女客硬拼掌力。"

"然后？"方多病摸了摸鼻子，他很想说李莲花胡扯，但除此之外，他又想不出什么新鲜花样，心下甚是恼怒。

李莲花瞪了他一眼，慢吞吞地道："然后我们便活见了鬼。"

"啊？"方多病又摸了摸鼻子，"你是说那个……镜子里的手？"他蓦地想起，"不对啊！我们在镜子里看到女鬼是前天夜里，你说刘恒和隔壁的女客动手，那是大前天夜里，时间不对！况且昨日你我都没有听到任何人出入，而刘恒分明前天夜里已经死了。"刘恒若是没死，怎能容许吕阳琴如此这般逃出来？

"刘恒和隔壁女客动手之后，"李莲花一本正经地道，"那女客中了一掌，晕倒房内，刘恒被震出窗口，摔进了水井之中。"

方多病猛抓自己的头发，越听越糊涂，按照这种说法，这事情和胡有槐确实没什么关系，为何李莲花却要说缚恶剑在胡有槐手中？这倒是越听越像肥猪青天知县断的那"互殴""意外"而死。

众人质疑的目光纷纷而来，李莲花不以为忤，继续道："然而刘恒和那女客两败俱伤，却都没有死。"

方多病失声道："但刘恒死在了水井之中！"他若摔下没有死，现在又怎会在水井之中？

李莲花施施然站着，又悠悠环视了众人一圈，突然目光落在知县身上，一本正经地问："敢问知县大人出门住店、喝酒吃饭、看镜子摸姑娘，可都是带荷包付银子的？"

知县尖声道："那是当然。"

李莲花转过身来："连知县大人吃饭都是要付银子的，这住在天字四号房里的两个大活人，不但浑身上下没有一个铜板，连他们的房间之内都没有一个包裹一两银子，敢问他们是如何住店、如何吃饭的？"

"所以？"知县居然接腔了。

李莲花很是捧场，微笑道："所以刘恒身上的东西，自是被人拿走了。刘恒的尸身还在井内，大家可以过去看看，他全身红肿，皮肤鼓胀起来，所以卡在井口，可是他的头发、衣服却是湿的，那是什么道理？"

"可见他皮肤受伤之时，人还活着，还活了不短的一段时间，伤处遇水红肿，他才整个人肿了起来。"知县若无其事地道。

李莲花微笑道："大人果然明察秋毫。"他很愉快地看着其他人既释然又疑惑的脸，"从刘恒的尸身可以看出，他曾一度当真坠入了井中。他全身的擦伤都因与井口摩擦而来，全身湿透，是因为他掉进了井底的水里。"

原来如此，众人恍然，所以刘恒当时并没有死，也就是说，杀死刘恒的另有其人。

"而三号房的女客也是如此，她与刘恒对掌，晕了过去，等她醒来之时已是夜晚。她爬了起来，去找墙上的那柄剑，于是点了火折子去看。"李莲花微笑道，"然后顺便翻了画轴，看了一下画轴后面的琉璃镜。这个时候，便是我和方大少在房间里以为见了鬼。"

方多病松了口气："所以那真不是女鬼……"

李莲花点头，喃喃地道："然而她醒得不是时候，她晚醒了一天……"

方多病道："什么叫晚醒一天？"

李莲花瞪眼道："我说得一清二楚，她是在晚上过去的，又是在晚上醒来的，自是昏了十二个时辰，那便是一天了。"

方多病怒道："胡说八道，以你这般口齿不清，能有几个听懂你说等她醒来之时已是夜晚就是说她晕了十二个时辰？你又怎知她不是晕了半个时辰？"

"她若晕了半个时辰，我俩就是活见了鬼。"李莲花正色道，"她若只晕八个时辰，只怕也不会变成二楼的一具贵体，所以她非晕上十二个时辰不可。"

方多病怒道："什么叫'非晕上十二个时辰不可'？"

李莲花不再理他，欣然看着知县，仿若只有知县是他知音："我和方公子住在天字五号房的那夜，虽然在琉璃镜中看到人手的影子，却没有听到人出入。所以如果隔壁有人，她若不是女鬼可以出入无声，便是在我等入住之前已在房中，而在我等离开之后方才出来。只有这样，才听不到她出入之声。"

方多病这才听懂为何那女客非要晕上十二个时辰不可，她若没有晕这么久，便不会一直留在天字四号房中，早就自行离开了。

"所以刘恒和三号房的女客在对掌之后，各有受伤，却并没有死。"李莲花道，"但他们为何最后却都死了呢？这便要从那天夜里说起。那夜刘恒和人动手，然后一起没了动静，吕阳琴口不能言、目不能视，也许他还能听，但是显然没有自保之力，所以他从天字四号房逃了出来，沿着小路，穿过厨房，跑到了花园里，然后摔了一跤，后脑着地，因为是深夜，无人发现，他把自己跌死了。"他微微一笑，"而这便成了一切的起点。"

"起点？吕阳琴把自己跌死了，这才是起点？"方多病奇道，"那难道不是个意外？"

"吕阳琴把自己跌死那自是个意外，反正就算他不跌死自己，变成这样，活着也没什么意思。"李莲花道，"但你莫忘了，他死的时候，血泊里躺着饕餮衔首金簪。"

方多病慢慢地皱起眉头："你是说——有人就是从这里发现了——"

"发现了他和九琼仙境的秘宝有关。"李莲花道，"我们发现了吕阳琴的尸体，方大少差遣胡有槐去搜查死者可是彩华楼的人，于是胡有槐见到了死人，奉命前去搜查。你还记得胡有槐回来的时候是怎么说的吗？他说'大少爷，这人真不是本楼的手下，你看我彩华楼上上下下百来号人，人人都在掌柜手里有底子，这人人都在，绝没有缺了哪个，所以走廊里那玩意儿，绝不是楼里的人，肯定是不知道谁从外面弄来，扔咱们楼里的，定是想坏彩华楼的名声'。可见，他那时候已经去查过了，他说不是楼里的人。"他笑了笑，"可是，他那天又亲自准备了天字五号房给我们住。一个已经检查过全楼的掌柜，一个在天字五号房整理东西的掌柜，就算他没有发现四号房里多了一个女人，至少也会发现水井里有一个伤者。"

他补充了一句："别忘了刘恒还没死，只要没撞傻，他就会呼救。"

"所以其实在我们发现吕阳琴的那天早上，胡有槐发现了刘恒，然后从他那里听说了九琼仙境的线索。"

方多病听到此处，已经恍然大悟："然后呢？"

"然后一切明了，刘恒为了求救，告诉了胡有槐关于吕阳琴的真相，而胡有槐将他从井里捞上来，捏碎了他的颈骨，再将他塞回井里。不料刘恒受伤后伤处肿胀，塞入井口之后堵在井壁之间。"李莲花道，"胡有槐杀了刘恒之后，赶到天字四号房，匆匆将缚恶剑带走。为了尽早赶回，他没能在四号房里彻底搜查，我猜他那时并没有找到刘恒所说的关于九琼仙境的线索。"

"那他为什么不等有空的时候再去？"方多病瞪眼。

李莲花喃喃地叹了口气："等他有空的时候，我们俩已经住进去了，你说胡有槐有天大的胆子，敢在你方大少卧榻之旁抄家劫财吗？"

方多病不禁听得有些受用，咳嗽两声："这就是为什么闹鬼的那天晚上他没有来？"

李莲花想了想："我猜他那天晚上没来，一是怕被我们发现，二是他以为晕在地上的那位女客已经死了。"

方多病道："结果那女人半夜诈尸，又爬了起来。"

"对，那女人清醒过来，也在屋里翻找，这可能是她为什么没有即刻离开四号房。"李莲花道，"她在屋里找到了一个东西。"他比画了一下，"能抓在手里的一个东西。但她既然晕了十二个时辰，伤势多半很重，或者是害怕惊动旁人，所以那天晚上她一直留在四号房中。"

方多病看着他的手势，蓦地想起二楼女尸那屈曲成虎爪的手指，她临死之时一定死死地抓着什么东西不放。

难道九琼仙境所谓的"宝藏"，就是一个一二尺之间的盒子？那能装得下多少金银珠宝？方多病不禁大为扫兴，他从小到大的压岁钱，装在盒子里也能装个一二十盒，九琼仙境这也忒小气了一点。

"然后第二天一早，因为我俩撞鬼，不再回天字五号房，胡有槐就回到四号房去找东西。"李莲花道，"然后他发现了女客没有死，不但没死，还找到了他梦寐以求的东西，所以又捏碎了女客的咽喉，夺走了那个'东西'，然后把女尸匆匆藏进三号房，想等着日后处理。"他悠然看着知县，"胡有槐以为知县大人昏庸，必会将大事化小、小事化了,故而千方百计邀请大人来此断案。却不知大人明察秋毫,岂能看不穿这其中的奥妙?只要派人在胡有槐房中一搜,看有没有搜出缚恶剑或是其他来历不明的金银珠宝,便知草民所言,有几分真、几分假了。"

肥猪知县牢牢盯着李莲花,李莲花如沐春风,含笑以对。

知县狠狠地多盯了李莲花几眼:"来人啊!给我搜!"

不过片刻,已从胡有槐房中寻到缚恶剑和一些金银细软,胡有槐竟连碎银和铜板都不放过,不愧是生意人。此外,还有一个光可照人的木头盒子,奇硬无比,刀剑难伤,水火难侵,饶是胡有槐使尽各种方法,这木头盒子就是打不开。

或许九琼仙境的秘密,便是不许世上俗人伸手染指,所以数百年来,从没有人找到过它。

【 五 掠梦 】

"你说胡有槐自己又不使剑,花那么多力气冒那么大风险,偷一把剑回来干什么?"方多病在把胡有槐捆起来,吩咐人快马送回方家给他亲爹"伺候"以后,最近常有感慨。

李莲花叹了口气,喃喃地道:"他又不如你这般懒……"

方多病瞪眼道:"你说什么?"

李莲花正色道:"胡有槐去夺剑,是因为他勤劳。"

方多病目瞪口呆地看着他,只听李莲花悠悠地道:"他会为了把宝剑,改行去练剑;而就算给你一百把宝刀,杀了你的头,你也不会去练刀。"

方多病突然严肃起来:"这倒未必,听说在九琼仙境,有一把刀名为'掠梦',刀影如虹、刀身如冰,施展起来光彩缭绕,美妙至极……"

李莲花打了个哈欠,昏昏欲睡。

曾有一刀名"掠梦",刀出飞虹贯日,影落百里千秋,一动山河千秋梦,漫江春色一吻红。

那把刀后来断了,被加了一块冰晶,淬成了另一把剑。

叫作"吻颈"。